Lotta und ich

von Nicole Kunkel

Buchbeschreibung:

Die angehende Assistenzhündin Lotta und ihr Frauchen Nicole berichten über die Herausforderungen ihres Alltags.

Was ist ein Assistenzhund?

Was bedeutet es, mit Einschränkungen das Leben zu meistern und wie können Tiere den Menschen dabei helfen? Welche Probleme und Hürden muss ein solches Hund-Mensch-Team im Alltag überwinden? Und wie sieht es aus der Sicht des Hundes aus, der kein Roboter ist, sondern ein fühlendes Wesen? Begleite Lotta und Nicole auf ihrer spannenden Reise und erfahre, wie sie es schaffen, trotz aller Stolpersteine und Belastungen, zu einem guten Team zusammenzuwachsen.

Das Buch gewährt einen tiefen und persönlichen Einblick in die Thematik. Es macht Mut, sensibilisiert, klärt auf und setzt ein klares Statement für das Wohl der Tiere, das ebenso wichtig und schützenswert ist wie das des Menschen.

›Lotta und ich‹ erzählt von realen Ereignissen, aber alle Namen und Orte darin, außer von Lotta und der Autorin selbst, wurden zum Schutz noch lebender Personen geändert.

Über die Autorin:

Nicole Kunkel wurde 1982 in Potsdam geboren. Sie lebt mit ihrer Assistenzhündin Lotta und drei Katzen in Koblenz.

Schon früh entdeckte die Autorin das Schreiben als Zuflucht und Ventil für sich und verfasste im Alter von zwölf Jahren ihre ersten Gedichte und Kurzgeschichten. Einige davon wurden bereits in Anthologien veröffentlicht.

Wenn sie nicht gerade schreibt oder liest, tobt sie sich gerne mit Pinsel und Farben an der Leinwand aus oder streift mit ihrer Hündin durch die Natur, wo sie neue Kraft und Inspiration tankt.

Impressum

BV 2211 – Lotta und ich – Nicole Kunkel
Umschlaggestaltung: Baltrum Verlag GbR
Cover, Illustrationen und Foto: Nicole Kunkel
Lektorat, Korrektorat: Baltrum Verlag GbR
Herausgeber: Baltrum Verlag GbR
Verlag: Baltrum Verlag GbR, Weststraße 5, 67454 Haßloch

Internet: www.baltrum-verlag.de
E-Mail an info@baltrum-verlag.de
Druck: epubli – ein Service der neopubli GmbH, Berlin

Bibliografische Information der Deutschen Nationalbibliothek:
Die Deutsche Nationalbibliothek verzeichnet diese Publikation in der Deutschen Nationalbibliografie; detaillierte bibliografische Daten sind im Internet über http://dnb.d-nb.de abrufbar.

Lotta und ich

Von Nicole Kunkel

Baltrum Verlag
Weststraße 5
67454 Haßloch

»Happiness can be found, even in the darkest of times, if one only remembers to turn on the light.«

(Zitat: Albus Dumbledore, ›Harry Potter und der Gefangene von Askaban‹ von Joanne K. Rowling)

Für Lotta, mein Licht in der Dunkelheit

VORWORT

Hintergrund zum Buch

Wenn das Leben zum Kampf wird, gehst du entweder unter, oder du lernst aufzustehen – immer und immer wieder.

Ich sehe mich lieber als eine Überlebende. Die Bezeichnung Opfer mag ich nicht, denn sie bedeutet Hilflosigkeit, und die zieht sich wie ein roter Faden durch mein bisheriges Leben oder eher wie ein viel zu dunkler Schatten, den ich einfach nicht abschütteln kann.

Niemals wieder will ich mich hilflos und ausgeliefert fühlen. Und doch bin ich täglich damit konfrontiert. Unverständnis, blöde Kommentare, Ablehnung und

Kopfschütteln von außen gibt es gratis dazu. Sogar von Ärzten und Psychologen, für die Einfühlungsvermögen immer mehr zum Fremdwort wird. Ein Arzt sagte einmal zu mir: ›Sie können sich nicht ständig in der sozialen Hängematte ausruhen‹. Ein speziell für Traumatherapie ausgebildeter Psychotherapeut schmetterte mir ein ›Sie sind anstrengend‹ an den Kopf. Das war dann unsere letzte Sitzung und meine Suche ging von vorne los. Das Vertrauen in die Medizin, die Psychotherapie und nicht zuletzt in mich selbst bröckelte mehr und mehr, während ich Sprüche à la ›Stellen Sie sich nicht so an‹ und ›Da müssen Sie einfach jetzt durch, ist noch keiner dran gestorben‹ sammelte, anstatt professionelle Hilfe zu erhalten. Das Leid, das keiner sieht und das oft niemand sehen will, ist nicht weniger schlimm, nur weil es den Menschen nicht direkt ins Auge springt wie ein gebrochener Arm oder eine körperliche Behinderung.

Gut ausgebildete therapeutische Hilfe zu finden ist verdammt schwer und die Wartelisten dieser Raritäten sind lang. Ein bis zwei Jahre auf Hilfe zu warten, die keinen Aufschub duldet, wenn es um Leib und Leben geht, ist leider bittere Realität.

Der mühselige Kampf mit den Behörden raubt einem nebenbei die letzten Kraftreserven. Unzählige Male war ich kurz davor, frustriert aufzugeben. Immer wieder habe ich mein Krönchen gerichtet, mich aufgerappelt und dabei viel zu oft die Schuld bei mir gesucht: *Ich bin zu schwierig, zu unnormal. Mir ist nicht mehr zu helfen. Ich passe nirgends rein.* Genau diese Gedanken führen in einen Abgrund, aus dem Betroffene nur schwer wieder herauskommen. Zum Glück habe ich die Hoffnung nie aufgegeben. Die Stimme tief in mir wird niemals müde mir zuzurufen, dass es irgendwo genau die Hilfe gibt, die ich brauche; nur da unten, im Abgrund, finde ich sie mit Sicherheit nicht.

Wie sieht es auf der anderen Seite aus? Was ist, wenn nicht nur die Seele krankt, sondern auch der Körper? Wer sieht genau hin? Wo finde ich Heilung, wenn ich den Psycho-Stempel habe oder besser gesagt, aufgedrückt bekomme? Dabei geht es doch darum, endlich einmal verstanden und GESEHEN zu werden. Stattdessen werde ich von einer Schublade in die nächste geschubst. Das Nicht-Ernstgenommen- Werden bleibt, so dass sich eine Erkrankung namens Endometriose jahrelang in meinem Körper unerkannt ausbreiten konnte. Diese gemeine, chronische und nicht heilbare Erkrankung hätte bei Weitem nicht so viel Schaden an meinen inneren Organen angerichtet, wäre sie früher erkannt worden. Leider sind meine Beschwerden über sechs Jahre lang in die Schublade ›das ist nur psychosomatisch‹ gewandert und auf sture, oft taube Ohren gestoßen. Für die Götter in Weiß war es naheliegender, dass die Unterleibsbeschwerden und die weiteren unangenehmen Symptome nichts Organisches sind. Nein, nicht bei der Trauma-Geschichte in meiner Akte, auf der groß und breit der ›Psycho-Stempel‹ prangt. Ist doch klar, dass das alles vom Trauma kommt. Wozu genauer untersuchen? Flehen, betteln und versichern, dass dies jetzt aber andere Beschwerden sind, half nichts. Und so putzte ich die Klinken unzähliger Arztpraxen und Krankenhäuser. Die meisten haben mich mit Augenrollen als Simulantin abgewimmelt, bis ein Spezialist nachgegeben und mir geglaubt hat, dass das, woran ich litt, nicht normal war. Endlich! Leider hatte zu diesem Zeitpunkt die Endometriose schon Organe zerstört. Meine Gebärmutter war nicht mehr zu retten, die Eierstöcke verklebt. Mein Bauchfell war komplett vernarbt und musste raus. Im Gegensatz zu meinem Uterus wächst das aber glücklicherweise nach. Nur ein Kind wird niemals mehr in mir wachsen, ob ich das will oder nicht. Wenigstens wusste ich nach den ganzen Jahren endlich, was mich mit diesen abartigen Schmerzen peinigte.

Die ganze Odyssee mit zahlreichen schmerzhaften Untersuchungen und Operationen hat jedoch Spuren hinterlassen.

›Re-Traumatisierung‹ nennen es die Fachleute. Der Krater meiner alten Wunden von den traumatischen Kindheitserlebnissen wurde nicht nur wieder aufgerissen, sondern mit Benzin übergossen und angezündet. Und auf einmal ist heute selbst simples Blutabnehmen für mich ein Höllentrip. Mein Bewusstsein macht, was es will. Entweder spaltet es sich komplett ab oder es schaltet in den Kleinkindmodus. Ich kann nichts mehr steuern und breche von jetzt auf gleich schreiend in Tränen aus.

Kurz gesagt: Fast zwanzig Jahre Therapie und harte Aufarbeitung, die mir bis dahin einen einigermaßen stabilen Alltag ermöglicht hatten, sind wie weggewischt und meine Trauma-bedingten Symptome schlimmer denn je.

Hier sitze ich, fühle mich immer noch oft wie ein hoffnungsloser Fall und *on top* steht die Diagnose Endometriose. Bis heute gibt es kein Heilmittel. Also heißt es, damit leben zu lernen, irgendwie. Die Krankheit ist weit verbreitet, aber man sieht sie den Betroffenen äußerlich meist genauso wenig an wie psychische Leiden. Das bringt uns wieder an den Ausgangspunkt zurück und zu der Frage:

»Wozu braucht denn eine äußerlich kerngesunde junge Frau einen Assistenzhund und was ist das überhaupt?«

Oft stoße ich im Alltag auf Unverständnis und beinahe unüberwindbare Hürden. Ob in Supermarkt oder Arztpraxis. Sprüche wie den Folgenden höre ich leider immer wieder: »Stopp mal! Hier dürfen Hunde nicht rein! Können Sie denn nicht lesen? Was denken Sie sich denn eigentlich dabei?«

Ja, was denke ich mir eigentlich? Immer brauche ich eine Extrawurst. Wer bin ich, dass ich mir sowas herausnehme? Ich bin die, die dafür kämpft, ein einigermaßen selbstständiges und vor allem selbstbestimmtes Leben zu führen, ohne mich ständig dafür erklären und rechtfertigen zu müssen. Ich habe es satt, an meine Wohnung gefesselt zu sein. Auch ich möchte und muss einmal raus vor die Tür. Zumindest will ich es versuchen können, und zwar jeden Tag aufs Neue. Muss ich meine Hilflosigkeit für jedermann nach außen hin sichtbar machen? Muss ich dafür mehrmals täglich fremden Menschen auf die Nase binden, dass ich für die ganz alltäglichen Dinge Hilfe benötige, weil ich das allein nicht schaffe? Muss ich jedem erklären, dass es eben nicht dasselbe ist, wenn mir fremde Menschen helfen, anstatt ein speziell dafür ausgebildeter Hund, den ich kenne und dem ich vertraue, wenn ich mal wieder die Orientierung verliere oder eine Panikattacke bekomme?

NEIN! Muss ich nicht, kann ich nicht und will ich nicht.

Mehr Aufklärung ist wichtig. Ich möchte Mut machen, damit sich mehr Menschen trauen, aus ihren Gefängnissen auszubrechen und ins Leben zu springen. Dafür sollte sich niemand rechtfertigen müssen. Erst recht nicht für die Hilfsmittel, die dafür nötig sind, damit ein Mensch den Sprung wagen kann.

Das ist einer der Hauptgründe, weshalb ich dieses Buch schreibe, und ich finde es super, dass ihr Interesse an der Thematik habt und wissen wollt, was alles so dahintersteckt.

Ich hoffe, dass ich euch einen guten Einblick verschaffen kann.

Ich weiß noch, wie viele Fragen und Zweifel ich zu Beginn hatte. Viele davon habe ich mich kaum getraut zu stellen.

Meine Unsicherheit war grenzenlos und wurde immer stärker, je mehr ich gegoogelt und nach Antworten gesucht habe.

Ich möchte hier vermitteln, was es bedeutet, einen Assistenzhund zu haben – mit allen Konsequenzen, allen Vor- und Nachteilen.

Ich möchte aufklären, wie wichtig Verständnis und Unterstützung für Betroffene sind.

Lotta und ich erzählen euch von den Stolpersteinen und Herausforderungen, die sich aufgetan haben und die wir tagtäglich überwinden. Wir erzählen auch von den Dingen, die wir besser mal vorher gewusst hätten, damit uns eine Menge Ärger und Leid erspart geblieben wäre.

Eine besondere Stellung in diesem Buch hat der Hund, dieses treue Wesen, das in der Lage ist, so viel für den Menschen zu tun und zu verändern.

Mir ist es ein großes Anliegen, hervorzuheben, dass der Hund kein Roboter ist, kein Mittel zum Zweck, kein Dienstleister, der 24/7 wie einprogrammiert funktioniert und ansonsten ausgetauscht wird. Der Hund ist weder Rollstuhl noch Krücke. Er ist ein fühlendes Wesen, das an der Seite seines Menschen im Stande ist, Wunder zu vollbringen.

Mit diesem Buch möchte ich für Interessierte und Betroffene etwas mehr Klarheit und Verständnis in Assistenzhund-Mythen bringen, wobei die Betroffenen mir aus persönlichen Gründen besonders am Herzen liegen, müssen sie doch viel zu oft für Verständnis und Hilfe kämpfen und diese suchen wie den Heiligen Gral.

In diesem Sinne wünsche ich euch viel Freude beim Lesen und hoffe, dass ihr nicht nur Antworten auf offene Fragen, sondern auch Mut, Kraft und Hoffnung im Buch findet.

Nicole Kunkel – Koblenz, im Juli 2021

1

Bauchgeflüster

Lotta – Sommer 2019

Kuschelig ist es hier drin. Wohlig warm, aber so langsam wird es eng. Ich kann mich gar nicht strecken und ständig tritt mich irgendwer. Wie viele sind eigentlich mit mir hier drin? Bestimmt 'ne ganze Fußballmannschaft. Leute, macht mal ein bisschen Platz, ja?

Mal fühlen. Eins, zwei, drei. Menno! Was für ein Gewusel. Haltet doch mal still. So kann ich gar nicht zählen. Nochmal von vorne. Eins, zwei, drei, vier, fünf, sechs. Ja! Sechs Köpfe mit meinem und eins, zwei, drei, ..., 24! Sage und schreibe 24 Beine, wenn ich mich nicht vertan habe. Kein Wunder, dass ich ständig eins davon im Magen oder am Kopf habe …

Ich halte also fest:

Wir sind insgesamt sechs süße Schokowelpen. Labradore, genauer gesagt. Und das noch dazu in einer perfekten Mischung. Haargenau drei Mädels und drei Jungs sind wir. Meine Brüder haben etwas weniger Braun abbekommen. Sie sind heller als wir Mädchen. Unser Fell hat die Farbe von Zartbitterschokolade und ist fast schon schwarz, während die Jungs aussehen, als hätten sie nur kurz in Latte Macchiato gebadet. Aber, dass ihr mir jetzt nicht auf blöde Ideen kommt, von wegen Schokolade und Kaffee. Beides ist für uns Hunde hochgiftig. Lasst bitte niemals Süßes, Chips, Nüsse oder so Zeug herumliegen, denn wir Labradore stellen in Sachen Futtervernichtung alle Hunde in den Schatten. Wir sind wahre Fressmaschinen und saugen in Millisekunden alles auf, was nicht bei drei auf den Bäumen ist. Dabei sind wir nicht wählerisch. Selbst vor Plastik, Glas und ähnlich gefährlichen Dingen schrecken wir nicht zurück. Und solche Sachen haben in einem Hundemagen rein gar nichts zu suchen. Die bringen uns schneller in lebensgefährliche Situationen, als ihr »Aus«

sagen könnt. Passt also immer gut auf. Denn wie heißt es so schön? Ordnung ist das halbe Leben, vor allem, wenn ein neugieriges und gefräßiges Hundebaby bei euch herumspringt.

Aber, wo war ich stehen geblieben? Genau! Bei meinen Geschwistern und mir. Noch sind wir im Bauch von Mama Emma. Unser Papa ist der beeindruckende Balu. Ein stattlicher Kerl ist das, aber unsere Mama ist auch nicht von schlechten Eltern. Ihre Mutter Lilli, also meine Oma, ist nämlich eine waschechte Assistenzhündin. Ich habe keinen Schimmer, was das genau ist. Auf jeden Fall habe ich schon mitbekommen, dass es etwas ganz Besonderes ist, das nicht jeder Hund werden kann und dass wir das im Blut haben. Jedenfalls sagen das alle hier. So viel ich verstanden habe, ist nicht jeder in unserer Familie so ein besonderer Typ von Hund. Mit Glück ist aber manchmal eine oder einer dabei, der mit diesen speziellen Charakterzügen ausgestattet und damit für diese Karrierelaufbahn geeignet ist. Dabei kommt es gar nicht auf die Rasse an. Auch Mischlinge können das im Blut haben. Ist das nicht voll spannend? Soll ich euch mal was verraten? Ich will sowas machen. Menschen helfen – das ist eine gute Sache. Ich wünsche mir, dass ich so eine Assistenzhündin werden kann. Das wäre stark. Hach, ich bin so aufgeregt. Die anderen hier sind das auch alle. Wir werden sehnsüchtig erwartet. Erst gestern war eine junge Frau bei uns zu Besuch, die hat Mama über ihren Bauch gestreichelt. Sie wünscht sich einen Assistenzhund. Nicole heißt sie. Auch, wenn das jetzt verrückt klingt, ich habe ihre Berührung und ihre Hoffnung gespürt. Noch dazu war sie meganervös. Warum auch immer, hat sie Sorge, dass Tina, unsere Züchterin und die Chefin hier, ihr keinen Hund gibt. So ein Unsinn. Unsere Chefin fragt sie nur so aus, um zu schauen, was für einen Charakter der Welpe haben muss, wer zu ihr am besten passen wird, und was er oder sie später alles bei ihr leisten soll. Klar will sie Nicole abchecken, ob sie sich der Verantwortung bewusst ist und ein Welpe bei ihr gut aufgehoben ist. Das macht sie bei allen, die einen Welpen aus unserer Zucht adoptieren wollen. Schließlich will sie nur unser Bestes. Wir sollen in gute Hände kommen. Warum Nicole denkt, dass ihre Hände nicht gut genug sind für einen von uns, und warum sie diese komische innere Überzeugung hat, dass ihr kein Hund zusteht, verstehe ich nicht. Verrückt, oder?

Warum hat sie solche Gedanken? Warum denkt ihr Menschen immer so viele und komplizierte Dinge? Keine Ahnung, wo das bei Nicole herkommt. Jeder hat doch einen treuen Wegbegleiter verdient. Warum auch nicht? Auf jeden Fall geht mir Nicole durch und durch. Ich glaube, ich kann ihr helfen. Hoffentlich, oh hoffentlich bin ich die Richtige.

2

Und täglich grüßt der ganz normale Ausnahmezustand

Nicole – Sommer 2019

Gleich geht die Sonne auf und ich habe keine Minute geschlafen. Die Nacht hat sich wie Kaugummi gezogen. Jede Sekunde davon eine einzige Qual. Ich habe aufgegeben, die Panikattacken zu zählen, die sich, wie fast immer, nahtlos aneinanderreihen, als ob sie sich wie grausame Nachtwächter zum Tor der Hölle gegenseitig ablösen.

Ich stürze ins Bad, wo der Eimer schon vor der Toilette bereitsteht. Rechtzeitig schaffe ich es, die gewohnt, verhasste Position einzunehmen, in der ich verkrampft auf der Kloschüssel hocke, den Eimer umarme und das Gefühl habe, meine kompletten Eingeweide herauszuwürgen, die nicht untenrum in die Keramik platschen. Einige Strähnen rutschten mir bei der Aktion in die bittersaure Gallensuppe. Wie Slimer von den Ghostbusters kleben sie dort, weil ich es wieder einmal nicht rechtzeitig geschafft habe, meine Mähne zu bändigen.

Duschen. Ich muss duschen, dringend.

Ich ignoriere bewusst mein Spiegelbild. Dieses zitternde Elend, das mehr einem ES oder einem gruseligen Zombie ähnelt als einer Frau, möchte ich jetzt nicht sehen, auf gar keinen Fall. Ich muss mich beruhigen. *Atme. Nicole, atme. Eins, zwei, drei, vier, fünf. Einatmen. Eins, zwei, drei, vier, fünf. Ausatmen. Nein, du musst jetzt nicht schon wieder kotzen. Atme und denk an was Schönes und riech auf gar keinen Fall an deinen Haaren!*

Ich schleppe mich unter die Dusche und versuche ein- und auszuatmen, ohne dass mir dabei der säuerliche Geruch meiner besudelten Strähnen in die Nase weht.

Das viel zu heiße Wasser läuft an mir herunter. Ich werde das aber erst später an den roten Flecken auf der Haut bemerken.

Mein Körpergefühl hat sich schon lange ins Nirwana verabschiedet, falls ich es überhaupt jemals besessen habe.

Ich kämpfe gegen die Übelkeit, die in meinem Bauch zu einer weiteren Runde ruft: »Wer will noch mal, wer hat noch nicht? Auf geht der Spaß.«

Eine neue Riesenwelle der Panik rollt in mir an. Zu blöd, dass Erbrechen sowie die Angst davor seit meiner frühesten Kindheit Trigger sind, die die ganze Panikkugel erst lostreten. Was für ein beschissener Kreislauf.

Ich greife mir ein Handtuch und hechte aus der Dusche zum Klo. Triefendnass rutsche ich mehr, als dass ich sitze mit dem Eimer im Arm auf dem Toilettensitz hin und her. Es fühlt sich an, als würde meine gesamte Speiseröhre in Flammen stehen, während ich Benzin hochwürge, das den Brand in Schach hält.

Es muss ein sehr einladendes Feuer in mir sein, denn nun stoßen auch noch Blase und Unterleib in die lustige Runde am Lagerfeuer dazu.

Sie krampfen und brennen alle zusammen um die Wette, als gäbe es kein Morgen mehr. Ich sterbe, denke ich und mir fällt die äußerst aufbauende Bemerkung meines letzten Psychiaters wieder ein:

»An einer Panikattacke ist noch keiner gestorben.«

Stimmt. Ich lebe noch, aber eine gruselige Sehnsucht nach dem Tod, nach einer Erlösung, danach, dass das alles endlich aufhört, wabert in meinem Kopf wie erstickender Rauch.

Ich kann nicht mehr. Alles um mich herum dreht sich und vor lauter Tränen und Schweiß sehe ich nur verschwommen. Trotzdem erkenne ich sowohl das alte als auch das hellrote, frische Blut in der Kloschüssel, als ich das kurze Abebben der Würge- und Schmerzflut nutze und mich aufrappele.

»Sehr wahrscheinlich hat die Endometriose Ihren Darm befallen«, schießen mir die letzten Worte meines Frauenarztes in den Kopf, bei dem ich schon wieder viel zu lange nicht mehr zur Kontrolle war. Aber die Darmspiegelung hatte doch nichts Besorgniserregendes zu Tage gebracht.

»Das heißt gar nichts«, hatte mein Arzt gesagt. »Die Wucherungen können von außen am Darm liegen. Das sieht man dann nicht in der Koloskopie. Genau das ist das Heimtückische an dieser Erkrankung.« Natürlich lässt sich dieser Verdacht nur in einer weiteren Operation ergründen, bei der sie dann direkt in einem Abwasch die neuen Herde mit samt betroffenem Gewebe – in diesem Fall Darmstücke – entfernen. Schlimmstenfalls würde ich mit einem künstlichen Darmausgang aufwachen. »Nein, daran will ich nicht denken!« Ich drücke die Spülung.

Da ist sicher wegen der ganzen Anstrengung und Würgerei nur ein Äderchen geplatzt, beruhige ich mich. Jeder Gedanke in die andere Richtung würde wieder eine weitere Panikattacke folgen lassen. Ich schaffe es ja nicht einmal mehr zu meinem einfühlsamen Gynäkologen, nach dem ich so lange gesucht habe. Wie soll ich da eine weitere Operation überstehen?

Außerdem kommen diese blöden Wucherungen ohnehin kurz darauf wieder. Wozu das alles?

Ich schiebe diese Gedanken in meinem Kopf so weit nach hinten, wie ich kann, und schleiche in die Küche.

Inzwischen ist es sieben Uhr und mein Magen hat sich so weit beruhigt, dass ich es mit einem Tee versuchen will.

Vielleicht mildert der die schlimmsten Krämpfe und das erdrückende Schwindelgefühl etwas ab.

Ich warte darauf, dass das Wasser kocht. Ein Schmerz, der mir den Atem raubt, schießt durch meinen Unterleib, gefolgt von einem Flashback-Gewitter in meinem Kopf aus längst vergangenen Bildern, die schlimmer sind als jeder Horrorfilm.

Es ist vorbei. Dir passiert nichts. Du bist hier in Sicherheit. Atme, Nicole, atme. Das geht vorbei, wiederhole ich in meinem Kopf das Mantra, das ich in der Traumatherapie gelernt habe und das mir in Fleisch und Blut übergegangen ist. Aber es hat keinen Zweck. Unnötig mich zu fragen, warum. Mein Mund wird immer trockener, ich zittere, als ob Starkstrom durch meinen Körper jagt und spüre, wie sich ein Tsunami aus Panik in meinem Inneren formiert.

Hilfe. Ich brauche Hilfe. Verzweiflung lähmt jeden anderen Gedanken. Ich stolpere durch die Wohnung. Vor und zurück. Hin und her. Wie ein Tiger im Käfig, der nach einer Fluchtmöglichkeit sucht. Doch es gibt keine. Inzwischen meldet sich eines der Kinder in meinem Kopf und übernimmt die Kontrolle. Ich bin im Kleinkindmodus, schluchze, weine und hätte ich nicht so eine Angst vor fremden Menschen, würde ich jetzt mit hundertprozentiger Sicherheit runter zur Nachbarin rennen, um sie anzuflehen »Bitte mach, dass das aufhört. Bitte hilf mir!« Nichts wünsche ich mir mehr als eine tröstende Umarmung, jemanden, der mich einfach nur festhält und mein verrücktes Nervensystem beruhigt. Dabei weiß der erwachsene und erfahrene Teil in mir genau, dass ich eben das gar nicht aushalten kann. Ich würde es nicht zulassen, selbst wenn es eine solche Person gäbe, die das tun würde.

Wenn du zu oft die Erfahrung gemacht hast, dass du keinem Menschen vertrauen kannst, dann ist das so.

Es gab Menschen, die für mich verantwortlich waren und für die ich meine Hand ins Feuer gelegt hätte. Genau das wurde mir zum Verhängnis und sogar lebensgefährlich. Sowas brennt sich ein.

Es ist ein langer Weg, andere Erfahrungen zuzulassen und ein noch viel längerer zur Heilung. Ich gehe ihn auf wackligen Beinen, auch wenn ich das Ende des Weges nicht sehen kann.

Das Kind in mir greift zum Telefon und ruft Chris, meinen Lebensgefährten, an. Vor lauter Schluchzern, die ihm durch den Hörer ins Ohr plärren, muss er mehrfach nachfragen und legt fast wieder auf. »Nici? Beruhige dich. Du musst dich beruhigen.«

»Ich kann nicht. Bitte komm. Du musst heimkommen. Bitte. Bitte hilf mir doch«, jammere ich ins Telefon und kann förmlich sehen, wie er mit den Augen rollt. Ob er genervt ist oder überfordert, kann ich nicht genau sagen. Vielleicht ist er nur in seiner eigenen Ohnmacht und Hilflosigkeit gefangen. Er seufzt. »Das geht nicht. Ich muss arbeiten. Beruhige dich.«

»Hab solche Angst. Mir ist so schlecht. Bitte, ich kann nicht mehr«, schluchze ich und fühle mich immer verlorener. Gleichzeitig schäme ich mich, kann aber nicht anders und höre mich flehen: »Bitte komm doch nach Hause. Ich brauche dich.«

Er seufzt diesmal eine Oktave lauter. »Du schaffst das schon. Mach dir was zu Essen. Du musst etwas essen, dann beruhigt sich dein Magen. Und dann schnappst du dir eine Katze und legst dich hin. Versuche einfach zu schlafen. Du musst dich beruhigen.«

Ich lege auf, ohne noch etwas zu sagen. Das Gefühl, allein und vollkommen hilflos zu sein, schwappt in eine neue Dimension.

Ich schlucke den riesigen Kloß aus Scham runter und schwöre mir, ihn in solch einer Situation nie wieder anzurufen. Verhalte dich nicht wie ein Baby. Du bist erwachsen, verdammt, beschimpfe ich mich und fühle mich dabei unsagbar unfähig und einsam. Warum ist das alles so schwer? Einfach beruhigen. Einfach atmen. Einfach nur leben. Einfach. Ja, alles *easy peasy*, denke ich und komme mir saublöde vor.

Tiere! Mit denen ist's leichter und sie sind immer für mich da. Ich suche die Wohnung nach einer meiner drei Katzen ab. Wo liegen die nur wieder herum? Ich finde keine meiner Fellnasen. Katzen eben. Ich spüre diesen brennenden Kloß im Hals und wünsche mir, Lara wäre noch da. Das war meine Seelenkatze.

Damit hier keine Missverständnisse aufkommen: Ich liebe jede meiner schnurrenden Fellknäuel mehr als mich selbst. Jede ist auf individuelle Art etwas Besonderes. Ich schätze Katzen vor allem wegen ihrer

Unabhängigkeit und ihrem eigenen Kopf, auch wenn es oft Situationen gibt, in denen ich es mir anders wünsche, weil ich Trost brauche. Genau dann vermisse ich Lara am meisten, meine wuschelige, graue Maunz-Kugel. Sie war vom Charakter her mehr Hund als Katze, immer an meiner Seite und doch eigensinnig speziell. Still war es mit ihr nie, da sie immer etwas zu erzählen hatte und lautstark genau die Liebe von mir eingefordert hat, die sie mir entgegenbrachte. Sie hat mich sogar aus Albträumen geweckt, liebevoll abgeschleckt, beruhigt und wieder in den Schlaf geschnurrt. Sie wäre eine gute Assistenzkatze gewesen, wenn es so etwas gäbe. Leider ist sie 2018 mit fast 16 Jahren über die Regenbogenbrücke gegangen und ich vermisse sie seitdem jeden einzelnen Tag.

Mein Magen krampft und ich spüre eine neue Welle aus Übelkeit in mir anfluten.

Ganz ruhig. Atmen. Nicole, atme. Ein, aus.

Mein Bauch grummelt. Hunger spüre ich keinen, nur Angst und neue Wellen, die sich zur nächsten Panikattacke formieren. Ablenkung. Muss mich ablenken. Essen, hat er gesagt. Ja. Ich sollte versuchen, etwas zu essen.

Ich suche in der Küche und im Vorratsschrank nach irgendetwas Essbarem, von dem ich denke, es im Magen behalten zu können.

Ein Nutella-Brötchen ist da eine eher schlechte Wahl. Cornflakes auch. Vielleicht Zwieback oder eine Banane. Nichts. Nicht einmal Knäckebrot ist da. Stimmt, heute ist Dienstag – Einkaufstag. *No way.* Das schaffe ich nicht. Nicht allein. Vor die Tür zu gehen ist undenkbar. Ich fühle mich verloren. Und da ist sie wieder, diese beschämende Hilflosigkeit. Sie macht sich in mir breit und droht mich innerlich zu zerreißen.

Und dann ist der Panik-Tsunami da und reißt binnen Sekunden all diese Gefühle mit sich.

3

Vorfreude

Lotta

Hach Leute, es ist alles so aufregend. Inzwischen weiß auch Tina, die Chefin hier, dass wir existieren.

Die Tierärztin hat dieses Ultraschalldings gemacht. Das ist ein Gerät, mit dem sie Mama in den Bauch leuchten, um uns zu sehen. Alle freuen sich jetzt wie Bolle.

Die Assistenzhundesache wird immer öfter Thema. Mir entgeht hier nichts.

Gestern habe ich aufgeschnappt, dass Nicole bei einer Frauenberatungsstelle war. Tina kennt die Chefin von dort – Frau Schmitt. Die beiden stehen in engem

Kontakt. Chefs unter sich eben. Auf jeden Fall hat Frau Schmitt Nicole bei diesem komplizierten Antrag geholfen. Sie hat ihr Mut gemacht.

Nicole hat sich dann getraut, bei einem speziellen Fonds, finanzielle Unterstützung zu beantragen, und zwar für die Anschaffung, Ausbildung und Haltung eines – jetzt haltet euch fest – Assistenzhundes. Das heißt, sie glaubt an mich und will mich zu sich holen. Jetzt guckt nicht so. Wenn ihr denkt, dass wir hier im Bauch von Mama nichts mitbekommen, dann täuscht ihr euch gewaltig. Auch, wenn ich nicht alles begreife, geht nichts an mir vorbei. Ich spüre mehr, als ihr denkt und die Dinge, die ich nicht verstehe, die schnappe ich von meiner Mama oder Oma Lilli auf.

Assistenzhund zu werden, das ist mein großer Traum, meine Bestimmung, das liegt mir einfach im Blut. Den Rest macht nachher meine Spezialausbildung. Aber es schadet ja nichts, gut vorbereitet zu sein. Deshalb saug ich über die Nabelschnur und mit meiner übermenschlichen Wahrnehmung alles dazu auf.

Ich will unbedingt Nicoles Assistenzhündin werden.

Wir gehören zusammen. Das spüre ich.

Ich erfahre jeden Tag Neues. Zum Beispiel, dass es verschiedene Arten von Assistenzhunden gibt, mit komplett unterschiedlichen Aufgaben. Je nach Einschränkungen des Menschen, den sie unterstützten. Das können Menschen mit körperlichen Behinderungen sein, aber häufig auch welche mit psychischen Problemen. Oft gibt es Zusatzaufgaben, die die Assistenzhunde leisten, die sie dann gleichzeitig zu sogenannten Warnhunden machen. In solchen Fällen können sie spüren und erschnuppern, dass sich im Körper ihres Menschen etwas gefährlich verändert.

Ob der Blutzuckerspiegel sinkt, oder ob ein epileptischer Anfall droht. Das ist der Hammer. Will ich unbedingt lernen, wenn ich groß bin. In Nicoles Fall müsste ich beides sein, hat Oma gesagt. Wenn man es genau nimmt, sogar drei in einem. Quasi ein Assistenz-Warn-Schutzhund. Seelentröster bin ich obendrein.

Nicole hat zwar keine Epilepsie aber die Anfälle, die sie hat, ähneln diesen sehr. Sie ist dann vollkommen hilflos und im besten Fall warne ich sie später einmal so früh, dass der Anfall sie gar nicht erst überwältigt. Beschützen tue ich sie auch noch. Vor den Menschen, die ihr oft Angst machen. Da wäre ich ihre Rückendeckung. Ich schirme sie ab oder verbelle einen aufdringlichen Menschen, wenn es sein muss. Ich führe sie aus Menschenmengen an einen ruhigeren, sicheren Ort, wenn sie Angst bekommt oder die Orientierung verliert.

Wenn ich Tina richtig verstanden habe, dann schafft Nicole es gar nicht mehr allein raus. Könnt ihr euch das vorstellen?

Gar nicht mehr vor die Tür zu gehen? Das ist doch furchtbar.

Mit mir könnte sie das aber wieder lernen. Das sind alles wichtige und spannende Aufgaben und ich will diesen Beruf unbedingt machen. Hoffentlich klappt es! Ich lerne, so gut ich kann. Ich weiß schon ganz viel über diese Trauma-Sache. Jeder Mensch braucht unterschiedliche Aufgaben von einem Assistenzhund. So individuell, wie wir Hunde sind, sind eben auch Menschen und so geht jeder anders mit schlimmen Erfahrungen um. Die Symptome sind vielfältig und doch werden sie alle unter dem Begriff *PTBS* zusammengefasst. *PTBS* steht für ***P**os**t**traumatische- **B**elastungs-**s**törung*. Die haben Menschen, wenn ihnen was ganz

Schreckliches zugestoßen ist. Zum Beispiel, wenn sie eine schwere Krankheit bekommen, die sie belastet oder wenn ihnen jemand anderes wehgetan hat und sie sich nicht wehren konnten.

Das kann in der Kindheit passiert sein oder später.

Viele Soldaten haben das zum Beispiel, wenn sie aus dem Krieg wieder nach Hause kommen.

Was genau Krieg ist, weiß ich nicht, aber es muss etwas Schlimmes sein, weil es mit Kämpfen und Tod zu tun hat. Auf jeden Fall sind da immer, wenn Menschen davon reden, unangenehme Gefühle dabei. Hass, Wut und Verzweiflung habe ich schon gespürt. Es ist gar nicht so leicht, weil alles so heftig in den Menschen durcheinanderwirbelt. Bei Nicole habe ich das auch bemerkt.

Ob in ihr drin Krieg herrscht? Das muss ich unbedingt herausfinden.

Sie braucht einen PTBS-Assistenzhund. Ihr sind nämlich schlimme Sachen zugestoßen. Bestimmt hat sie deshalb auch solche Probleme mit dem Vertrauen in Menschen. Ja, sie kämpft innerlich mit extremen Gefühlen. Ihre Angst, die Unsicherheit und wie verloren und verletzt sie ist, habe ich sogar durch Mamas Bauch gespürt. Jetzt weiß ich schon ein wenig, wieso sie so fühlt, und ich will ihr unbedingt helfen. Ich spüre, dass ich das kann. Hoffentlich sieht das die Chefin auch. Sie kennt sich ja auf dem Gebiet gut aus. Wäre doch gelacht, wenn ihr das nicht direkt ins Auge springt, sobald ich hier endlich rauskomme und sie mich sieht. Ich bringe die Eigenschaften für einen solchen Job mit. Das ist schon mal sicher, oder? Und ich strenge mich an, noch so viel wie möglich zu erfahren, damit ich bestens vorbereitet bin.

Das muss klappen. Drückt mir die Pfoten!

4

Hoffnung und Zweifel

Nicole

Eine weitere schlimme Nacht liegt hinter mir. Die Sonne lugt zaghaft durch dicke, schwere Wolken hindurch. Die Übelkeit und Panikwellen haben etwas nachgelassen. Tee und der Zwieback sind im Magen geblieben. Chris und ich haben einen kleinen Vorrat eingekauft, damit immer etwas davon da ist.

Der Darm grummelt und krampft zwar noch missmutig vor sich hin, aber immerhin hat mich die Toilette jetzt über eine Stunde nicht mehr gesehen.

Alles tut weh, am schlimmsten Unterleib und Kopf.

Es ist, als würde eine grausame, unsichtbare Kraft an jedem Zentimeter meines Körpers so lange herumzerren, bis ich endlich zerreiße. Als Sahnehäubchen obendrauf treibt mich dieses abartige Brennen in Blase und Becken in den Wahnsinn. Ich kann nicht sitzen. Liegen ist genauso unerträglich. Also rutsche ich von einer Pobacke auf die andere, während ich meinen Kräutertee trinke. Ich stehe immer wieder auf und wandere ziellos durch die Wohnung, als könnte ich den Schmerzen und unangenehmen Bildern von früheren Erinnerungen entkommen, die auf mich einströmen wie ein Blitzlichtgewitter.

Den Traum vom eigenen Hund, träume ich schon seit Kindertagen. Schon immer wünschte ich mir einen treuen Begleiter, der an meiner Seite ist, dem ich vertrauen kann, der mich aufrichtig liebt, ohne Bedingungen und Forderungen zu stellen. Dem ich das auch glauben kann. Gibt es so etwas?

Ein Hund, der mir all das schenkt und mir dazu noch hilft, die Hürden meines Lebens zu überwinden?

Darf ich mir das wünschen?

Im Moment ist das Ganze so unrealistisch wie Weihnachten im Juli.

Die Angst, dass ich wieder einer Wunschvorstellung hinterherjage, die niemals in Erfüllung gehen kann, verdunkelt jeden kleinen Funken Hoffnung. Zu oft bin ich bei meinen Versuchen gescheitert, etwas zum Besseren zu verändern.

Will ich zu viel? Ich möchte doch nur ein normales Leben führen. Darf ich das erwarten? Habe ich die Kraft, gegen noch mehr hartnäckige Windmühlen zu kämpfen? Steht mir solch ein Hund überhaupt zu? Wie finanziere ich das Ganze auf lange Sicht? Stiftungen und Fonds sind nicht auf Dauer dafür da und die Krankenkasse übernimmt erst gar keine Kosten. Gesetzlich sind sie nur für die Finanzierung von Blindenführhunden verpflichtet und selbst das müssen sich die meisten hart erkämpfen, da der ›Medizinische Dienst der Krankenversicherungen‹ oft der Meinung ist, ein Blindenstock hätte denselben Nutzen.

Hoffnung und Verzweiflung spielen Tauziehen in meinem Kopf.

»Das klappt eh nicht. Wird bestimmt genauso abgelehnt wie alles andere«, sagt meine innere Stimme, der ich mit jedem Tag mehr Glauben schenke. Aber immer, wenn ich im Internet auf Beiträge über Assistenzhunde stoße und sehe, wie sie Menschen mit PTBS helfen, kommen mir die Tränen. Dann flammt die Hoffnung neu auf, dass mir ein Hund den Alltag auf diese Weise erleichtern könnte. Aber bin ich den Belastungen, die durch Haltung und Ausbildung dieses Hundes neu hinzukommen, gewachsen?

Vom ganzen im Kreis drehen wird mir schwindelig. Ich fühle mich unsagbar müde.

Wie soll das werden, wenn ich mich zusätzlich noch um einen Hund kümmern muss? Ich bin doch null belastbar. Solche Tage wie heute sind die Regel bei mir. Was mache ich dann mit dem Hund?

Wer geht Gassi? Wer sorgt für Auslastung und Beschäftigung, wenn ich nicht vom Klo komme oder mich vor Schmerzen kaum bewegen kann? Chris hat mir zwar Hilfe versprochen, aber er ist durch seine Vollzeitstelle als Fahrer die meiste Zeit des Tages gar nicht zu Hause.

»Mach dir nicht immer so einen Kopf. Das kriegen wir schon hin«, hat er gesagt. Er sieht das alles nicht so eng und ist der Meinung, dass ich generell zu viel und zu oft zweifle.

Das stimmt zwar, aber es geht hier nicht um die Anschaffung eines neuen Computers. Es geht um ein Lebewesen. Das tauscht man nicht mal eben wieder um oder gibt es zurück, wenn es dann doch nicht funktioniert. Nein. Das Ganze muss schon vorher gut durchdacht sein.

Was ist, wenn ich wieder ins Krankenhaus muss oder von jetzt auf gleich zur Krisenintervention in eine Klinik?

Wer versorgt dann den Hund? Chris kann ihn nicht mit auf die Arbeit nehmen und einen Welpen acht bis zehn Stunden zu Hause allein lassen geht auf keinen Fall.

Ein gutes soziales Netzwerk zur Unterstützung wäre hier mehr als sinnvoll, aber wo soll ich das jetzt auf die Schnelle hernehmen? Ich habe nur Chris. Er und die Katzen sind meine Familie.

Die Online-Kontakte auf den Social-Media-Plattformen können mich mit dem Hund zu Hause nicht unterstützen und die paar Freunde, die ich habe, wohnen entweder zu weit weg oder kämpfen selbst mit ihrem Alltag.

Sabrina, die Hunde-Trainerin, zu der ich Kontakt aufgenommen habe, hat mich versucht zu beruhigen. »Ich bin auf jeden Fall für dich da und helfe dir, wo ich kann. Das packen wir zusammen schon. Die vielen Zweifel sind völlig normal. Das legt sich, glaub mir«, hat sie im letzten Telefonat zu mir gesagt. Das liegt jetzt schon Wochen zurück und ich erreiche sie nicht mehr. Das ist ein Problem und gibt mir ein mulmiges Gefühl.

Als ich den Kostenvoranschlag für den Antrag beim Fonds von ihr gebraucht habe, musste ich ihr auch ewig hinterhertelefonieren. Sie hat tagelang nicht reagiert, weder auf Anrufe noch auf Mails. Kein gutes Zeichen. Aber, wenn ich sie endlich einmal an der Strippe habe, dann ist sie immer nett und einfühlsam. Ich habe das Gefühl, dass sie mich und meine Probleme versteht.

Noch dazu gibt es kaum Hundetrainer, die auf die Ausbildung von Assistenzhunden spezialisiert sind. Erst recht nicht bei einer komplexen PTBS, unter der ich leide.

Es ist nicht leicht, einen guten Trainer zu finden. Teuer sind sie aber alle. Fast 10.000 Euro sollen die Stunden bei Sabrina insgesamt kosten, bis Lotta ein fertig geprüfter Assistenzhund ist. Dafür reicht das Geld vom Fonds gerade so aus. Nur für die Ausbildung. Alles andere muss ich anders finanzieren. Aber wie?

Die vielen Unsicherheiten und Zweifel treiben mich in den Wahnsinn und schieben mich eher in die entgegengesetzte Richtung: Ich sollte mir besser keinen Hund anschaffen.

Wenn überhaupt, dann wäre es besser, er würde in einer Patenfamilie großgezogen werden und dort die Ausbildung erhalten, wie es zum Beispiel in den USA Usus ist.

Überall lese und höre ich, wie anstrengend die Welpenzeit ist und egal wie ich es drehe und wende, ich bin nicht belastbar.

Ich sehe mich schon heulend allein mit dem Hund hier sitzen, einem Nervenzusammenbruch nahe und völlig überfordert, während das arme Fellbündel völlig verunsichert um mich herumspringt.

Was, wenn ich es mit dem Hund nachher doch nicht raus vor die Tür schaffe? Wenn ich dem kleinen Würmchen nicht das bieten kann, was er oder sie braucht? Was, wenn ich als hundeunerfahrene, blutige Anfängerin Fehler mache und dem Hund schade?

Was, wenn der die Prüfung nachher dann gar nicht schafft oder nicht mehr geeignet dafür ist?

Was, wenn ich heillos überfordert bin und den Hund zurückgeben muss? Eine Horrorvorstellung.

Also den Hund doch lieber in die Fremdausbildung oder bei einer Patenfamilie aufwachsen lassen?

Nein, wenn ich es mir recht überlege, will ich meinen Hund gar nicht in eine fremde Familie oder in so ein Drill-Institut geben. Der gehört an meine Seite, von Anfang an. Wie soll er sich denn sonst auf mich und meine ganzen Baustellen einstellen?

Wie soll ich mich an den Alltag mit Hund gewöhnen, wenn der gar nicht bei mir ist?

Mal abgesehen davon, dass ich es mir gar nicht leisten könnte, den Hund fremdausbilden zu lassen. Das würde nochmal mindestens das Dreifache kosten als die Selbstausbildung mit Trainerunterstützung. Woher soll ich die mindestens 30.000 Euro dafür nehmen? Und will ich das überhaupt?

Nein, ich will meinen Hund vom ersten Tag an begleiten und an meiner Seite wissen. Ich möchte keinen Tag mit ihm verpassen und er soll sich auf mich einstellen können. Oder besser gesagt: Wir wollen uns aufeinander eingrooven.

Ja, das wäre der Optimalfall, aber bin ich dem Ganzen gewachsen?

Das Vorhaben kann ich ohnehin abhaken, wenn mein Antrag beim Fonds abgelehnt wird.

Ich habe nicht einmal das Geld für die Anschaffung, geschweige denn für die Ausbildung, die mehr kostet als ein neues Auto.

By the way – ich hoffe, mein alter Toyota hält durch.

Wie blöd bin ich eigentlich? Ich bin doch finanziell schon mit dem Unterhalt und der Pflege meiner Katzen heillos überfordert. Ist noch gar nicht lange her, da hat mich die Nabelbruch-OP meines blinden, kleinen Katzen-Neuzugangs Stevie über 500 Euro gekostet. Also mehr als das Doppelte an Geld, das mir monatlich zur Verfügung steht, um Lebensmittel und andere Dinge des täglichen Bedarfs zu bezahlen. Stevie hätte ich streng genommen erst gar nicht aufnehmen dürfen.

Ich war und bin unvernünftig, was Tiere – vor allem Katzen – angeht, und verzichte für sie auf vieles.

Das, was sie mir schenken, ist unbezahlbar.

Neben unbeschwerten, glücklichen Momenten lassen sie mich durchhalten, geben mir eine Aufgabe und vor allem Liebe, die ich von Menschen nicht zulassen könnte. Tiere lieben bedingungslos.

Bei Menschen frage ich mich immer, was dahintersteckt, was sie im Gegenzug dafür erwarten. Und die meisten erwarten nach meinen Erfahrungen immer etwas im Gegenzug. In solchen Dingen bin ich ein Totalversager. Freundschaften zu knüpfen und zu halten ist etwas, das ich letztlich fast immer vergeige.

Ich bin gut darin, Leute zu vergraulen. Wo kein Vertrauen ist, kann leider keine Freundschaft wachsen, egal wie sehr ich mir die wünsche.

Ohne meine Katzen wäre ich heute nicht mehr hier.

In den Momenten, in denen ich verzweifle und das Gefühl habe, keine Sekunde länger durchzuhalten, sind sie wichtig.

Wenn ich nicht mehr will und nicht mehr kann und überlege, wie ich es am besten anstelle, mein Leben zu beenden, ist der erste Gedanke, der mir in den Kopf schießt: »Was wird aus meinen Katzen?«

Das reicht, um den lebensmüden Mist bleiben zu lassen, und ich mache weiter – mit dem stärkenden

Schnurren und Liebesbekundungen meiner Fellnasen im Ohr.

Nun ist aber so ein Hund um einiges teurer als eine Katze.

Ich will ja keinen Handtaschenhund. Ich brauche einen Hund, der mir Sicherheit gibt, mich im Notfall beschützt und verteidigt.

Am besten direkt einen Dobermann oder einen Rottweiler, aber an diese Rassen traue ich mich als Hunde-Anfänger nicht ran.

Es soll daher, wenn überhaupt, ein Labrador werden.

Ein Labrador-Retriever ist anfängerfreundlich, gutmütig und leicht zu trainieren, habe ich gelesen.

Für Unterhalt und Futter nehmen wir also zum Vergleich den Labrador. Der wiegt locker das Zehnfache einer Katze und frisst entsprechend mehr. Beim Tierarzt fallen auch schnell mal ein paar Hunderter, im schlimmsten Fall sogar Tausender an, die genauso bezahlt werden müssen wie das teure Futter. Ganz zu schweigen von den Mehrkosten, wenn der Hund aus gesundheitlichen Gründen einmal Spezialfutter oder Medikamente benötigt. Und nicht zu vergessen die

Hundesteuer. Alles zusammen sprengt meinen winzigen finanziellen Rahmen gewaltig.

Mache ich mir zu viele Sorgen oder bin ich einfach nur dumm und hoffe auf ein Wunder? Auf jeden Fall kommt nichts einfach so auf einen zugeflogen, erst recht kein Geld.

Und was ist mit meinem Alltag, den ein Hund auf den Kopf stellen wird? Auf der einen Seite soll genau der anders werden, aber kann ich das zulassen? Wenn mich an manchen Tagen bereits das unerwartete Klingeln des Telefons in Panik versetzt?

Veränderung ist harte Arbeit und bedeutet oft Rückschläge. Sie sind ein ständiges Tauziehen zwischen Angst und Hoffnung.

Allein der Gedanke an Veränderung und daran, dass etwas an meinem Alltag anders laufen könnte, löst unangenehme Gefühle bei mir aus. Dabei wünsche ich mir doch, dass mein Leben anders verläuft. Ich will raus aus meinem Gefängnis. Warum bereitet mir das Ganze denn eine solch große Angst? Das ist doch paradox.

5

Die Liste

Lotta

Mensch Leute, ich wüsste zu gerne, was auf dieser Liste steht. Nicole hat sie Tina geschickt.

Es geht da um meine zukünftigen Aufgaben. So habe ich das zumindest aus den Gesprächen hier rausgehört.

Dieselbe Liste hat auch die Trainerin bekommen.

Nicole hat all das da draufgeschrieben, was sie sich von mir als Assistenzhund wünscht.

Für Tina ist das wichtig, um mich dahingehend zu prüfen. Also ob ich diese Arbeiten später mal schaffen kann. Und die Trainerin muss wissen, was sie mir genau beibringen muss.

Die Einzige, die wieder einmal im Dunkeln tappt, bin ich.

Zu blöde, dass ich noch in Mamas Bauch bin. Von hier komme ich auf keinen Fall an diese Liste dran.

Warum liest die keiner vor?

Geduld ist gar nicht meins. Habe ich euch das schon gesagt?

Dafür bin ich aber gut darin, Dinge hinzunehmen, und ärgere mich nicht allzu lange über die Tatsache, dass ich diese Liste vorerst nicht in die Pfoten bekomme. Es gibt so viel, was meine Aufmerksamkeit verlangt. Bei euch Menschen ist das anders. Ihr könnt euch tagelang über Kleinigkeiten aufregen, die gar nicht zu ändern sind. Was für eine Energieverschwendung.

6

Kampf gegen Windmühlen

Nicole

Auseinandersetzungen mit Behörden, Ämtern und Versicherungen sind für mich gleichbedeutend mit einem Kampf gegen Windmühlen.

Und damit meine ich nicht die schnuckeligen Fachwerkmühlen aus Holz, sondern diese riesigen, unkaputtbaren Elektro-Windräder. Selbst der starke Hulk hätte seine Probleme, dagegen anzukämpfen. Ich wage mich einen Schritt vor, schöpfe Hoffnung, noch einen weiteren zu schaffen, und schon werde ich mindestens zehn zurückgepustet. Das ist Frust pur und macht mich auf Dauer mürbe. Anscheinend eine gut funktionierende Taktik bei diesen Institutionen.

Oft bin ich einfach nur müde und versuche vieles gar nicht erst.

Erschöpfung ist ein Zustand, der mir immer wieder aufs Neue beweist, wie wichtig es ist, gut mit den eigenen Kräften zu haushalten. Gleichzeitig lerne ich, dass immer etwas geht, selbst wenn ich denke, dass ich am Ende bin. Genau hier fängt dann die Gratwanderung an. Keine Ahnung, ob ich es jemals schaffe, ein Körpergefühl zu entwickeln, das mir sagt: »Stopp, Nicole. Es reicht.«

Ein Assistenzhund, der entsprechend trainiert wird, könnte mich darauf aufmerksam machen, wenn ich den Punkt mal wieder verpasse und über meine Belastungsgrenze sprinte.

Ich bemerke es nicht, übergehe oft diesen Punkt und tue Dinge, die ich besser lassen sollte. Was ist nötig und wichtig zu tun? Wann muss ich auf mich achtgeben, und gut zu mir sein?

Wann ist der Punkt der Überforderung? Bin ich nicht ständig überfordert? Verlangt mir dieses Leben nicht andauern Unmögliches ab, oder bin ich nur – wie so viele sagen, und vor allem aber meine eigene gemeine Stimme, – faul und unfähig?

Wie soll ich da die Balance finden und das tun, was erforderlich ist, um die eine entscheidende Veränderung herbeizuführen? Das lassen, das mir nur schadet und hoffnungslos ist.

Woher weiß ich, wann ein Kampf aussichtslos ist? Schließlich gibt es da noch die Sache mit den Behörden. Ja, das sind die wichtigen Angelegenheiten, um die man sich kümmern muss, egal was ist.

Ein Paradoxon der Extraklasse. Du musst diese Dinge regeln – immer aber vor allem dann, wenn du krank bist. Gerade dann. Ich will etwas an meinem Zustand ändern und trotz allem, müssen die Rechnungen weiterhin bezahlt werden. Wovon willst du leben, wenn du nicht mehr arbeiten kannst? Ich habe es zwar bis zur letzten Minute versucht, mich immer wieder auf die Arbeit geschleppt, blöderweise die Arbeitszeit reduziert, in der Hoffnung wenigstens eine Halbtagsstelle bewältigen zu können, aber da hatte ich mir mal wieder zu viel vorgenommen. Dabei war besonders die Arbeit in der Apotheke für mich in den letzten

Jahren ein großer Halt, den ich mir hart erkämpft hatte. Vorne im Kundenverkehr hinter der Beratungstheke zu stehen und mich nicht mehr nur im Labor zu verstecken, war nicht immer leicht, aber die vielen positiven Erfahrungen, die ich mit den Kunden machen durfte, haben mir geholfen, den Mut zu behalten. Sie haben mich darin bestärkt, dass ich sowas doch kann: mit Menschen real interagieren und anderen helfen. Aber das war alles vor dem ganzen Operationshorror, der den bisherigen Erfolg meiner Trauma-Arbeit nicht nur wieder auf Null, sondern in den Minusbereich katapultiert hat.

Vor allem die älteren Kunden, die nicht nur für ihre regelmäßige Medikation in die Apotheke kamen, sondern hauptsächlich für einen Plausch, für den sozialen Austausch, haben mir damals geholfen. Ihre Einsamkeit war auch mein ständiger Begleiter und so trafen diese Menschen bei mir auf verständnisvolle Ohren und schenkten mir das Gefühl, etwas dagegen tun zu können.

Das Bewusstsein dafür, einen wichtigen Beitrag in dieser Gesellschaft zu leisten, sogar etwas verändern zu können, ist in mir essenziell. Das ist die Kraft, die ich brauche, um weiterzumachen und auch schlechte Tage durchzustehen.

Nach der letzten großen Operation ging dann plötzlich gar nichts mehr. Es dauerte eine Weile, bis ich mir das eingestehen konnte. Ich wollte lange nicht wahrhaben, dass das Leben, in das ich mich fast zwanzig Jahre lang zurückgekämpft hatte, auf einmal so nicht mehr funktionierte. Es ging mir schlechter als jemals zuvor. Nichts half. Der tiefe Fall und der soziale Abstieg waren unvermeidbar.

Der Abgrund, der sich vor mir auftat, wurde mit jedem Tag größer und dunkler. Ich wollte kein Sozialfall werden. Dann lieber die Stunden reduzieren. Ich dachte, dass ich die halbe Arbeitszeit pro Woche packen könnte. Ein fataler Fehler. Obendrein haben diese vergeblichen Bemühungen, mich nachher unter das Existenzminimum katapultiert. Das Kranken- und Arbeitslosengeld sowie die Rente, die prozentual aus dem zuvor verdienten Lohn berechnet werden, sinken bei einem Teilzeitjob enorm. Dabei war das Krankengeld noch viel, im Vergleich zu dem finanziellen Loch, in das ich danach gefallen bin, als mein Anspruch nach anderthalb Jahren aufgebraucht war und ich von der Versicherung ausgemustert wurde.

Na ja, zum Glück haben wir überhaupt ein Sozialsystem, auch wenn es überarbeitungsbedürftig ist und einen Papierkrieg erfordert, der weltweit einzigartig ist.

Der Kampf mit Arbeitsamt, Jobcenter und Rentenversicherung hat fast zwei Jahre gedauert. Seit 2017 stapeln sich die Akten in ungeahnte Höhen.

Den Überblick in diesem Chaos zu behalten, ist ein Ding der Unmöglichkeit für mich, aber ich versuche es.

In der ganzen Zeit werde ich hin- und hergeschoben. Keine Behörde fühlt sich für mich zuständig. Noch mehr Untersuchungen sowie völlig sinnfreie und oft demütigende Gutachten folgen. Ständig falle ich durch irgendein blödes Raster. Na hallo, roter Faden meines Lebens, da bist du ja wieder! Nirgendwo passe ich rein. Zum Arbeiten bin ich wegen meiner Krankheiten nicht vermittelbar. Maßnahmen zur Rehabilitation sind inzwischen alle ausgeschöpft. Nur die Rentenversicherung, zu der mich alle hinschieben, sieht das komplett anders, schließlich bin ich doch noch so jung.

Es dauert, bis ich den neuen Stempel ›Erwerbsunfähigkeit‹ erhalte, der mir von allen am unangenehmsten ist. Ich will den nicht. Ich will doch arbeiten! Ich will nicht *unfähig* sein.

Aber was kann ich in meinem Zustand denn schaffen?

Vom Schreiben, das ich zur Selbsttherapie betreibe, kann man ja nicht leben, es sei denn, man wird der nächste Stephen King oder haut den neuartigen Harry Potter in die Tasten. Ein schöner Traum, aber kaum zu realisieren.

Die Erde dreht sich trotzdem weiter und bald spielen Ärzte und Therapeuten dasselbe Lied: ›Ich kann Ihnen nicht mehr helfen‹. ›Austherapiert‹ heißt der neue Stempel auf meiner Akte und der Eindruck, ein hoffnungsloser Fall zu sein, wird mein neues Lebensgefühl.

»Das alles ist ambulant auf keinen Fall in den Griff zu bekommen«, höre ich immer öfter von Therapeuten und Psychologen, bei denen ich Hilfe suche.

Blöd, dass stationäre Aufenthalte für mich zurzeit unmöglich sind, weil sie meinen psychischen Zustand verschlimmern würden, anstatt ihn zu verbessern.

Jeden Tag komme ich mir vor wie ein Jammerlappen, dem sein Leben entgleitet. Ich kann mich selbst nicht mehr ausstehen. Konnte ich das jemals? Soll das das Ende sein? Das war's jetzt also?

Die Wahrheit fühlt sich so an. Manchmal muss man den Tatsachen ins Auge sehen und die brüllen mich an.

Ich habe mir mein Leben definitiv anders vorgestellt.

Wofür habe ich überlebt? Wofür habe ich so lange gekämpft?

Sicher nicht, um jetzt hier zu hängen, wie ein Schluck Wasser in der Kurve, der von Tag zu Tag durch Horrornächte plätschert und in einem See aus Selbstmitleid ertrinkt.

Ich kann mich nicht damit abfinden, kein Teil der Gesellschaft mehr zu sein, keinen Job mehr zu schaffen. Mutter kann ich nicht mehr werden, ganz zu schweigen davon, vernünftig meinen Haushalt zu schmeißen.

Unfähig.

Ich schiebe das Gefühl beiseite und krame nach der Hoffnung in meinem Kopf. Irgendwas muss doch da noch für mich sein.

Das kann es nicht gewesen sein. Ich bin immer noch da. Ich bin doch wer. Ein Mensch mit Gefühlen, Wünschen und Träumen, auch wenn einige dieser Träume nicht mehr in Erfüllung gehen werden. Trotzdem will und darf ich doch etwas anderes in meinem Leben erfahren als Schmerz, Verlust, Angst und Verzweiflung.

Da gibt es noch jede Menge Leben, das ich erfahren möchte. Ich will leben. Aber wie?

Mein Schrank quillt über mit starken, verschreibungspflichtigen Medikamenten. Meine eigene, kleine Apotheke des Grauens. Beruhigungsmittel, Psychopharmaka, starke Schmerzmittel, wie Tilidin, Morphium und andere Betäubungsmittel.

Bei mir haben viele dieser Mittel leider dieselbe Wirkung wie ein Bonbon – nämlich gar keine. Manche haben dann wiederum so starke Nebenwirkungen, dass sie mich in regelmäßigen Abständen in die Notaufnahme schießen.

Der Behördenwahnsinn ebbt nicht ab. Der Kampf mit meiner Krankenversicherung, der nun fast vier Jahre andauert, zermürbt mich mehr und mehr.

Es geht darin um die Kostenübernahme für ein Medikament, das seit 2017 zur Schmerztherapie zugelassen ist und bis dahin als Kiffer-Droge verpönt war. Auf Deutsch: Es geht um die Kostenübernahme für medizinischen Cannabis.

Mittlerweile liegt mein Fall seit Ende 2017 beim Sozialgericht und kann sich noch Jahre hinziehen. Die Logik dahinter ist mir bis heute ein Rätsel.

Warum soll ich für den Rest meines Lebens stark abhängig machende Schmerz- und Beruhigungsmittel sowie Psychopharmaka einwerfen, die mir mehr schaden als helfen? Warum soll ich meinem Körper noch mehr Leid zufügen? Warum soll ich weiterhin Tabletten einwerfen, die ich gar nicht vertrage?

Mal abgesehen davon, dass eben diese Medikamente für die Krankenkasse um ein Vielfaches teurer sind.

Die Wirkstoffe der Cannabispflanze lindern die schlimmsten Schmerzen. Die ›Nebenwirkungen‹ helfen zudem noch, die Daueranspannung, Panikattacken und Angstzustände in den Griff zu bekommen und lassen mich wieder schlafen. Sogar die Depressionen, meine Albträume und Trauer werden davon weniger.

»Die will doch nur auf Rezept kiffen«, höre ich immer wieder. Aber ich habe nie gekifft. Ich hatte viel zu viel Schiss vor den Folgen. Hatte ich doch, weiß Gott, schon genug Probleme an der Backe. Auch sonst hatte ich in meinem Leben keinen Kontakt zu Drogen, außer zu Alkohol und Zigaretten.

Die Kontrolle über meinen Körper und über jede Situation zu behalten, ist für mich nach wie vor ein großer Schutzmechanismus, weshalb ich anfangs skeptisch war, was Cannabis angeht. Das Gefühl ›stoned‹ zu sein und nicht mehr reagieren zu können, will ich überhaupt nicht haben. Ich muss immer Herrin der Lage bleiben, so gut ich das vermag. Ich will mich nicht abschießen. Die Verzweiflung, sehr viele positive Berichte und die Hoffnung auf weniger Schmerzen waren dann aber stärker und ich habe Cannabis ausprobiert. Von einer Bekannten bekam ich eine kleine Menge für einen Joint. Ich hatte große Angst davor und es hat enorme Überwindung gekostet, dieses ›gefährliche‹ Kraut anzuzünden und zu rauchen. Vor allem hat es stärker gestunken als die nach alten Socken muffelnden Baldrian-Mäuse meiner Katzen. Zu meiner Überraschung ist nichts Schlimmes passiert, im Gegenteil. Plötzlich war diese fiese Übelkeit wie weggewischt. Auch die Schmerzen, die mich kaum haben atmen lassen, traten auf einmal in den Hintergrund. Ich konnte zum ersten Mal seit Jahren wieder entspannen und schlafen. Ich glaube, ein Lottogewinn hätte mich kaum glücklicher gemacht.

Ich habe mit meiner Schmerztherapeutin sofort einen Antrag bei der Krankenkasse gestellt, damit sie mir diese Therapie genehmigen. Gesundheit und die Befreiung von Leid sind mehr wert als alles andere, also habe ich das Geld vorgestreckt, so gut ich konnte. Ich hatte nicht vor, mich derart zu verschulden. Naiv wie ich war, dachte ich, dass die Therapie laut neuem Gesetz von der Krankenkasse problemlos übernommen werden würde, und dass ich das Geld für die Privatrezepte auf jeden Fall wiederbekäme, sobald der Bescheid da wäre. Es ist mir zu dem Zeitpunkt nicht in den Sinn gekommen, dass mein Antrag abgelehnt werden oder sich über Jahre hinziehen könnte.

Ich kämpfe weiter vor Gericht. Cannabis aus der Apotheke ist teuer. Die Kosten der Privatrezepte haben mich in noch mehr Schulden gestürzt und ich musste die Therapie Anfang 2019 letztlich erst einmal abbrechen. Entzugserscheinungen hatte ich keine, aber ich habe lange gebraucht, damit klarzukommen, dass ich nun ständig wieder Übelkeit, extreme Schmerzen und die Panikattacken ertragen muss, obwohl es da ein Mittel gibt, das alles lindern kann. Mir das Kraut illegal zu besorgen, davor habe ich zu viel Angst. Nicht nur vor den Dealern, die ich bei meinem Erfahrungsspektrum auf dem Gebiet wahrscheinlich noch mit Beamten in Zivil verwechseln würde, sondern auch vor gestrecktem Zeug. Ich bin krank genug, da muss ich mich nicht auch noch vergiften. Egal wie verzweifelt ich bin, das Ganze geht nicht ohne die Kostenübernahme der Krankenkasse, die nach wie vor darauf besteht, dass mir dieses ›gefährliche‹ Medikament nicht zusteht, und in meinem Fall eine zu große Gefahr darstellt, mich süchtig zu machen. Nicht auszudenken, wenn ich von diesem Pflänzchen abhängig werden würde und das teurere Morphium samt Valium nicht mehr bräuchte, die ja überhaupt kein Abhängigkeitspotenzial haben. Ironie aus.

Aber ich schweife ab. Das ist ein anderes Thema. Allein damit könnte ich ein weiteres Buch füllen über Sinn und Unsinn neuer, unausgereifter Gesetze. Ich habe da noch etwas in der Hinterhand, das Hoffnung auf Besserung verspricht: ein Assistenzhund.

Ob es Zufall ist, dass erst vor kurzem hierfür ein schon lange überfälliges Gesetz verabschiedet wurde? Nein! Genau das hat mich angetrieben, diese Zeilen hier endlich zur Veröffentlichung zu bringen. Denn das Gesetz ist, wie so viele, die auf die Schnelle neu ins Buch der Bücher gekritzelt werden. Es ist ausgesprochen lückenhaft, wenig durchdacht und fördert genau das, was es eigentlich verhindern soll: Die perfiden Machenschaften der unseriösen Assistenzhund-Firmen und Zertifikatshändler, denen es nur um das viele Geld geht. Leider auf Kosten unwissender Betroffener und armer Hunde, in denen von diesen Menschen nicht mehr gesehen wird als ein roboterhaftes Hilfsmittel, das auf dem Weg dorthin Kohle einbringt. Aber ich schweife schon wieder ab. An dieser Stelle ist Lotta noch gar nicht bei mir eingezogen. Ihre Geburt steht kurz bevor. Es kann jeden Tag so weit sein, dass die kleine Maus zur Welt kommt, und doch ist sie im Moment nur ein Hoffnungsschimmer in meinem Kopf. Mehr Traum denn Realität.

7

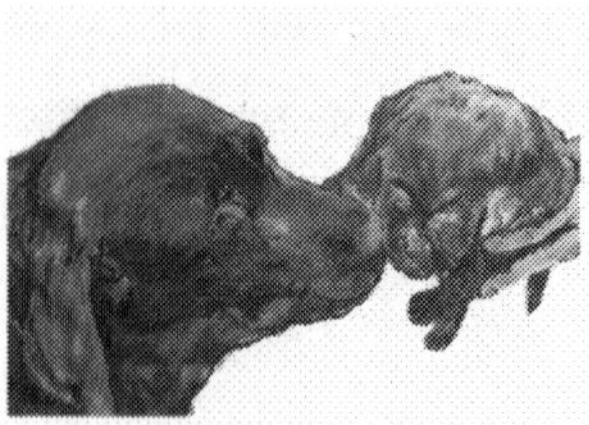

Neues Leben

Lotta – 8. September 2019

Hallo Welt. Da bin ich!

Die Wurfkiste, in der ich jetzt liege, ist nicht ganz wie Mamas Bauch, aber Tina hat alles mit viel Liebe gemütlich eingerichtet. Es ist ruhig und schön warm und kuschelig. Genau das Richtige nach dieser Tortur. Das Ganze mit der Geburt war anstrengender, als ich dachte. Der Weg war verdammt eng und so unendlich lang, aber ich habe mich unbeirrt herausgewunden und hier bin ich nun. Welt, ich komme!

Stolze 440 g bringe ich schon auf die Waage. Damit bin ich eine der Schwersten im Wurf. Ich bin sogar schwerer als zwei meiner Brüder. Mit dem Dritten bin ich gleich auf. Und ich habe einen Hunger, sag ich euch. Im Moment kann ich an gar nichts anderes denken, außer vielleicht noch, dass ich unsagbar müde bin.

Gut, sehen kann ich nicht. Meine Augen sind noch geschlossen und meine Beine fühlen sich hier draußen ganz wackelig an. Muss an dieser Schwerkraft liegen, der ich nun stärker ausgesetzt bin. Aber riechen kann ich. So viele Gerüche gibt es, das könnt ihr euch gar nicht vorstellen. Hier draußen ist die Welt viel lauter. Sie ruft nach mir. Jedem Klicken, Summen und Brummen muss ich auf den Grund gehen. Überall riecht es nach Abenteuer. Meine Kraft reicht leider nicht aus, um alles zu erkunden. Das ist nämlich ziemlich anstrengend. Schlafen und Fressen bestimmen meinen Tag. Wenn ich nur nicht so verdammt müde wäre. Leute, ich sage euch, es ist wie verhext. Die Tage ziehen an mir vorbei. Ich schlafe und schlafe. Das Einzige, was diese unendlich langen Phasen unterbricht, ist mein Hunger. Wie ein Schnellzug kommt der in regelmäßigen Abständen vorbeigerast und weckt mich auf. Dann torkele ich zu Mamas gefüllter Milchbar, trinke mich satt und schlafe wieder. Wer hätte gedacht, dass das dermaßen anstrengend ist. Das alles plättet mich.

In meinen Träumen flitze ich auch noch durch die Gegend. Ich übe und verarbeite im Schlaf alles, was ich am Tag erlebt habe. Das ist wichtig fürs Lernen. Schließlich wird man ja nicht von alleine ein Assistenzhund.

Meine Neugier ist ungebrochen, aber dieser Hunger ist stärker als jedes verlockende Geräusch. Zum Glück ist Mamas Milchbar gut gefüllt. Blöd ist nur, dass alle da dran wollen. Da darf ich keine Müdigkeit vorschützen und muss mich durchsetzen. Im Notfall füttert Chefin Tina zwar zu – auf sie ist Verlass in allen Belangen –, aber die Milch von Mama ist einfach die Beste.

Noch dazu kann es nicht schaden, Durchsetzungsvermögen zu erlernen. Das ist eine wichtige Eigenschaft für einen angehenden Assistenzhund, genauso wie Gleichmut. Also bloß keine Panik. Ich weiß, was ich will und lasse mich nicht abwimmeln. Aufgeben ist nichts für mich.

Habe ich schon erwähnt, dass ich tierischen Hunger habe?

Ich bin dann mal Milch tanken, bevor mir die anderen alles weggesüppelt haben. Bis später.

8

Das erste Treffen – nur gucken, nicht anfassen

Lotta – Ende September 2019

Leute, seit gestern ist's vorbei mit meiner inneren Ruhe und Gelassenheit. Da freue ich mich, dass Nicole mich bald besuchen kommt, und dann sowas!

Es wird ernst, und zwar richtig ernst. Zum Glück habe ich das Telefonat mitbekommen. Nicole bringt ihre Trainerin mit.

Die ist speziell ausgebildet und zertifiziert, um PTBS-Assistenzhunde zu trainieren, und will mich direkt mit ihren geschulten Adleraugen begutachten. Ja, sogar einen Eignungstest will die schon machen. Stellt euch das mal vor! Die spinnt doch! Ich bin gerade mal zarte drei Wochen alt und die verlangt schon einen knallharten Eignungstest, dabei kennt die mich noch nicht einmal. Unfassbar! Chefin Tina ist auch ganz baff deswegen.

Sie passt auf. Das beruhigt mich wenigstens ein bisschen.

Mir schießen tausend Fragen durch den Kopf und in meinem Bauch rumort ein komisches Gefühl. Ich habe Angst. Was, wenn ich durchfalle? Was muss ich alles leisten? Was wird die mit mir machen? Und vor allem, was muss ich machen? Ich muss mich vorbereiten. Ganz schnell. Ich muss das schaffen. Oma Lilli muss mir helfen. Die wird ja wissen, was und wie das alles vonstattengeht. »Ganz ruhig, Braune«, sagt sie immer.

Na ja, ruhig ist anders. Das geht gerade gar nicht.

Ich muss weg, Leute. Hab' noch viel zu tun. Drückt mir die Pfoten!

Omaaa! Wo bist du? Ich muss dich was fragen!

Nicole – 29.09.2019

Es ist wie auf einer Achterbahn. Eben noch spüre ich Hoffnung in mir aufsteigen, und dann rase ich im Affenzahn in die Tiefen aus Zweifel und Angst. Aber der Traum ist zu süß, um aufzuwachen und ihn jetzt schon abzuhaken. Ich möchte ihn weiter träumen, solange er währt.

Heute ist es endlich so weit. Heute darf ich Lotta zum ersten Mal besuchen und sie leibhaftig sehen.

Dass mein zukünftiger Hund eine Hündin werden soll, hat Tina mir geraten. Aus dem Grund, dass ich zurzeit mal wieder nur knapp über 40 kg wiege und durch die Schmerzen kaum Kraft habe, mich selbst über die Wege zu schleppen. Mit einem Rüden, der es locker auf bis zu 50 kg Körpergewicht bringen kann, würde es schwer werden, diesen an der Leine zu halten. Der würde mehr mit mir spazieren gehen als ich mit ihm und ich wäre ein wehendes Fähnchen am anderen Ende der Leine. Mit einer Hündin, die bis zu 35 kg auf die Waage bringen und jede Menge Kräfte entwickeln kann, wenn sie ausgewachsen ist, werden die Spaziergänge schwer genug für mich sein.

Vielleicht wäre ein kleiner Mischling, ein Yorkshire-Terrier oder ein Chihuahua in meinem Fall die bessere Wahl. Die sind süß und sicherlich auch ganz toll sowie lernfähig, aber wie soll ich mich bei so einer Miniaturausgabe von Hund sicher und beschützt fühlen? Es muss ein großer Hund sein, der etwas her macht, vor dem andere Respekt haben und auf Abstand bleiben. Am besten ein Herdenschutzhund oder ein Dobermann. Rottweiler finde ich klasse. Aber das ist keine gute Idee für einen Hundeanfänger wie mich. Nein. Ein Labrador passt sicher am besten zu mir. Kein großer, schwerer Rüde, in Ordnung. Ich widerspreche Tina da nicht, boxe die Zweifel meiner Eignung als Hundebesitzerin betreffend aus meinem Kopf, die sich bei diesen Gedanken zwangsläufig mal wieder einschleichen und versuche, an das Unmögliche zu glauben, bald Hundemama zu sein. Ein Kindheitstraum.

Der Gedanke, tatsächlich bald mit einem Hund an meiner Seite durch die Natur zu streifen, die ich so liebe, wärmt mein Herz. Ich vermisse meine Kraftorte im Grünen. Alles mit viel Wald und Wasser fehlt mir. Als ich noch im Stande war, allein durch die Wälder zu streifen, habe ich mir oft vorgestellt, wie schön es wäre, dabei einen hündischen Begleiter an meiner Seite zu haben. In den letzten Jahren wurde aus der Vorstellung dann ein sehnsüchtiger Wunsch. Ehrlich gesagt, ist mir das Geschlecht meines Hundes dabei so was von egal.

Ich bin unheimlich aufgeregt.

Drei Wochen ist Lotta jetzt schon alt und die Zeit hat sich gezogen wie Kaugummi. Der Name steht dafür schnell fest: Lotta. Bei dem Gedanken, dass sich bald ein Kindheitstraum von mir erfüllt, der Freude, Leichtigkeit und neue Hoffnung in mein Leben bringt, springt mir ein Bild von Pipi Langstrumpf in den Kopf. Ein selbstbewusstes Mädchen, das Spaß am Leben hat und sich nicht reinreden lässt. Pipi eignet sich aber für einen Hundenamen nicht wirklich, deshalb suche ich den zweiten Vornamen dieses großartigen Mädchens aus: Lotta. Passt!

Ich kann es gar nicht mehr erwarten, die süße, kleine Maus endlich zu sehen.

Wer hätte gedacht, dass drei Wochen so lang werden können?

Tina hat mir in der Zeit viele Fotos geschickt und als wir den Termin für heute ausgemacht haben, hat sie verkündet, dass sie sich inzwischen sicher ist, dass Lotta die richtige Wahl für mich ist.

So langsam zeichnen sich die Charaktere der kleinen Schoko-Monster ab und sie entwickeln individuelle Eigenarten.

Tina hat schon die ersten kleinen Tests gemacht, um zu schauen, ob Lotta spezielle Charakterzüge eines Assistenzhundes zeigt. Zum Beispiel, ob sie mutig und unerschrocken vorangeht, sich nicht aus der Ruhe bringen lässt und nicht zu sensibel ist. Diese letzte Eigenschaft ist sehr wichtig. Das wollte mir zunächst auch nicht ganz einleuchten. Ich dachte, dass ein Assistenzhund ganz besonders feinfühlig sein sollte. Meiner Meinung nach haben alle Hunde generell empfänglichere Antennen als Menschen und übertreffen damit selbst das sensibelste Gemüt. Nicht zu sensibel sein, meint aber hier eher eine hohe Frustrationstoleranz zu haben. Diese kann man später mit speziellen Übungen noch erweitern, aber für einen Assistenzhund ist es wichtig, dass er von Anfang an ein nicht so empfindliches Gemüt mitbringt.

Wie bei uns Menschen gibt es unter Hunden eben auch vor Selbstbewusstsein strotzende Draufgänger und kleine Sensibelchen, so wie ich eines bin. Letzteres wäre eine ziemlich ungünstige Konstellation, auch wenn ich dann nicht mehr alleine völlig überfordert irgendwo in einer Ecke der Stadt kauern würde. Dies würde mich allerdings keinen Schritt weiterbringen. Zudem benötigt ein solcher Typ von Hund einen selbstsicheren Menschen, an dem er sich orientieren und seine eigene Unsicherheit ablegen kann. Nichts gegen Feinfühligkeit, aber ein zu sensibler Hund wäre schnell frustriert und verunsichert, wenn der Halter nicht direkt reagiert. Genau das kann aber eine Person mit Einschränkungen oft nicht und ein PTBS-Betroffener erst recht nicht.

Eines der häufigsten Symptome ist die Dissoziative-Störung. Bei einer Dissoziation ist der Betroffene von jetzt auf gleich völlig weggetreten. Das kann durch alle möglichen Auslöser geschehen, die dem Betroffenen meist gar nicht bewusst sind, zum Beispiel ein Geruch, ein Geräusch oder ein Körpergefühl. In so einem Moment bekommt man nichts mehr mit, ist handlungsunfähig und hilflos. Ein Hund, der sensibel darauf reagiert, würde darunter leiden. Er wird, wie gelernt und wie in so einem Fall auch gewünscht, versuchen, diesen Zustand zu unterbrechen, mit Lecken, Bellen, mit den Pfoten oder seinem ganzen Gewicht. Das funktioniert aber vielleicht nicht immer. Je nach Situation und Intensität kann es lange dauern, bis der Mensch wieder zurück in der Realität und in seinem Körper ist. Dann ist es enorm wichtig, dass der Hund nicht direkt frustriert das Handtuch schmeißt – nicht nur für den betroffenen Menschen, sondern auch für das Wohlbefinden des Hundes. Denn der leidet darunter, wenn sein Handeln nicht von Erfolg gekrönt ist. Ein vor Selbstbewusstsein strotzender Charakter hingegen wird hartnäckig am Ball bleiben. Er wird sich davon nicht beeindrucken lassen. Selbst dann nicht, wenn der Besitzer trotz aller Bemühungen nicht reagiert. Schlimmstenfalls wird er irgendwann sein eigenes Ding machen, anstatt fix und fertig in einer Ecke vor sich hin zu leiden oder gar aggressiv zu reagieren.

Lotta bringt bereits ein paar wichtige Eigenschaften mit. Bin ich froh, dass Tina sich da so gut auskennt. Aufgrund ihres jahrelangen Erfahrungsschatzes kann sie ihre Welpen super einschätzen und die Kleinen spielerisch, ohne sie zu überfordern, testen.

Laut Tina ist Lotta enorm selbstbewusst und läuft unbeirrbar ihrem jeweiligen Ziel entgegen. Lotta lässt sich von nichts aus der Ruhe bringen. Das, was sie sich in den Kopf gesetzt hat, zieht sie unbeirrbar durch. Sie fragt nach und schluckt nicht das erst beste Kommando, das man ihr vorkaut. Das ist einerseits eine wertvolle Eigenschaft für ihre späteren Aufgaben als Assistenzhündin, anderseits verlangt es der Erziehung einiges ab. Bereits die Grundausbildung mit Lerninhalten wie »Sitz«, »Platz« und »Bleib« wird mich viele Nerven kosten. Später jedoch wird Lottas Unbeirrbarkeit und ihr Durchsetzungsvermögen Gold wert sein, wenn sie mich, zum Beispiel, vor einem drohenden Anfall warnt und ich sie mit einem »Nein« wegschicken will. Super, wenn Lotta mein Kommando in diesem Fall nicht gelten lässt und so lange weiter anzeigt, bis ich die Gefahr erkannt und gebannt habe.

Bei diesem Thema fällt mir direkt wieder die andere Herausforderung ein, die ich auf diesem Weg unbedingt bewältigen muss. Ich komme nicht drum herum, eine selbstbewusste Grundeinstellung und Ausdrucksweise zu erlernen und an den Tag zu legen, die ein Hund ernst nimmt. Womit wir wieder bei meinen guten alten Zweifeln wären. Irgendwie ist es paradox, dass ich einen Assistenzhund brauche, weil ich Einschränkungen habe, die eine unsichere Persönlichkeit miteinschließen, ich aber eben genau diese ablegen muss, um erfolgreich einen Hund zu erziehen. Vielleicht ist das die nötige Motivation, die ich brauche.

Ich muss selbstsicherer werden, damit ich Lotta die nötigen Fertigkeiten beibringen kann, die mir das Leben erleichtern.

Mit dieser tierischen Unterstützung beschreite ich dann einen neuen Weg. Einen, der nicht mit Hilflosigkeit gepflastert ist.

All das geht mir auf der langen Fahrt zum ersten Treffen mit Lotta durch den Kopf.

Chris fragt mich mehrmals, ob alles in Ordnung ist.

»Ja«, »Nein« und »Keine Ahnung«, sind meine Antworten, woraufhin er nur seufzt und zum gefühlt hundertsten Mal sagt, dass ich mir nicht immer so den Kopf zerbrechen soll, woraufhin wir beide dann mit den

Augen rollen und er noch »Typisch Nici«, hinterherschiebt.

Ein Gedanke ist gleichzeitig traurig, aber durchaus beruhigend: Ich bekomme das Ganze sowieso nicht genehmigt. Der Fonds lehnt die Kostenübernahme sicher ab. Alles bleibt, wie es ist.

Der Traum wird ein Traum bleiben und Lotta zieht in ein anderes, vielleicht sogar besseres Zuhause.

Chris und ich stehen vor Tinas Haus, alles ist unwirklich und weit weg, als ich klingele.

Die Tür geht auf und eine Horde liebesverrückter Labradore stürmt auf uns zu. Sie springen an uns hoch und lecken uns überall dort ab, wo sie nackte Haut erwischen, was im Sommer bei knapp 30 Grad nicht gerade wenig Stellen sind. Die Bande begrüßt uns, als wären wir lang vermisste Familienmitglieder. Ich fühle mich willkommen, ohne dies auch nur ansatzweise in Frage zu stellen, so wie ich es üblicherweise tue.

Alle Bedenken, Zweifel und komischen Gefühle rutschen in den Hintergrund, als mich Tina zur Wurfkiste samt Auslauf führt.

Überall verstreut liegen die niedlichen Welpen mit ihren Knautsch-Gesichtern. Sie schlafen in den unmöglichsten Positionen. Als wären die Kleinen bei einem gefährlichen Kampf mit einer Decke oder einem Kissen plötzlich, so wie sie waren, in den Schlaf gefallen. Sie piepsen und ihre kleinen Beine zucken.

Was sie wohl Spannendes träumen, frage ich mich, während ich von einem zum anderen spähe, in der Hoffnung, Lotta zu erkennen.

»Die mit dem lila Halsband dahinten, das ist Lotta«, sagt Tina, als hätte sie meine Gedanken gelesen.

Mein Herz macht einen Sprung. Am liebsten würde ich zu Lotta in den Laufstall, sie in die Arme schließen und an meine Brust drücken. Tina scheint auch dieser Gedanke nicht zu entgehen: »Nur gucken, nicht anfassen. Sie sind noch zu klein. Das Infektionsrisiko ist zu groß und wir wollen doch nicht, dass die Kleinen krank werden.«

»Natürlich nicht«, erwidere ich, versuche, so vernünftig wie möglich dabei zu klingen, kann aber die Enttäuschung, die unweigerlich in meiner Stimme mitschwingt, nicht unterdrücken, genauso wenig, wie ich meine Augen von den kleinen Schokoladenkugeln vor mir lassen kann.

Ich könnte den ganzen Tag hier stehen und die Bande beobachten. Es gibt aber noch viel zu besprechen und so folge ich Tina ins Wohnzimmer. Mein Herz klopft wie verrückt, dabei ist sie ganz lieb und will nur sicherstellen, dass ich gut vorbereitet bin. Meine Zweifel wachsen in ungeahnte Höhen. So viel gibt es zu beachten, so viel vorzubereiten und zu wissen.

Ganz schön viel zu tun mit einem Welpen und das alles natürlich auch an Tagen, an denen es mir nicht gut geht.

Ein Welpe ist nicht stubenrein und die kleine Blase kann noch nicht viel speichern. Am Anfang heißt das also schlimmstenfalls alle zwei bis drei Stunden vor die Tür, auch nachts. Wie soll ich das schaffen? Meine Ängste klopfen wie irre gegen meine Brust. Mir wird mal wieder bewusst, wie eingeschränkt ich bin. Kann ich das mit einem Welpen wirklich schaffen?

Lotta ist so winzig und hilflos. Ich werde noch eine ganze Weile auf sie aufpassen müssen und ein süßer Labrador-Welpe wird wohl kaum einen bösen, aufdringlichen Fremden, dem ich nachts draußen begegne, abschrecken können. Blöd, dass ich keinen Garten habe. Noch so ein Zweifel, der laut schreit: »Um einen Hund zu halten, brauchst du auf jeden Fall ein Haus mit Garten. Eine Mietwohnung ist kein geeigneter Ort für einen Hund.«

Keine Ahnung, wo ich diese Annahme herhabe, aber sie hält sich hartnäckig. Solange der Hund regelmäßig nach draußen kommt, beschäftigt wird und ausreichend Auslauf hat, ist eine Wohnungshaltung auf kleinerem Raum kein Problem. Dem Hund ist wichtig, dass sein Mensch in der Nähe ist, nicht wie groß und nobel das Domizil aussieht. Das bewahrt mich allerdings nicht davor, nachts nach draußen zu müssen, ins Freie, und zwar allein. Also nicht ganz allein, mein Würmchen von Lotta ist ja da. Nur dass ich sie in der ersten Zeit beschützen muss und nicht umgekehrt. Ich bezweifle, dass ich allein im Dunkeln in der Lage bin, nur einen Schritt vor die Tür zu wagen. Ist mein Vorhaben jetzt gescheitert?

Wir könnten eine kleine Pipi-Ecke auf dem Balkon einrichten.

Nur für den Übergang, solange Lotta nachts noch nicht einhalten kann und ich mich im Dunkeln nicht auf die Straße traue.

Ein Stück Wiese auf einer Plane oder in einer flachen Schale sollte seinen Zweck übergangsweise und im Notfall erfüllen.

Ich bin fürs Erste erleichtert. Genauso machen wir's.

Der nächste Punkt, den Tina anspricht, ist die welpensichere Wohnung. Darüber habe ich mir schon viele Gedanken gemacht und habe tatsächlich die wichtigsten Dinge, die Tina erwähnt, berücksichtigt.

Das, was jetzt noch Bauchschmerzen macht, sind meine Katzen.

Wie werden sie auf Lotta reagieren? Es kann schnell zu gefährlichen Situationen kommen, nicht unbedingt für meine Katzen, sondern für Lotta. Katzen hauen, wenn sie zuschlagen, ins Gesicht, also auf Lottas empfindliche Hundenase. Im schlimmsten Fall treffen sie die Augen. Das wäre eine Katastrophe.

Gut aufpassen ist da angesagt und beten, dass alle gut miteinander auskommen oder sie es zumindest mit der Zeit lernen. Zur Not hilft die Hundetrainerin, falls es überhaupt in diesen Punkten zu Problemen kommt. Meistens arrangieren sie sich untereinander, heißt es.

»Lass sie mal machen. Das regeln sie unter sich«, hat die Trainerin dazu gesagt und Tina stimmt dem zu.

Wahrscheinlich mache ich mir mal wieder zu viel Kopf.

Dass ich mir bei dem Thema ›Hundetrainer‹ gar nicht genug Kopf machen kann, weiß ich hier noch nicht. Ich bin zwar ein bisschen verunsichert, dass ich Sabrina nicht mehr erreiche, obwohl sie zu diesem Termin hier mitkommen wollte, aber sowas kann ja passieren, denke ich und ahne nichts Böses.

Ich sitze hier, nicke alle Fragen von Tina ab und stelle selbst welche, in der Hoffnung, meine Zweifel etwas zu minimieren.

Je mehr wir reden, umso öfter denke ich, dass ich mir zu viel zumute, dass ich der ganzen Sache nicht gewachsen bin.

»Ich bin ja auch noch da und helfe dir, wo ich kann«, sagt Chris. Tina nickt. »Das ist gut und wird auch Lotta entlasten, wenn sie bei dir mal abschalten kann, Chris. Es ist wichtig, dass sie auch Auszeiten von Nicole bekommt. Sie soll vor allem auch Hund sein dürfen und auch spielen und toben.«

Ich komme aus dem Nicken gar nicht mehr raus. Ja, klar soll Lotta das sein dürfen. Sie muss nicht die ganze Zeit auf mich aufpassen. Ja, es ist wichtig, dass ich jemanden habe, der mir hilft. Jemand, der mit dem Hund auch mal tobt, spielt und Lotta die Möglichkeit gibt, ein bisschen Auszeit von mir zu nehmen.

Die Hilfe von anderen Menschen in den Zeiten, in denen ich nicht in der Lage bin, mich zu kümmern, ist unerlässlich. Ich muss ein gutes Netzwerk haben, Menschen, denen ich vertraue, die Lotta nehmen und sich um sie kümmern, wenn ich zu krank bin, zu starke Schmerzen habe oder ins Krankenhaus muss. Nun besteht mein Netzwerk nur aus meinem Lebensgefährten, der Trainerin und Tina. Ich habe keine Familie im Rücken, keine Freunde. Jedenfalls keine, die in meiner Nähe wohnen und sich diese Verantwortung zutrauen. Ob das ausreicht?

Ich mache mir Sorgen, vor allem, weil es immer mal wieder Probleme mit meinem Lebensgefährten gibt. Ich bin kein einfacher Mensch und habe mit Beziehungen sowie deren Aufrechterhaltung so meine Probleme.

Dazu kommt, dass Chris voll berufstätig ist. Das heißt, er ist unter der Woche von morgens fünf bis zum Teil in den späten Nachmittag gar nicht zu Hause. Wer soll mir dann helfen, wenn ich nicht vom Klo komme oder nicht aufstehen kann? Die Hundetrainerin fällt mir in diesem Moment wieder ein. Sie ist so nett und hat mir ihre volle Unterstützung angeboten. Ich habe sie im Ohr, wie sie mich beim letzten Telefonat beruhigt hat: »Ich kann Lotta auch mal tagsüber zu mir nehmen. Das ist überhaupt kein Problem. Ich kann dann auch mit ihr das ein oder andere allein trainieren. Langfristig könnten wir für euch eine Patenfamilie suchen, die dich mit Lotta unterstützt und in Notfällen einspringt.«

Ob sowas das Richtige für mich ist, wage ich zu bezweifeln. Lotta fremden Leuten anzuvertrauen, wird keine leichte Nummer für mich werden, auch wenn mir Sabrina versichert hat, dass sie mir dabei hilft, gute und erfahrene Menschen zu finden, die mich mit Lotta unterstützen.

Noch lange nach meinem ersten Besuch bei Lotta, wirbeln mir viele Sorgen und Gedanken durch den Kopf und mein Bauch krampft mit einem mulmigen Gefühl um die Wette.

Der Abschied fällt mir schwer, auch wenn ich Lotta in zwei Wochen wieder besuchen darf, und sie dann endlich auch knuddeln kann.

Wir verabschieden uns und ich werfe einen letzten Blick auf Lotta. Sie liegt im Laufstall neben einem Kissen, das dreimal so groß ist wie sie. Ihre Beinchen zucken, als würde sie auf der Stelle laufen, wahrscheinlich flitzt sie im Traum durch ein Hunde-Abenteuerland. Mir wird warm ums Herz. Ihr Gesicht sieht aus wie eine Mischung aus Robbenbaby und Teddybär.

Wie friedlich und zufrieden sie aussieht.

Bis zum nächsten Mal, mein Schatz.

Lotta

Wie, was, wo? Nein! Oh, nein! Ich habe doch nicht etwa Nicoles ersten Besuch verschlafen? Nein, das kann nicht sein.

Ich habe doch so schön von ihr geträumt. Tina hat mich aus dem Laufstall gehoben und mich Nicole gezeigt. Leider durfte sie mich nicht anfassen. Wegen der Keime und sowas. Dabei hätte Nicole mich so gerne in den Arm genommen. Das habe ich genau gespürt. Oder habe ich das nur geträumt? Moment mal. Da war ich doch kurz wach, oder? Gar nicht so leicht, die Realität von der Traumwelt zu unterschieden. Vor allem, wenn man so viel schläft wie ich.

Egal, es war schön, egal ob ich das jetzt nur geträumt habe. Nicoles Herz hat einen Hüpfer gemacht, als sie mich gesehen hat, das habe ich gemerkt. So habe ich mir das vorgestellt. Ich kann ihr zeigen, was Freude und Liebe ist. Ich werde ihr meine bedingungslose Freundschaft und Liebe schenken. Dafür war das schon mal ein guter Anfang. Findet ihr nicht?

Aber Moment mal. Da war doch noch was. Genau! Wo war diese Trainerin? Die ist nirgends vorgekommen. Nicht im Traum, nicht als ich wach war, und auch nicht dazwischen. Die wollte mich doch prüfen. Dafür habe ich mich extra vorbereitet. War das nun umsonst? Ich wollte ihr doch zeigen, was ich alles schon kann, und dass ich die beste Wahl für die Ausbildung zum Assistenzhund für Nicole bin. Ich habe so viel geübt.

Okay, ich gebe zu, ich bin eh immer die Erste, die vorangeht. Furchtlos und unerschrocken. Aber ich habe das verfeinert, damit mich auch wirklich nichts aus der Bahn werfen oder verunsichern kann. Und jetzt? Jetzt bin ich doch verunsichert.

Die ganze Aufregung und Vorbereitung umsonst, und dann habe ich noch Nicoles Besuch verschlafen.

Ich muss unbedingt in Erfahrung bringen, wann Nicole das nächste Mal kommt. Ich weiß, dass sie nochmal zu Besuch kommen wird. Tina hat sie vertröstet. Im Halbschlaf habe ich mitbekommen, wie sie zu Nicole gesagt hat, dass sie Geduld haben soll, und dass sie mich in zwei Wochen in den Arm nehmen und streicheln darf.

Aber wird sie auch in genau zwei Wochen kommen? Was, wenn sie früher kommt? Und wenn, bringt sie dann diese unzuverlässige Trainerin mit, die mich prüfen soll? Hoffentlich habe ich bis dahin nicht alles wieder vergessen. Die Aufregung reißt nicht ab. Ich werde mich weiter vorbereiten. Ja! Ich werde Oma weiter mit Fragen löchern. Ich werde ...

Oje, bin ich schon wieder müde. Fürs Erste werde ich ein Schläfchen einlegen.

Gute Nacht, ihr Lieben.

9

Vorbereitungen

Nicole – Oktober 2019

Immer öfter überfallen mich inzwischen Glücksgefühle. Ich blende alle Zweifel aus und lasse mich wie ein kleines Kind in dem Glauben treiben, dass alles gut wird und Lotta bald zu mir kommt. Meistens dauert es dann nicht lange, bis der kritisch- pessimistische Anteil in mir schimpft, dass ich gar nicht vorbereitet bin und noch so vieles erledigen muss. Ich weiß gar nicht, wo ich anfangen soll.

Als Erstes habe ich mir die Hunde und Welpen Ratgeber besorgt, die mir Tina ans Herz gelegt hat. Die guten Stücke aus dem Hause GU waren ganz schön teuer. Dennoch muss ich mich so gut es geht informieren und auf alle Eventualitäten gefasst sein. Lotta soll alles haben, was sie braucht, und ich sehe es als meine Pflicht, alles, was ihr schaden könnte, von vornherein zu eliminieren.

Das beruhigende Gefühl, gut vorbereitet zu sein, stellt sich auch nach mehrmaligem Studieren der Lektüren nicht ein. Im Gegenteil. Mich beschleicht die Erkenntnis, dass ich zunehmend nervöser und unsicherer werde, je mehr ich lese und das Internet durchforste. Das Schlimmste ist, dass überall etwas anderes steht. Ja, in vielen Punkten, gerade was die Erziehung und den Umgang mit Welpen angeht, widersprechen sich die Ratgeber untereinander extrem. Was stimmt denn nun? Wem soll ich glauben? Wenn ich Google befrage, wird's noch schlimmer.

Auch zum Thema Hundetrainer muss ich mir dringend Gedanken machen. Ich habe nämlich Sabrina immer noch nicht erreicht und da ich nachher nicht ohne Trainer dastehen will, durchforste ich weiter das Netz. Mal sehen, was die Hundetrainer zu meinen Fragen antworten. Was soll ich euch sagen? Die widersprechen sich untereinander genauso wie die teuren Ratgeber, die sich vor mir stapeln.

Gute Hundeerziehung ist eine schwierige Angelegenheit, für die ich besser mal studiert hätte. Wenn sich da schon die Experten uneinig sind, woher soll ich dann bitte wissen, wie ich mit dem Hund am besten umgehe und was ich dabei dringend unterlassen sollte?

Die Erstausstattung fehlt mir noch komplett. Tina hat mir eine Liste mitgegeben, von all den Dingen, die ich für Lotta besorgen muss. Bestenfalls, bevor sie einzieht, damit gleich alles da ist. Ich benötige aber die Zusage des Fonds, bevor ich nur einen Euro für die teure Ausstattung ausgeben kann.

Eine Hunde-Box, die auch später für Lotta noch groß genug ist, zum Schlafen und für den Transport im Auto. Körbchen, Geschirre und Halsbänder in verschiedenen Größen, normale Leine, Schleppleine zum Training, Futterdummy, Trainingsbeutel, Plüschtiere, Bälle, Fressnäpfe. Vieles ist enorm teuer.

Selbst die Kleinigkeiten läppern sich und alles in allem komme ich schnell auf über 500 Euro. Nein, das kann ich mir nicht leisten. Außerdem ist die Sache mit der Trainerin jetzt wichtiger. Die brauche ich auch, bevor

Lotta einzieht. Sie wollte mir doch Tipps zur Zusammenführung mit den Katzen geben, damit das alles nachher reibungslos funktioniert und wir Problemen direkt vorbeugen. Aber ich erreiche sie nicht mehr. Sie reagiert weder auf meine Anrufe noch auf Mails.

Ich muss mich dringend um eine Alternative kümmern.

Hoffentlich hat das keine Auswirkungen auf meinen Antrag beim Fonds. Ich hatte Sabrinas Kostenvoranschlag eingereicht und die Übernahme für eben diese Kosten beantragt. Ich muss unbedingt die Beratungsstelle anrufen und nachfragen, wie ich nun am besten vorgehe und was ich beachten muss.

Die Wohnung muss gesichert werden. Hoffentlich denke ich an alles. Überall lauern so viele Gefahren für den Welpen.

Scharfe Kanten, die offene Treppe, Mülleimer, Katzenfutter – oh, Gott, wie sichere ich das Katzenfutter und die Katzentoiletten vor einem verfressenen Labrador?

Überall sind Kleinteile und überhaupt liegt hier viel zu viel herum. Nicht auszudenken, wenn Lotta da was verschluckt. Nicht nur, weil ich nicht will, dass sie meine heilige Bücher- und Filmsammlung zerstört, vor allem, soll Lotta sich nicht verletzten. Auf den zweiten Blick erscheint alles interessant für kleine, spitze Hundezähne.

Wieder einmal frage ich mich, ob das alles so eine gute Idee war, einem Welpen meinen Chaos-Haushalt zuzumuten.

Wie soll das nur funktionieren? Die Katzen kennen keine Hunde und Lotta hat in ihrem bisherigen Zuhause keine kennengelernt. Dazu kommt, dass mein kleinster Katzenzuwachs von Geburt an blind ist. Stevie ist zwar ein Draufgänger vor dem Herrn, aber was, wenn Lotta ihm Angst macht? Er muss doch bereits auf so viel verzichten, was ein Katzenleben erst schön macht. Chris und ich haben für ihn den Balkon mit Sicherheitsnetz, Kaninchendraht und allem Drum und Dran katzensicher umgebaut und mit Liegebrettern und echten Baumstücken ein kleines Paradies für ihn gezaubert, aber das ersetzt keinen Freigang, auch wenn Stevie inzwischen den lieben langen Tag auf dem Balkon verbringt. Aber was wird, wenn hier ein wilder, junger Labrador durch die Wohnung springt, der ebenfalls auf dem Balkon die Nachbarschaft ausspionieren möchte?

An meinen anderen Kater will ich gar nicht erst denken.

Mein Snipes ist das genaue Gegenteil von Stevie, ein Schisser durch und durch. Wenn es draußen regnet, schreit er sich hier drin vor Angst die Seele aus dem Leib und bewegt sich nur noch schleichend mit Bauch über dem Boden durch die Wohnung. Hoffentlich hat er das nicht von mir ... Wehe es klingelt an der Tür, oder die Nachbarn laufen durch den Hausflur. Dann lässt Snipes alles bleiben, was er vorher gemacht hat, meistens schlafen, reißt die Augen auf, die dann nur noch aus überquellenden Pupillen bestehen und verschwindet in Lichtgeschwindigkeit entweder unter die Bettdecke oder direkt ganz unters Bett. Dort harrt er der Dinge, die da kommen mögen. Meist schläft er irgendwann an Ort und Stelle vor Erschöpfung ein und ich sehe ihn für den Rest des Tages nicht mehr.

Um Lucy, mein Mädchen, mache ich mir am wenigsten Sorgen. Sie ist am liebsten für sich, verzieht sich, wenn meine Jungs sie nerven, erhobenen Hauptes und Schwanzes auf die oberen Etagen des Katzenbaums und ist ansonsten gegenüber allem, was so geschieht, recht unbeeindruckt. Es sei denn, eine Fliege verirrt sich in die Wohnung. Dann mutiert Lucy zur wilden, mordlüsternen Bestie.

Am besten ist, ich schaffe den Katzen viele Möglichkeiten, sich nach oben zurückzuziehen. Ich schaue mich in der Wohnung um und überlege. Die Katzen sollen sich, auch wenn Lotta da ist, überall sicher und angstfrei bewegen können. Ich will sie nicht einschränken und nach oben verbannen. Es hilft nichts. Ein weiterer Kratzbaum muss her für die untere Etage. Am besten einer, der bis zur Zimmerdecke reicht und viele Liegemöglichkeiten außerhalb der Hundereichweite hat. Dort können die Katzen unbehelligt alles aus sicherer Entfernung beobachten und sich an Lotta gewöhnen. Die obere Etage der Wohnung gestalte ich am besten so um, dass die Katzen sich dort sicher aufhalten und zurückziehen können. Lotta wird in der Anfangszeit keinen Zugang haben, um sie nicht zu überfordern. Am besten installiere ich eine Kinderschutztür oberhalb der Treppe. Da gibt es sogar welche mit eingebauter Katzenklappe, die gar nicht mal so teuer sind. Super! Ist vorgemerkt. Das dient ja auch zu

Lottas Sicherheit, weil sich oben die Katzenklos befinden und Lotta so gar nicht erst an den Inhalt herankommen kann. Häufchen und Katzenstreu sind nichts für Hundemägen. Wenn ich dort den Katzenfutterplatz einrichte, verhindere ich, dass Lotta sich über das für Hunde schädliche Katzenfutter hermachen kann. Und für meine Katzen ist wichtig, dass sie in Ruhe fressen und ihre Geschäfte verrichten können. Wunderbar. Ein paar große Sorgen wären dann fürs Erste gebannt, auch wenn ich noch nicht wirklich weiß, wie ich das Ganze bezahlen soll. Ob das der Fonds alles übernimmt?

10

Die Welpenschau

Lotta – Oktober 2019

Meine Geschwister und ich sind inzwischen einen Monat alt und Tina hat uns endlich für die Tuchfühlung freigegeben. Wir dürfen jetzt ganz offiziell nicht nur aus der Ferne begutachtet werden. Das gegenseitige Beschnuppern, Knuddeln, Streicheln und Probeliegen im Schoss der neuen Eltern kann losgehen.

Immer mehr Besucher trudeln nach und nach bei uns ein und ich frage mich, wo Nicole bleibt.

Bis jetzt habe ich sie nur aus der Ferne einmal kurz erspäht.

Ich bin schon gespannt, wie es sich in ihren Armen anfühlt und vor allem, wie es ist, von ihr gestreichelt zu werden.

Was die Assistenzhundesache angeht, nimmt mich Chefin Tina in letzter Zeit noch mehr unter die Lupe als sonst.

Wahrscheinlich dank eines äußerst genialen Schachzuges von mir. Ich will nicht lügen und behaupten, dass das geplant war. Es geschah mehr aus Instinkt. Wie, wenn du was Leckeres zum Futtern schnüffelst und dem guten Duft folgst. Ganz automatisch. Strenggenommen hat mir meine Schwester Luna dabei geholfen. Zwar eher unfreiwillig, aber das ändert nichts an dem Geschehenen.

Es kam mir äußerst gelegen und hat mich meinem Traumberuf einen großen Schritt nähergebracht. Danke Schwesterherz!

Aber mal von Anfang an:

Gestern war wieder Besuchstag und eine Familie, die sich für einen von uns interessiert, war da. Sie haben alle am Wohnzimmertisch gesessen, sich unterhalten und uns dabei beobachtet, wie wir im Zimmer herumwuseln.

Die Stimmen der Leute waren vor lauter Freude ganz hoch. Die haben richtig gepiept und gequiekt. Lauter »Ui's«, »Oaw's« und »Wie süüüß« Ausrufe hallten durchs Wohnzimmer, da kam dann Luna auf eine grandiose Idee. Sie hat einen der vielen Besucherfüße unterm Tisch – im Speziellen die Zehen – genauer unter die Lupe genommen. Und dann ist's passiert. Die haben wirklich alle gut gerochen, also die Zehen, und meine Schwester musste davon kosten. Auf jeden Fall hat der, der an dem besagten Zeh noch drangehangen hat, lauthals losgeschrien. Wohl eher vor Schreck als vor Schmerz, aber der Schrei hat irgendeinen unsichtbaren Knopf in mir gedrückt. Wie ferngesteuert bin ich losgeflitzt und eh ich mich versah, leckte ich wie eine Verrückte den gepiesackten Zeh. Ich konnte nicht eher aufhören, bis die leidende Person angefangen hat zu lachen.

Ich sag euch, das war ein tolles Gefühl. Lachen ist was Schönes und Wichtiges und auf einmal haben dann alle anderen mitgelacht. Als sich alle wieder beruhigt hatten, fiel das Zauberwort aus dem Mund der Chefin: »Na, wenn das nicht unsere angehende Assistenzhündin ist.«

Ich bin vor Stolz fast geplatzt, sag ich euch. Da habe ich einen riesigen Schritt in Richtung meines Herzensziels gemacht.

Fehlt nur noch Nicole. Ich hoffe, sie kommt ganz bald. Diesmal kann sie mich dann endlich in den Arm nehmen und ich bin dann hoffentlich auch richtig wach.

Ich bin mir ziemlich sicher, dass ich einen Platz in ihrem Herzen finde, und dass ihre Unsicherheit dann weniger wird.

Ich brenne darauf, ihr dabei zu helfen.

11

Große Schritte

Nicole

Es sind 42 Stufen, insgesamt 92 Schritte zum Briefkasten und wieder zurück in die sichere Wohnung.

In den letzten Tagen sind die Angst- und Panikzustände wieder besonders schlimm. Aber ich warte auf Post. Wichtige Post. Schließlich kann es jetzt jeden Tag so weit sein, dass der Bescheid vom Fonds im Briefkasten liegt.

Ich lausche an der Tür. Ich muss ganz sicher sein. Auch, wenn ich genau weiß, dass um elf Uhr am Vormittag alle anderen Mieter außer Haus sind, hat mich die Erfahrung eines Besseren belehrt.

Ich bin so bekloppt. Kein Wunder, dass ich allein bin.

Es ist absurd. Ich sehne mich so sehr nach Kontakt und gleichzeitig schlägt mir der Gedanke daran, irgendwen im Treppenhaus zu treffen, jedes Mal mit voller Wucht in den Magen.

Ich öffne die Tür und trete in den einsamen Flur.

Alles ruhig so weit. Du schaffst das, versichere ich mir.

Ich zittere am ganzen Leib und setze vorsichtig einen Fuß vor den anderen. Das kleinste Geräusch könnte wieder eine Panikwelle lostreten, die mich wie eine Lawine überrollt. Gleich geschafft. Ich sehe die sechs Briefkastenfächer schon, als es plötzlich über mir poltert. In der ersten Etage ist eine Tür aufgegangen. Alarmstufe Rot. Ich will nur weg. Im Boden verschwinden oder mich in Luft auflösen geht nicht. Ich muss mich umdrehen und wieder hochlaufen, aber es geht nicht. Mein ganzer Körper, meine Beine, nichts funktioniert. Wie betäubt stehe ich da. »Schönen guten Morgen«, trällert der Nachbar aus der ersten Etage. Ich bekomme kein Wort heraus. Mein Mund ist staubtrocken und wie zugeklebt. Ich starre vor mich hin, während mein Nachbar die Treppen herunterkommt und an mir vorbei durch die Haustür nach draußen verschwindet.

Ich schäme mich. Der scharfe Geruch von Angst steigt mir in die Nase. Ich spüre, wie mir der Schweiß den Rücken herunterläuft. Mir ist schwindelig und um mich herum sehe ich alles nur verschwommen.

Die schwere Tür fällt ins Schloss und versperrt mir, wie gewohnt, den Weg in die Welt da draußen.

Die Freiheit kommt mir immer mehr wie ein fremder und ferner Planet vor. Unerreichbar für mich.

»Atmen nicht vergessen«, höre ich meinen Therapeuten im Kopf. »Einatmen, eins, zwei, drei, vier, fünf und ausatmen.« Ich wiederhole die Technik, die ich in der Therapie gelernt habe, zähle und atme so lange, bis sich die ersehnte Erleichterung einstellt und mein Körper wieder mir gehört, zumindest vorläufig.

Ich nehme nochmal einen tiefen Atemzug und die letzten sechs Stufen in Angriff und ärgere mich über mich selbst. Schon wieder eine Chance verpasst. Schon wieder habe ich eine Möglichkeit, mit einem netten Menschen in Kontakt zu treten, versaut. Die anderen Mieter grüßen mich schon lange nicht mehr. Kein Wunder. »Scheiße«, schimpfe ich in den Hausflur. Das ist der Moment, in dem mir schmerzlich bewusst wird, dass alles immer schlimmer wird, je mehr ich mich zu Hause einigele. Ich befinde mich in einem Teufelskreis, der sich täglich enger um mich zieht und mich erstickt.

Ich muss unbedingt runter von dieser Abwärtsspirale.

Wenn ich nicht endlich in die Puschen komme, dann tritt vielleicht das Schlimmste ein und ich muss wieder in die Klinik. Nein. Ich schaffe das. Ich komm da raus. Ich muss das einfach schaffen, versichere ich mir und angle einen großen dicken Umschlag aus dem Briefkasten.

Ich traue mich nicht, auf den Absender zu schauen, drücke ihn nur fest an meine Brust und haste wieder nach oben in meine Wohnung.

Ich schließe die Tür hinter mir, atme tief durch und wage einen Blick auf den Brief. Mein Herz macht einen Sprung und scheint in der Magengrube wieder zu landen.

Mit zitternden und schweißnassen Fingern öffne ich das Schreiben des Fonds. Mir schießen wieder die Worte meines Therapeuten in den Kopf. Er hatte mir für diesen Antrag sogar ein Schreiben verfasst. Darin hat er meine ganze Krankengeschichte und Einschränkungen geschildert und dargelegt, wie ein Assistenzhund mich auf dem Weg zur Heilung unterstützen kann. Er ist davon überzeugt, dass mir so ein Hund neben der Sicherheit und Möglichkeit wieder nach draußen zu gehen auch im Kontakteknüpfen helfen wird. Auf der ganzen Linie könnte Lotta für mich ein soziales Leben wieder möglich machen und mir nebenbei eine feste Struktur geben. Sie wäre für mich sowas wie der sichere Fels in einer tobenden See aus Angst und Isolation.

Auch, wenn ich mir nur wenig Hoffnung gemacht habe, dass die Kostenübernahme für Lotta samt Unterhalt und ihrer Spezialausbildung genehmigt werden, beinahe hätte ich ja den Antrag gar nicht erst abgeschickt; jetzt bin ich total nervös. Was, wenn doch eine Zusage im Umschlag ist? Was, wenn sie ablehnen? Ich habe doch Lotta schon so liebgewonnen. Gehe ich dann in Widerspruch wie bei den anderen Behörden?

Diese Kämpfe sind so unglaublich zermürbend und zehren Kräfte auf, die ich gar nicht habe. Ständig geben sie mir das Gefühl, eine faule Simulantin zu sein, der das alles nicht zusteht.

Viel zu oft wird immer wieder die Schwere meiner Erkrankungen in Frage gestellt. Bei jeder Kleinigkeit muss ich mich in langwierigen Widerspruchsverfahren rechtfertigen, damit man mir nicht weiter das bisschen Geld, das ich zum Leben brauche, kürzt oder gar streicht.

Dazu kommt noch meine innere Ablehnung, um etwas zu bitten. Ich hasse das. Ständig habe ich das Gefühl, etwas nicht verdient zu haben und ich will auch nicht mein Leben damit verbringen, um alles betteln zu müssen. Allein der Gedanke, um die Finanzierung eines teuren Assistenzhundes zu bitten, kommt mir unverschämt vor. Noch dazu bin ich in meiner Situation nicht mal in der Lage, für den Unterhalt eines Hundes aufzukommen.

Die Nervosität zerreißt mich jetzt fast innerlich. Ich falte den Brief auseinander. Die Buchstaben tanzen vor meinen Augen. Eine Armee Ameisen scheint in meinem Bauch Polka zu tanzen. Ich lese die Zeilen und die Gefühle in mir explodieren.

Sie genehmigen mir die volle Summe von 10.000 Euro. Sogar der Mehrbedarf für Lotta, in Höhe von weiteren 5.000 Euro, wird aufgrund meiner Schwerbehinderung vom Fonds genehmigt.

Ich will gleichzeitig schreien, lachen und weinen. Auf wackligen Beinen taumle ich zum Stuhl, setze mich, stehe direkt wieder auf und sacke schließlich zurück. Dicke Freudentränen tropfen auf meine Finger, die den Bescheid umklammern, den ich gegen meine Brust drücke wie einen Schatz.

Die Tür in ein neues Leben hat sich gerade für mich geöffnet. Ich kann es nicht fassen. Meine Gedanken überschlagen sich, während die Gefühle in mir Tauziehen. Unglaube, Freude, Angst und Hoffnung wechseln in Sekundenschnelle immer hin und her, ohne dass ich einen Gewinner ausmachen kann.

Der Strudel meiner Gefühle reißt mich weg. Keine Ahnung wie lange ich so dasitze. Ich bin in meinen Kopf abgetaucht. Um mich herum bekomme ich nichts mehr mit. Es müssen drei oder vier Stunden vergangen sein, denn es ist später Nachmittag, als ich wieder zu mir komme und auf die Uhr sehe.

Ich muss Frau Schmitt von der Beratungsstelle anrufen, schießt mir in den Kopf. Die macht gleich Feierabend. Schnell!

Meine Finger zittern noch immer, während ich zum Telefon greife und ihre Nummer wähle.

»Frauennotruf, Schmitt.«

»Ja, hallo. Ich bin's, Nicole Kunkel. Frau Schmitt?«

»Ja?«

»Wir haben es geschafft«, schreie ich fast in den Hörer und erschrecke mich vor meiner eigenen Stimme, die ungewohnt kräftig aus meinem Mund stolpert. »Stellen Sie sich vor! Der Bescheid vom Fonds ist da. Sie haben alles genehmigt.«

Ich glaube, das ist der Moment, indem mir das ganze Ausmaß erst richtig bewusst wird. Indem ich es laut ausspreche, sackt die Tatsache, dass ich tatsächlich das Abenteuer Assistenzhund beginne. Jetzt gibt es kein Zurück mehr. Ich muss das durchziehen.

»Das ist ja eine tolle Nachricht, Frau Kunkel. Herzlichen Glückwunsch! Ich freue mich für Sie«, sagt Frau Schmitt.

Ihre Stimme hört sich unwirklich und weit weg an, als ob ich dicke Wattepfropfen im Ohr hätte. Mein Blut rauscht dafür um einiges lauter hindurch und mein rasendes Herz trommelt den Takt. Ich habe das Gefühl, dass mein Kopf jeden Augenblick zerspringt. Die anfängliche Freude wird von der unweigerlich folgenden Panikwelle in meinem Inneren vollkommen verschluckt.

Die Zweifel, die nun an die Oberfläche steigen, sind mächtiger als je zuvor.

»Frau Schmitt?«, meine Stimme zittert. »Ich, ich, ich glaube, ich schaffe das nicht.«

»Was schaffen Sie nicht?«

Schweigen. Sogar eine Antwort auf diese Frage, überfordert mich gerade. Was habe ich da nur ins Rollen gebracht?

Frau Schmitt hat sich so für mich eingesetzt mit dem Antrag, bei der Züchterin und überhaupt und jetzt? Das ist doch alles Wahnsinn, was ich da vorhabe. Was habe ich nur gemacht?

Ein Hund. Ein Welpe! Das schaffe ich doch niemals. Ich spiele mit dem Gedanken, einfach aufzulegen. Rückzug. Flucht.

Nein, das geht nicht. Das kann ich nicht machen. Nach allem, was Frau Schmitt für mich getan hat, hat sie wenigstens eine Erklärung verdient. Ich atme tief ein. Erst stottere ich, dann bricht es förmlich aus mir heraus: »Das mit Lotta. Wie soll ich das alles schaffen?

Sie ist doch noch so klein und ich habe überhaupt keine Ahnung von Hunden. Ich hatte doch noch nie einen. Ich schaffe es doch kaum, mich um mich selbst zu kümmern. Wie soll ich das mit einem Welpen schaffen? Das kann ich doch gar nicht. Die Trainerin erreiche ich auch nicht mehr. Die, die mir helfen wollte mit Lotta und ihrer Ausbildung. Die, die der Fonds genehmigt hat. Und allein bekomme ich das alles auf keinen Fall hin. Ich hab doch überhaupt keine Ahnung von Hundeerziehung. Was mache ich denn jetzt?«

»Erst einmal tief durchatmen. Natürlich schaffen Sie das. Ganz ruhig, Frau Kunkel. Das wird alles und sie packen das. Da bin ich mir sicher. Das mit der Trainerin ist blöd. Das verstehe ich. Es ist aber kein Problem. Karin Groß vom Hundezentrum Pfotenfreunde könnte doch das Training übernehmen und Ihnen und Lotta zur Seite stehen. Sie ist sehr erfahren, arbeitet schon lange mit Tina zusammen und hat schon einige gute Assistenzhunde erfolgreich ausgebildet. Ich stelle gerne den Kontakt für Sie her und kümmere mich um den Schreibkram für den Fonds, wenn Sie mit Karin als Trainerin zusammenarbeiten möchten. Das ist überhaupt kein Problem. Wir müssen dem Fonds nur die Änderung mitteilen.«

Ich erinnere mich, dass Tina mir von dieser Karin schon mal erzählt hat. Sie hat mir das Training bei ihr ganz am Anfang sehr ans Herz gelegt, aber ich bin nicht darauf eingegangen, weil ich zu dieser Zeit noch dachte, ich hätte eine gute Trainerin an der Hand, die noch dazu nicht ganz so weit weg wohnt und sogar zu uns nach Hause kommen wollte.

Das Hundezentrum Pfotenfreunde hingegen ist weit weg. Eine Strecke würde fast zwei Stunden Fahrt bedeuten und damit müsste ich für eine Trainingseinheit fast einen ganzen Tag einplanen. Ganz zu schweigen, dass ich eine Begleitperson samt Fahrmöglichkeit bräuchte, die ebenfalls jede Woche einen Tag für mich Zeit haben müsste.

Frau Schmitt legt nach, als ob sie meine Gedanken mitverfolgt hat: »Ich weiß, dass das für Sie eine weite Anfahrt bedeutet, aber da lässt sich sicher mit Frau Groß eine Lösung finden. Ich weiß, dass sie sogar Hunde ausgebildet hat, deren Halter aus dem Süden von Deutschland kamen. Das ist alles machbar. Reden Sie mal mit ihr. Ich stelle gerne den ersten Kontakt für

Sie her. Karin Groß kennt sich zudem sehr gut mit Ihrem Krankheitsbild aus und weiß, was für Einschränkungen eine PTBS bedeutet. Ist eine ganz liebe und einfühlsame, die Karin.«

Ich schlucke und stelle mir vor, wie ich mindestens einmal pro Woche mit einem Welpen im Auto ins weit entfernte Hundezentrum gurke, von dem ich nicht einmal weiß, wo genau das ist. Mir fallen die vielen Tage ein, an denen ich mit Schmerzen im Bett liege oder über der Kloschüssel hänge. An denen schaffe ich es nicht einmal zum Supermarkt um die Ecke. Frau Schmitt scheint meine Gedanken wieder zu hören, denn sie sagt: »Das schaffen Sie schon, Frau Kunkel. Sie sind doch nicht allein. Ihr Lebensgefährte ist doch auch noch da. Ich habe Sie beide kennengelernt und ich bin mir sicher, Sie finden zusammen mit Karin Groß eine Lösung. Das wird schon alles, Frau Kunkel. Keine Sorge. Ihnen steht jetzt eine ganz tolle und schöne Zeit bevor. Mit einem Welpen ist's nicht immer leicht, aber Sie packen das und glauben Sie mir, man bekommt ganz viel zurück. Lotta wird Ihnen helfen. Freuen Sie sich einfach drauf.« Ich schlucke wieder und presse ein »Okay« heraus.

»Machen Sie sich nicht so viel Kopf. Das wird alles.«

»Mmmmh«, sage ich und seufze.

»Soll ich Karin anrufen oder rufen Sie sie an? Dann gebe ich Ihnen die Nummer durch.«

»Okay. Ja, kann ich machen.«

»Melden Sie sich wieder und berichten Sie, ja? Ich bereite schon mal alles vor. Und nochmal Herzlichen Glückwunsch! Alles Gute für Sie. Tschüss, Frau Kunkel.«

Mein Arm fühlt sich an wie aus Schaumstoff, als ich das Telefon auf die Ladestation zurückstelle.

Was habe ich mir nur gedacht? Habe ich angenommen, dass das alles einfach wird? So ist das nun mal mit Veränderungen. Sie erfordern Mut und Kraft. Da muss ich jetzt durch. Ich schalte auf Autopiloten um und hoffe, dass alles gut wird, so wie Frau Schmitt sagt. In mir grummelt das Gefühl, mit voller Fahrt auf einen Abgrund zuzusteuern.

Ich hänge die Notiz mit der Nummer der empfohlenen Hundetrainerin an die Pinnwand in der Küche und beschließe, sie morgen anzurufen.

Für heute brummt mir der Schädel. Mir ist übel und ich weiß, dass ich später am Abend die ganze Anspannung an jedem Millimeter meines Körpers spüren werde. Das muss ich jetzt erstmal alles verdauen und irgendwie hoffe ich noch, dass das Ganze weiterhin nur ein Traum ist. Verrückt, oder?

Lotta

Leute, ich wachse schneller, als ihr gucken könnt. Das mit dem Laufen klappt immer besser. Alles ist nicht mehr so wackelig und meine Geschwister und ich haben gestern richtiges Essen bekommen. Ja, bald ist Schluss mit dem Baby-Kram und Nuckeln an Mamas Brust. Ich werde erwachsen. Das Hackfleisch war vielleicht lecker, sag ich euch. Hätte nie gedacht, dass es noch was Besseres gibt, als Mamas Milchbar.

Die komische weiße Paste, die wir noch dazu bekommen haben, war hingegen voll ekelig und so bitter, dass sich meine Krallen nach oben gekräuselt haben.

»Die Wurmkur ist wichtig. Schön runterschlucken«, hat die Chefin gesagt. Keine Ahnung, was eine Wurmkur ist, aber ich hoffe, das war das erste und letzte Mal, dass ich sowas Widerliches essen musste, sonst streike ich.

Nun zur wichtigen Nachricht des Tages. Stellt euch vor, Nicole hat die Zusage für mich bekommen, also die Kostenzusage von dem Bundesamt, bei der sie mich und meine spezielle Ausbildung beantragt hat. Und es kommt sogar noch besser. Diese unzuverlässige Trainerin, die eigentlich auch zu Besuch kommen sollte, um mich zu testen, die aber nie hier war, wird wohl gar nicht meine Lehrerin.

Nicole hat mit Tina gesprochen und, wenn ich das richtig verstanden habe, geht sie bald mit mir zu Karin in die Hundeschule. Da, wo auch schon meine Tante zur Assistenzhündin ausgebildet wurde. Da ist fast meine ganze Familie zur Schule gegangen. Ist das nicht klasse? Tina freut sich schon.

Es kann sogar sehr gut sein, dass ich zusammen mit ein oder zwei meiner Geschwister in dieselbe Klasse gehe, zumindest, solange ich noch die Grundausbildung mache. Ist das nicht super? Wenn ihr mich fragt, hätte

Nicole das gleich von Anfang an so klar machen sollen. Was Besseres gibt's doch gar nicht und Karin ist eine klasse Lehrerin mit so viel Erfahrung. Strafen gibt's bei ihr auch nicht, nur jede Menge Belohnungen, wenn man alles richtig macht. Bei ihr werden auch zwischendurch immer ganz viele Spielpausen gemacht, in denen alle Hunde miteinander toben können.

Ich sag euch, egal, wer von meinen Brüdern und Schwestern mit dabei sein wird, wir werden die anderen sowas von aufmischen.

Das wird super. Ich kann es kaum noch erwarten.

12

Die schönste Zeit ist die Welpenzeit

Nicole

Wir fahren über zwei Stunden, bis wir bei der Hundeschule ankommen.

Der Herbst steht in seiner vollen, bunten Pracht. Meine Lieblingsjahreszeit, aber heute grusele ich mich. Es ist fünf Uhr am Nachmittag und bereits stockdunkel. Es ist neblig, kalt und nass. Wir suchen auf dem riesigen Areal, vor dem wir geparkt haben, das Haus, in dem heute der Info- und Austauschabend für Hundeeltern mit Karin Groß stattfindet.

Sie hat mir am Telefon viel Mut gemacht und würde mich und Lotta gerne betreuen. »Natürlich nur, wenn du das möchtest und nachdem wir uns persönlich kennengelernt haben. Da können wir dann auch alles Weitere besprechen«, hatte sie gesagt und mich herzlich zur Welpen-Stunde eingeladen, zum gegenseitigen Beschnuppern, und damit ich meine Sorgen und Fragen loswerden kann.

Ich platze vor lauter Anspannung, mir tut alles weh und ich bin unendlich dankbar, dass Chris mit mir hier ist. Ohne ihn wäre ich jetzt schon komplett aufgeschmissen. Allein hätte ich niemals hergefunden. Fahren wäre in meinem Zustand ohnehin nicht gegangen. Wer weiß, ob und wo ich da angekommen wäre.

Bei der Vorstellung, hier im Dunkeln allein zu stehen, wird mir speiübel. Wäre Chris nicht da, ich würde die Veranstaltung gar nicht finden, geschweige denn, dort reingehen, wo lauter fremde Menschen sind. *Never ever.*

Ich zittere und das Gefühl, mit dem ganzen Assistenzhundevorhaben den komplett falschen Weg einzuschlagen, schwappt wieder an die Oberfläche.

»Ganz ruhig, Nici. Alles gut. Gibt keinen Grund, Angst zu haben. Passiert nichts«, sagt Chris und rubbelt mir über den Rücken. Ich atme tief durch, bin froh, dass er da ist, und schleiche hinter ihm her.

Warmes Licht und aufgeregtes Bellen lotst uns zum richtigen Haus. Als wir es betreten, bin ich schon wieder auf Autopilot und nehme die Menschen darin nur schemenhaft war.

Sie reden wild durcheinander und versuchen ihre Welpen und Junghunde zur Ruhe zu bewegen, die natürlich viel lieber miteinander toben wollen, anstatt brav unterm Tisch im »Platz« zu verbleiben.

Mein geflüstertes »Hallo« geht komplett im Getöse unter und wieder einmal bin ich erleichtert, dass Chris dabei ist, der alle freundlich begrüßt und mich zu Karin führt, die am hinteren Tisch sitzt.

Sie ist unheimlich lieb und durch ihre lockere und einfühlsame Art, taue ich langsam auf.

Sie lobt mich, dass ich heute da bin, obwohl ich Lotta noch gar nicht bei mir habe. »Ich finde das ganz super, dass du dich vorab schon so gut informierst und vorbereitest.«

Ihr Lob dringt an diesem Abend nicht zu mir durch. Ich fühle mich alles andere als vorbereitet. Viel zu unsicher bin ich, ob ich der ganzen Welpensache gewachsen bin.

Diese Selbstzweifel werden sich später noch als überaus hinderlich für Lottas Erziehung herausstellen und bilden den Nährboden für alles Schlimme, das uns noch passieren wird.

Das ist mir zu diesem Zeitpunkt nicht bewusst, denn wenn, gäbe es Lotta gar nicht in meinem Leben. Dass das Ganze eine riesige Herausforderung wird, ist mir zu diesem Zeitpunkt durchaus bewusst. Auch dass ich an mir arbeiten muss. Ja, ich will die Sache angehen und etwas in meinem Leben grundlegend verändern. Würde ich jetzt aber nur ansatzweise ahnen, dass ich mit Lotta auch gezwungen bin, an meinen allerschwierigsten Problemen zu arbeiten, weil genau die mir neue traumatische Erlebnisse bescheren, hätte ich das alles sicher bleiben lassen.

Zu diesem Zeitpunkt glaube ich nämlich noch kein Stück an mich selbst. Noch so eine hinderliche Einstellung beim Umgang mit einem Hund. Wie soll sich denn ein Welpe nach mir richten und mich ernst nehmen, wenn ich das selbst nicht tue?

Ob ich das jemals lerne? Das stand damals noch in den Sternen.

Die Vorstellung, dass Lotta bald bei mir einzieht und wie das Zusammenleben sich gestalten kann, wird an diesem Abend immer realistischer für mich.

Die anderen Hundeeltern berichten von den ersten Tagen mit ihren Welpen, über die Krux mit der Stubenreinheit und wie viel Freude so ein neues Familienmitglied trotz aller Arbeit und Sorgen ins Haus bringt. Auch Karin bestärkt mich nochmal, dass alles halb so wild ist, solange man mit ganzem Herzen konsequent, lieb und geduldig ist. »Der Trick ist das ›Verstehen wollen‹ und ›sich aufeinander Einlassen‹. Ihr spielt euch schon ein und ein Labrador von Tina, den du ja bekommst, ist leicht zu erziehen. Sie hat großartige Hunde. Du wirst sehen, Lotta brennt darauf, dich kennenzulernen und zu verstehen. Das bekommen wir schon alles hin. Keine Sorge«, versichert mir Karin.

Ich erfahre an diesem Abend nicht nur, was ich noch alles brauche und worauf ich mich in den ersten Tagen mit Lotta einstellen kann, sondern vor allem auch, dass mir eine unheimlich tolle Zeit bevorsteht. Karin betont auch immer wieder, dass Lotta mir in sehr vielen Dingen helfen wird und eine ›super Wahl‹ ist.

Langsam glaube ich das auch.

»Die Welpenzeit, das ist die schönste Zeit«, schwärmt Karin. »Sie vergeht schneller als ihr gucken könnt. Viel zu schnell sind die Kleinen groß. Darum genießt jeden einzelnen gemeinsamen Tag. Macht euch nicht so viele Gedanken, ob es gut oder schlecht ist, euren Welpen mit ins Bett zu nehmen. Macht es einfach.« Die anderen Anwesenden bestätigen dies mit eifrigem Kopfnicken und verträumten Gesichtsausdrücken, während sie ihren Hunden, mit denen sie kurz vorher noch geschimpft haben, liebevoll den Kopf tätscheln.

Jetzt bin ich fast schon neidisch, dass Lotta noch nicht bei mir ist, und kann ihren Einzug kaum noch erwarten.

Auf der langen Fahrt nach Hause, grummelt die Angst, ob ich allem gewachsen sein werde, immer noch in meinem Bauch, aber sie tut das um einiges sanfter als vorher.

Durch meinen Kopf tanzen viele schöne Bilder. Die Vorstellung, wie es wird, wenn Lotta bei uns ist, zaubert mir ein Dauergrinsen ins Gesicht.

»Siehste. War doch gar nicht schlimm«, sagt Chris. »Ich hab dir doch gesagt, dass alles gut wird. Karin hat richtig viel Ahnung. Macht einen kompetenten Eindruck. Dreimal besser als diese Sabrina. Und das mit der Fahrerei packen wir schon. Du willst doch mit Karin trainieren, oder?«

Ich nicke und als mir einfällt, dass Chris das gar nicht sieht, weil er ja fährt, schiebe ich nach: »Ja, ich mag sie und sie weiß echt viel. Außerdem kennt sie Tinas Hunde und ihre Eigenarten. Karin ist sehr einfühlsam. Ich mag sie.«

»Und? Bist du jetzt etwas beruhigter? Freust du dich schon auf Lotta?«, fragt Chris und schaut kurz zu mir rüber.

Ich muss gar nichts sagen. Mein strahlendes Gesicht ist für ihn Antwort genug. Er blickt wieder auf die Straße und ich sehe, dass er ein breites Lächeln im Gesicht hat.

13

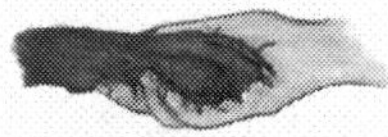

Auf Tuchfühlung

Lotta – 12. Oktober 2019

Heute ist der große Tag. Heute kommt Nicole und ich darf sogar in ihren Arm. Endlich bin ich alt genug und nicht mehr so empfindlich. Endlich kann sie mich anfassen, weil jetzt keine Gefahr mehr besteht, dass ich mich mit irgendwelchen Keimen anstecke und krank werde. Auf jeden Fall ist die Gefahr jetzt nur noch sehr gering.

Ich kann euch gar nicht sagen, wie aufgeregt ich bin. Ich freue mich so. Wie sich Nicole wohl anfühlt? Sie hatte letzte Woche Geburtstag. Die Chefin hat ihr gratuliert. Ja, ich bekomme alles mit. Ob es bei Nicole wohl genauso gemütlich ist wie auf Tinas Arm?

Am meisten gespannt bin ich darauf, wie sich Nicoles Herz anfühlt. Wie es ist, wenn ich es schlagen spüre. Das ist bei jedem Menschen anders. Jeder hat seine spezielle Melodie. So speziell wie ein Pfotenabdruck. Die Art wie schnell oder wie leise sie klingt, zeigt mir ganz viel, zum Beispiel ob jemand traurig oder fröhlich ist, oder ob er Angst hat. Auch die Art, wie sich ihr Geruch verändert, gibt mir Hinweise darauf. Natürlich sagt die Art, wie sich ein Mensch bewegt, wie er spricht und wie er aus der Wäsche guckt, auch ganz viel aus, aber am meisten erkenne ich am Geruch und an der Melodie, die ihr Herz spielt. Das habe ich alles schon gelernt.

Mama hat gesagt, wenn ich viel übe, kann ich irgendwann auch ganz schnell spüren, ob jemand es gut mit mir meint, oder ich mich vor demjenigen in acht nehmen muss. Das verstehe ich nicht. Sind nicht alle gut?

»Bei Menschen ist das leider anders«, hat Mama darauf geantwortet. »Es gibt auch böse Menschen.«

Was genau böse bedeutet, habe ich Mama nicht gefragt, aber sie hat ganz komisch geschaut und gesagt, dass sie mir wünscht, dass ich nie einem bösen Menschen begegne. Muss wirklich was ganz Unangenehmes sein. Wäre wohl besser, ich verzichte auf so eine Erfahrung, auch wenn Mama mich neugierig gemacht hat. Na ja. Nicole ist auf jeden Fall ein Mensch der lieben Sorte. Das weiß ich und Mama hat es auch gesagt. Wie sich Nicoles Melodie wohl anhört? Meint ihr, sie ist genauso aus dem Körbchen vor Freude wie ich? Ob sie mich wiedererkennt? Das ist alles so spannend.

Nicole – Hoffnungsfreudige Angst

Heute ist ein verrückter Tag. Die Zeit, die ich ihm entgegengefiebert habe, kam mir deutlich länger vor als fünf Wochen.

Die Freude ist riesig und Chris fährt mit mir schon um kurz vor acht los, weil ich es vor Aufregung nicht mehr aushalte.

Ist schon eine komische Sache mit den Gefühlen. Panik und all diese Zwischenzustände bin ich gewohnt.

Ich kenne das und doch ist es jetzt anders. Es ist eine Art hoffnungsfreudige Angst.

Ich weiß, dass Lotta eine süße und liebe Maus ist, schließlich habe ich sie schon kennengelernt, aber sie heute richtig im Arm halten zu können, ist nochmal etwas ganz anderes.

Wie sie wohl auf mich und Chris reagiert? Ob sie uns überhaupt mag? Die Angst schlägt mir bis zum Hals und ich zittere wie irre. Was, wenn Lotta mich ignoriert oder, noch schlimmer, gar nicht zu mir in den Arm will, mich nicht leiden kann? Tina hat zwar zu mir gesagt, dass sie Lotta schon ein wenig getestet hat und sie gut zu mir passen würde, aber das heißt ja noch lange nicht, dass die Kleine das genauso sieht.

»Was ist los? Freust du dich gar nicht?«, fragt Chris mich.

Wir sind inzwischen fast da und mein Herz klopft wie verrückt. »Doch! Klar freue ich mich«, sage ich und blicke auf die Uhr. »Wir sind viel zu früh dran.«

»Hab' ich doch gesagt, aber du wolltest ja unbedingt schon los, Miss Ungeduld.«

»Die Aufregung macht mich ganz verrückt. Hoffentlich mag Lotta uns. Was ist, wenn sie uns gar nicht mag? Dann war alles umsonst. Dann habe ich die Zusage vom Fonds und alles für Lotta vorbereitet, aber keine Lotta.« Die Worte schnüren mir den Hals zu und ich spüre wie meine Augen sich mit Tränen füllen.

»Ach Nici. Mach dir nicht immer so 'nen Kopf! Lass es doch einfach auf dich zukommen. Wird schon alles gut werden, wirst sehen.«

Wir biegen auf Tinas Parkplatz hinterm Haus ein und als wir aussteigen, sehe ich, dass Chris auch ziemlich nervös ist.

Er zupft an seiner Jacke herum, lässt den Autoschlüssel fallen und schaut hektisch hin und her.

»Meinst du, wir können schon klingeln?«, frage ich ihn und wage mich mit kleinen Schritten zur Haustür.

Wie zur Antwort startet hinter Tinas Tür ein Bellkonzert vom Feinsten. Die große Labbi-Familie weiß längst, dass wir da sind. Kurz darauf geht auch schon die Tür auf und die Bande aus großen Braunen stürmt mit wackelnden Hintern und wild wedelnden Ruten auf uns zu.

Ich habe ganz schön zu tun, mein Gleichgewicht zu halten, begrüße alle, während ich mich an ihnen vorbei ins Haus quetsche und entschuldige mich bei Tina, dass wir so früh dran sind.

Sie lacht und lotst uns ins Wohnzimmer. »Das ist kein Problem. Dachte mir schon, dass du es nicht erwarten kannst.«

Ich schiele Richtung Welpen-Gehege, wo mit zarten Stimmchen auch schon versucht wird, den Erwachsenen nachzueifern. Das Bellen gleicht eher einem Fiepen, geht mir aber durch und durch. Es fällt mir schwer, den Impuls zu unterdrücken und nicht direkt zu den Kleinen hinzustürmen.

»Bist schon sehr aufgeregt, was? Dann werde ich die Bande mal rauslassen«, sagt Tina und mein Herz vollführt einen Salto Richtung Hals.

Lotta

Lasst mich raus! Lasst mich raus! Nicole ist da! Ich höre sie. Ich rieche sie. Ich komm' einfach nicht über diesen blöden Zaun rüber, dabei hüpfe ich wie verrückt.

Zwischen den einzelnen Streben durchdrücken, funktioniert auch nicht. Hab' ich schon versucht. Bin einfach zu groß dafür. Meine Brust fühlt sich an, als ob sie gleich zerspringt. Ich bin so aufgeregt.

Da kommt die Chefin! Sic cntriegelt die Tür.

Juchhu! Lasst mich vorbei! Keine Zeit. Ich muss zu Nicole!

Dahinten kniet sie am Boden und sie riecht so gut und ihr Herz hüpft genauso wie meins. Ich stürze zu ihr so schnell, ich kann. Wie sie streicheln kann. Ist das toll hier auf ihrem Schoß.

Was ein super Gefühl.

Ich drücke meinen Kopf an ihre Brust und lausche Nicoles Melodie. Die reinste Freude spielt darin. Ich hab's geschafft. Ich kann hören, wie die traurigen Töne immer leiser werden.

Ihre Haare sind witzig. Die sind so lang, dass sie mir die Nase kitzeln. Und was ist das für ein Geruch? Apfel? Nein, Kokosnuss. Oder beides? Keine Ahnung, was sie sich da in die Haare geschmiert hat, aber es riecht unheimlich lecker. Ich muss einfach reinbeißen, noch dazu, wo mir die Strähnen schon so verführerisch vor meiner Schnauze herumwedeln. Nicole lacht. Ich habe sie zum Lachen gebracht. Gleich nochmal reinbeißen.

Nicole

Ich kann meine Freude gar nicht in Worte fassen und meinen Blick nicht von Lotta abwenden. Chris strahlt mit mir um die Wette.

Die kleine Maus weiß gar nicht, wohin. Sie flitzt zwischen uns hin und her und nimmt uns genau unter die Lupe. Meine Haare scheint sie zum Fressen gern zu haben, genauso wie Chris Füße.

Fast hätte ich vor lauter Lotta vergessen, Fotos zu machen.

Gut, dass Tina mich daran erinnert, denn diesen Tag, diese schönen Erinnerungen will ich unbedingt festhalten. Schließlich muss ich noch ganze vier Wochen ohne Lotta aushalten.

Alles ist noch unwirklich. Ich habe zwar viel Fantasie, aber mir fällt es trotzdem unheimlich schwer, mir vorzustellen, dass dieses süße, kleine Wesen, das reinste Freude in sich trägt, bald bei mir einziehen und zu mir gehören wird.

Es ist alles wie in einem viel zu schönen Traum. Ich kann es nicht glauben, dass er tatsächlich bald in Erfüllung gehen wird. Am liebsten würde ich Lotta direkt mit nach Hause nehmen. Das geht natürlich nicht. Ich muss vernünftig bleiben.

Die Kleine muss erst mal wachsen. Sie braucht ihre Mama und ihre Geschwister. Diese erste Sozialisierung ist enorm wichtig für ihre Entwicklung. Welche Bedeutung die Familie für ein Kind hat, Nähe und ein liebevoller Umgang, weiß ich nur zu gut.

Auch, wenn mir die Zeit ohne Lotta wie eine Ewigkeit vorkommt, werde ich geduldig warten, damit mein Schatz alles bekommt, was sie braucht.

Lotta gibt weiterhin alles, sich meine Haare und Finger einzuverleiben, während ich mit Tina organisatorisches bespreche. Mit der Erstausstattung, die ich kurz nach dem positiven Bescheid vom Fonds angeschafft habe, ist alles super. Alles schon da, was ein Welpe benötigt. Komfortable Geschirre und Halsbänder in mehreren Größen zum Reinwachsen, normale Leine, Schleppleine fürs Training, Hunde-Box als Ruheplatz und für den sicheren Transport im Auto, Körbchen, Näpfe, Futterdummy, Trainingsbeutel, Kot-Tüten, Spielzeug, Pfeife, Kuscheldecken für daheim und unterwegs. Alles da und von meinen Katzen bereits genauestens überprüft. Die kleine Pipi-Ecke, die wir für Lotta auf dem Balkon hergerichtet haben, finden Lucy, Snipes und Stevie besonders interessant. Es ist zwar kein Katzengras, aber der Quadratmeter Wiese riecht unglaublich gut nach Erde. Als Schutz liegt das kleine Stück Garten auf einer Teichplane. Das Ganze haben wir uns für die Anfangszeit überlegt. Die kleine Welpen-Blase wird sich auch nachts entleeren wollen, weil Lotta noch nicht so lange einhalten kann. Das stellt mich vor eine große Herausforderung, weil ich mich nachts allein um zwei oder drei Uhr nicht runter nach draußen auf die Straße traue. Da Lotta auch noch so klein ist, werde eher ich sie beschützen müssen und nicht sie mich.

Chris hat sich zwar für die Eingewöhnungszeit zwei Wochen Urlaub genommen, aber danach wird er nicht nachts mit Lotta auf ihre Pipi-Runde gehen, wenn morgens um fünf sein Wecker klingelt.

Die Wiesen-Ecke auf dem Balkon ist für den Notfall eine super Lösung, damit Lotta stubenrein werden kann. Problem erkannt, Problem gebannt.

Auch die Wohnung haben wir weitestgehend hundesicher umgeräumt, inklusive Kinderschutz an der Treppe. Es ist fast so, als würde ich doch Mama werden und mich auf die Ankunft meines Babys vorbereiten. Unglaublich.

Nur das Hundetraining und Lottas Spezialausbildung bereiten mir Kopfzerbrechen. Sabrina, die Hundetrainerin, die alles mit uns zusammen machen wollte, habe ich immer noch nicht erreicht. Sie reagiert weiterhin weder auf meine Anrufe noch auf Mails.

Lottas Einzug rückt immer näher und ihr Training sowie kompetente Unterstützung für mich bei ihrer Erziehung sind enorm wichtig, schließlich soll Lotta meine Assistenzhündin werden und da gibt es genauso viel zu beachten wie falsch zu machen.

Eine Entscheidung muss her und die fällt jetzt endgültig für Karins Hundeschule. Darüber freut sich Tina sehr. Sie bildet ihre Hunde seit Jahren dort aus. »Gute Wahl! Da seid ihr super aufgehoben. Karin ist die Beste.«

Das sagt mir mein Bauchgefühl auch. Allerdings ist genau dieses Gefühl eine Baustelle bei mir, die immer wieder einreißt und großer Unsicherheit Platz macht. Viel zu oft höre ich meinen Bauch gar nicht erst oder überhöre ihn aus Angst, weil ich mich häufig täusche. Eine große Schwierigkeit für mich ist es, Menschen richtig einzuschätzen. Logisches Denken hingegen geht mir etwas leichter von der Hand, weshalb ich hier einfach meinen Kopf nutze, anstatt mich nur auf meinen unzuverlässigen Bauch zu verlassen.

Die Welpen-Informationsstunde bei Karin war sehr interessant. Sie ist erfahren und hat viele meiner Bedenken und Sorgen um einiges kleiner gemacht. Ein weiterer großer Pluspunkt ist, dass ich mich bei ihr wohlfühle und keine Angst habe. Das ist etwas, das ich bei fremden Menschen sehr selten empfinde. Ich mag ihre ruhige, einfühlsame Art. Karin hat mir zugehört und mich ernst genommen. Eine weitere sehr seltene Eigenschaft.

Auch das Welpentraining bei ihr, bei dem Chris und ich letzte Woche zum Reinschnuppern dabei sein durften, hat mich sehr beeindruckt. Wie lieb sie mit den Hunden umgeht und wie gut sie ihre Sprache versteht, bewundere ich sehr. Sie ist auf Augenhöhe mit den Tieren, bleibt immer ruhig und gelassen und trotzdem hören die Hunde auf sie. Klasse finde ich auch, dass Karin direkt mit dem Fonds das Finanzielle regelt und mit ihnen abrechnet. Das macht sie mit anderen Betroffenen auch so, deren Assistenzhunde sie ausbildet und die vom Fonds unterstützt werden. Und ich bin sehr dankbar, dass sie mir den unbeliebten Papierkram abnimmt. Das Einzige, was mir noch Sorge bereitet, ist die Tatsache, dass die Fahrt dorthin so weit ist. Aus diesem Grund hat uns Karin angeboten, gleich mehrere Trainingseinheiten am selben Tag hintereinander zu nehmen, damit wir nur einmal pro Woche die Fahrerei haben. Wir dürfen sonntags kommen, weil Chris ja unter der Woche arbeiten muss und das zeitlich nicht anders passen würde. Das ist zwar super, bedeutet allerdings auch, dass ich einen ganzen Tag außerhalb meiner sichereren Wohnung durchhalten muss, egal ob ich Schmerzen habe oder mich sonstige Einschränkungen plagen. Insgesamt zwei bis drei Stunden Fahrt – je nach Verkehr – Welpenkurs und Einzeltraining am Stück muss ich dann durchstehen und Lotta auch.

»Das macht Lotta gar nichts. Gib ihr zwei, drei Tage Eingewöhnung bei euch. Lass mich mal gucken. Der 5. November, wenn ihr sie zu euch holt, das ist ein Dienstag. Nein, gar kein Problem. Ihr könnt dann direkt am Sonntag mit ihr zur Welpenstunde. Je früher, desto besser«, sagt Tina. Mir wird mulmig. Lotta macht das vielleicht nichts, aber mir wird gerade ganz anders. Hoffentlich habe ich mich mit der ganzen Sache nicht doch übernommen.

14

Der Einzug

Lotta – 05. November 2019

Tina hat meine Tasche gepackt. Futter für die ersten Tage, mein Kuschelbärchen, mein blauer Ball und meine Papiere. Alles drin. Auch Impfausweis, Stammbuch und eine Mappe mit allen wichtigen Informationen. Was ich wann und wie essen darf, was auf gar keinen Fall und vieles mehr steht da drinnen.

Die Chefin denkt an alles und so unsicher wie Nicole ist, wird sie die Pläne und Listen sehr oft studieren, um ja nichts falsch zu machen. Als ob es bei mir viel falsch zu machen gäbe. Ich bin das pflegeleichteste Labbi-Mädchen, das es gibt. Ich fresse alles, mäkele bei gar nichts herum. Ich schlafe überall, spiele mit allem, was ich in die Pfoten bekommen kann, und mir ist auch egal, wo und wie Nicole wohnt. Hauptsache, sie ist da. Und dieser Chris ist auch spannend. Ich brauche keine Prunkvilla und habe da gar keine großen Ansprüche.

Gut, vielleicht werde ich Mama und meine Geschwister vermissen, aber die gehen mir, ehrlich gesagt im Moment auch immer öfter tierisch auf die Pfoten. Außerdem lerne ich bei Nicole neue Fellnasen kennen. Katzen. Die sind bestimmt viel cooler.

Ich bin echt gespannt, wie die so aussehen und riechen. Bis jetzt habe ich keine kennengelernt.

Und überhaupt. Ich sehe doch meinen Bruder Sam schon am Sonntag in der Schule wieder. Seine neuen Eltern gehen auch zu Karin ins Training. Von Tina habe ich erfahren, dass sie Sam und mich dann dort in dieselbe Klasse stecken. Und weil ich nicht blöde, sondern ausgesprochen schlau bin, habe ich auch längst raus, dass Tina mit Mama, Oma und den anderen sonntags ganz oft bei Karin in der Schule sind. Zwar zu anderen Kursen, aber ich werde meine Familie ganz sicher ab und an dort treffen.

Ich brauche also gar nicht traurig sein. Im Gegensatz zu meinen beiden Schwestern habe ich auch gar keine

Angst. Ich bin die Mutigste von uns allen. Das muss ich als Assistenzhund auch sein. Da darf man vor nichts und niemandem Angst haben. Wovor und warum sollte ich denn auch Schiss haben? Nicole und Chris sind voll in Ordnung. Sie riechen und schmecken klasse. Sie gehören nicht zu den bösen Menschen, vor denen Mama mich gewarnt hat. Auf jeden Fall habe ich nichts gespürt, außer Nicoles Angst. Die wird aber weniger werden, sobald ich an ihrer Seite bin. Ich helfe ihr dabei. Da bin ich mir sicher. Ist schließlich mein Job. Assistenzhundpower! Alles andere lass ich auf mich zukommen. Man weiß doch eh nie, wie es kommt. Meistens wird's aber doch immer toll. Ich finde das alles einfach nur spannend. Wozu also bekloppt machen? Das ist nicht meine Art.

Nicole

Der lang ersehnte Tag ist endlich da. Heute holen wir Lotta ab!

Die vergangenen vier Wochen haben sich wie Monate angefühlt, in denen Freude und Angst in mir Pingpong gespielt haben.

Auch meine Katzen merken schon, dass etwas Gewaltiges im Busch ist, gegen das die Veränderungen in der Wohnung nur Kleinigkeiten darstellen.

Ich habe in der letzten Nacht kein Auge zugemacht. Mir ist speiübel, Bauch und Becken krampfen heute noch stärker um die Wette als sonst. Ich kann kaum laufen, weil die Schmerzen bis in die Beine ausstrahlen.

Mein Frauenarzt hat mir mal gesagt, dass die wellenartigen Schmerzzustände bei Endometriose mit den Wehen bei einer Geburt vergleichbar sind und je nach Schweregrad sogar noch stärker sein können. Da ich noch kein Kind zur Welt gebracht habe, weiß ich nicht, ob dem so ist. Ich weiß nicht, wie sich richtige Wehen anfühlen. Das, was in meinem Unterleib immer los ist, kommt mir persönlich vor, als hätte sich dieses Ding aus den Alien-Filmen in mir eingenistet. Genau da, wo einmal meine Gebärmutter war. Die hat das Vieh samt Bauchfell zerfressen und bahnt sich nun regelmäßig mit aller Kraft einen Weg durch meine Eingeweide nach draußen. Es reißt, beißt und schneidet mit scharfen, spitzen Zähnen. Der Sabber dieses Biests besteht aus Säure und brennt wie verrückt in Becken und Blase. Ja, der Vergleich ist passend. Ganz sicher ist das Endo-Monster mit diesem Alien verwandt; nur dass ich nicht Sigourney Weaver bin. So stark bin ich nicht. Mein ganzer Bauch ist geschwollen und heiß und sieht blöderweise aus, als wäre ich im sechsten oder siebten Monat schwanger. Gruselig. Nebenbei feuern eben diese Schmerzen noch die schlimmen Erinnerungen und Bilder von früher wieder an, die mir wiederum Panikattacken und dissoziative Anfälle vom Feinsten bescheren. Kurzum, diese Zustände schießen mich komplett ab. Ich bin wie weggetreten, in einer Albtraum-Welt in meinem Kopf gefangen und bekomme nichts mehr von den Dingen mit, die um mich herum passieren.

Unterleibsschmerzen sind blöderweise ein starker Auslöser für diesen Höllenkreislauf, wenn man wie ich sexuelle Gewalt erlebt hat. Ich muss lernen, damit umzugehen, irgendwie.

Manchmal frage ich mich, ob es noch mehr Frauen gibt, die an Endometriose leiden, und in deren Vergangenheit traumatische Erlebnisse eine Rolle spielen. Die Forschung hat bis heute immer noch keine Ursachen dafür gefunden, wie und warum diese heimtückische Erkrankung genau entsteht. Ein Heilmittel ist nicht in Sicht und das nach so vielen Jahren der Forschung und medizinischen Entwicklung. Wäre doch sinnvoll, da mal genauer zu schauen, ob es Zusammenhänge gibt. Ob ich jemals aus diesem blöden Kreislauf ausbrechen kann?

Da sind sie also wieder – meine Zweifel und Bedenken. Schaffe ich es wirklich, mich in diesem Zustand um Lotta zu kümmern? Bin ich verrückt, mir mit diesen Einschränkungen so eine verantwortungsvolle Aufgabe zuzutrauen? Was tue ich der armen Lotta da an? Was, wenn ich es nicht schaffe und sie im schlimmsten Fall wieder abgeben muss?

Auf dem Weg zur Züchterin fahren meine Gefühle Achterbahn. Ich fühle mich, allen Widerständen und Unmöglichkeiten zum Trotz, als wäre ich tatsächlich auf dem Weg, Mama zu werden – Hundemama. Auf jeden Fall vergrößert sich heute meine kleine Familie. Und ein Welpe kommt einem Baby doch sehr nahe, oder? Lotta fährt heute mit zu mir nach Hause. Ich kann es immer noch nicht fassen.

Gut möglich, dass gerade so etwas Ähnliches in mir vorgeht wie das, was schwangere Frauen fühlen. Sicher ist es bei ihnen noch stärker. Mir reicht das, was ich gerade empfinde, schon aus. Ausnahmezustand hoch einhundert und ich kann nicht genau sagen, ob es ein freudiger oder panischer Zustand ist.

Vielleicht sollte ich mich langsam besser darin üben, nicht so viel zu denken. Das Blöde daran ist, dass ich dann nur noch mehr denke. Das ist wie diese Sache mit dem rosa Elefanten.

Lotta

Ich habe richtig viel Glück. Ich bin die Erste von uns, die heute das Nest verlassen und in die große weite Welt raus darf. Meine Schwestern und Brüder werden erst in den nächsten Tagen und am Wochenende von ihren neuen Familien abgeholt.

Wir sind alle startklar, haben unsere Impfungen, den blöden Chip und diese ekligen Wurmkuren bekommen.

Aber ich, ich bin die Assistenzhündin hier von uns und damit bin ich eine Pionierin. Yeah! Welt, ich komme!

Geduld ist gar nicht meins. Dieses Schulfach wird eine harte Nuss in der Ausbildung für mich werden, merke ich gerade. Was müssen die denn jetzt noch so viel quatschen? Ich dachte, ich kann direkt mit zu Nicole und Chris nach Hause fahren. Aber nein, die Chefin geht jetzt Schritt für Schritt die ganzen dicken Unterlagen mit Nicole durch. Und die stellt auch noch so viele Fragen. Leute, die große Fragerunde haben wir doch das letzte Mal schon ausgiebig durchgekaut. Oh je. Nicole ist noch unsicherer, als ich gedacht habe. Kannst du nicht lesen, Nicole? Das steht doch da alles.

»Wann füttere ich sie am besten und was? Und wie geht das mit dem Einweichen des Futters? Was ist denn im Sommer, wenn es so heiß ist? Wird das Ganze dann nicht schlecht, wenn das da mehrere Stunden rumsteht? Aus dem Kühlschrank ist's zu kalt für die kleine Maus. In der Mikrowolle wärmen? Ist das nicht schädlich?

Was, wenn Lotta Durchfall hat oder brechen muss? Wie ist das mit der Schonkost? Wie mache ich das mit dem Karottenbrei genau? Ah! Und das Geschirr? Kannst du mir noch zeigen, wie ich das bei Lotta anlege? Ich will ihr nicht wehtun.

Wie oft muss sie Spazierengehen? Stimmt das mit dieser Faustregel? Eine Minute pro Lebenswoche? Ich will Lotta auf keinen Fall überfordern am Anfang. Und wie ist das mit den Treppen bei uns? Ich habe gelesen, dass ich sie am besten trage, solange sie noch so klein ist. Aber woanders steht, dass das alles Quatsch ist, dass Welpen keine Treppen laufen sollen. Lotta muss ja auch lernen, wie sie Treppen hoch und runter geht. Was ist denn da nun richtig und wichtig?

Und woran merke ich, wann Lotta mal muss? Weckt sie mich dann nachts? Soll ich sie direkt mit den Katzen zusammenlassen oder ist das vielleicht zu viel am Anfang für Lotta?«

Diese Fragerei nimmt ja überhaupt kein Ende mehr. Ob wir das heute nochmal schaffen zu Nicole und Chris?

Können Hunde mit den Augen rollen? Ich mache das nämlich gerade, glaube ich.

Ich will endlich losfahren. Wie lange wollt ihr mich denn hier noch auf die Folter spannen?

Wenn Nicole jetzt wirklich jedes mögliche Szenario, das passieren könnte, mit Tina durchgeht, sitzen wir übermorgen noch hier. Mach's doch so wie ich und mach's einfach! *Learning by doing* oder wie die Chefin das immer nennt. Kommt doch eh immer anders und ich zeig dir schon, was und wie ich es will!

Wenn ich so viel denken würde, wie Nicole, würde mir mein Kopf dermaßen qualmen. Kein Wunder, dass sie so oft Kopfschmerzen hat. Das muss ich ihr ganz schnell abgewöhnen.

Kommt direkt oben auf meine Liste der Assistenzhund-Aufgaben.

Das ist ja fürchterlich. Mir wird allein vom Zuhören schon schummerig im Kopp.

Ich hoffe wirklich, dass das heute noch was gibt.

Nicole

»Du machst das alles ganz super. Lotta wird's gut bei euch haben. Da bin ich mir sicher. Ihr bekommt das hin. Und wenn irgendwas ist, kannst du mich jederzeit anrufen. Ich stehe euch mit Rat und Tat zur Seite. Scheu dich nicht, dich zu melden, wenn du dir bei irgendwas unsicher bist. Ich begleite dich und helfe dir, wo ich kann, wenn du Probleme hast. Und wir sehen uns ja auch am Sonntag schon wieder in der Hundeschule«, bestärkt mich Tina, die wieder alle Mühe hat, mir Mut zuzureden.

Gleich fahren wir mit Lotta nach Hause und ich würde Tina am liebsten mit einpacken, so mulmig ist mir zumute.

Bei aller Unsicherheit sehe ich, dass Tina selbst auch zu kämpfen hat. Sie reißt sich sichtlich zusammen, aber ihre glasigen Augen zeigen, dass der bevorstehende Abschied von Lotta, ihr zu schaffen macht. Das gehört zum Züchter-Alltag dazu. Die Welpen, denen sie auf die Welt geholfen hat, die sie über zwei Monate voller Liebe und Herzblut großgezogen und umsorgt hat, werden mit einem weinenden und einem lachenden Auge verabschiedet.

Ich könnte das nicht. Einer der Gründe, warum ich, als ich gesundheitlich noch fitter war, während meiner ehrenamtlichen Arbeit für die Katzenhilfe keine Katzenbabys zur Pflege bei mir aufnehmen konnte. Zwei habe ich gepäppelt und mit dem Fläschchen großgezogen und sie sind geblieben. Niemals hätte ich sie wieder hergeben können. In den Stoßzeiten können gut und gerne mal zwei Dutzend Kätzchen auf eine Pflegestelle kommen, die von dort aus dann vermittelt werden. Stellt euch mal vor, die wären alle bei mir geblieben? Ja, ich wäre wohl zur verrückten Katzenlady mutiert und ein hoffnungsloser Fall von Animal-Hording geworden. Das wäre weder gut für mich noch für die Tiere gewesen.

Ich bewundere Tina, dass sie das immer wieder aufs Neue mitmacht und schafft, die Welpen loszulassen, damit sie das Leben anderer bereichern können.

Wir gehen zum Auto. Chris schwingt sich hinters Lenkrad.

Die Vorfreude strahlt aus seinem Gesicht. Die Aufregung ist ihm deutlich anzusehen.

Ich steige hinten ein, wo ich die Rückbank vorbereite.

Ich lege Lottas Kuscheldecke aus, die ich Tina beim letzten Besuch dagelassen hatte, damit sie den Geruch von Mama und Geschwistern aufsaugen konnte.

Lottas Kuschelbärchen, das sie so liebt und ständig mit sich herumschleppt, lege ich dazu.

»Mach's gut mein Schatz und pass schön auf Nicole auf«, sagt Tina, drückt Lotta einen Kuss auf ihr Köpfchen und reicht sie mir. Ohne ein weiteres Wort dreht sie sich um und verschwindet mit hastigen Schritten in ihrem Haus. Kein Zweifel, dass sie die Tränen nun nicht mehr zurückhalten kann, uns das aber nicht zeigen will. Das bricht mir das Herz und ich spüre, dass auch mir Tränen die Wangen herunterrollen.

Ich streichle Lotta, die aufgeregt die Rückbank inspiziert.

Mit ihrer Nase durchwühlt sie ihre Kuscheldecke und hüpft dabei von einer Seite auf die andere. Die arme Maus. Hoffentlich steckt sie den Abschied gut weg und fängt nicht an zu weinen, denke ich. Ich habe zu viele Berichte von quietschend jaulenden Welpen gesehen, die auf der Fahrt in ihr neues Zuhause inklusive der ersten Nacht die ganze Zeit über lautstark und herzzerreißend weinen, weil sie die Trennung von ihrer Mama und den Wurfgeschwistern so mitnimmt.

Lotta ist davon jedenfalls nichts anzumerken. Kein Quietschen, kein Wimmern, kein Bellen. Ihr wird noch nicht einmal schlecht, weshalb ich ganz umsonst eine Rolle Küchenpapier griffbereit halte. Na ja, Vorsicht ist bekanntlich besser als Nachsicht. Lotta nutzt die lange Fahrt, um ausgiebig die Rückbank, die hinteren Autotüren, Griffe und Fenster, inklusive mir zu untersuchen, bis sie sich endlich seitlich an meinen Schoss drückt, ihren Kopf auf meinen Oberschenkel legt und seelenruhig einschläft, als wäre sie schon immer so mit mir im Auto unterwegs gewesen.

Meine Tränen sind getrocknet und einem breiten Lächeln gewichen. Mein Herz läuft über vor Glück. Wärme durchflutet mein Inneres. Meine Schmerzen sind zwar noch da, aber ich spüre sie nur dumpf als wären sie weit weg.

Wie ich da so sitze, den Arm um Lotta gelegt und stolz wie Oskar, sind meine Sorgen und Bedenken zum ersten Mal, wenn auch nur für diesen Moment, weg und ich bin einfach nur glücklich.

15

Zu Hause ist, wo dein Herz ist

Lotta

Leute, bin ich froh, dass wir endlich da sind. Länger hätte ich's nicht mehr ausgehalten. Meine Blase platzt gleich, genauso wie ich vor lauter Neugier.

Was? Nein, ich habe nicht geschlafen. Gut, vielleicht habe ich mal kurz geruht, aber geschlafen habe ich nicht. Ich will doch nichts verpassen.

Super, dass Nicole und Chris direkt eine kleine Runde mit mir spazieren gehen. Ich muss so dringend und die neue Umgebung riecht nach Abenteuer. Die kann ich dann gleich mal erkunden. Aber die dumme Leine an mir nervt. Nicole scheint, warum auch immer, den Weg nicht zu kennen, oder sie traut sich nicht. Auf jeden Fall rieche ich Unsicherheit. Keine Sorge, Nicole, ich zeige dir, wo es lang geht.

So, mal schauen. Wo kann ich denn hier endlich Pipi machen? Riecht alles so anders hier, aber lecker. Da! Ich rieche die Nachrichten von anderen Hunden. Dahinten! Da will ich hin. Schnell! Komm, Nicole! Menno, diese doofe Leine. Und das Ding, wo sie dran festgemacht ist – das Geschirr, oder so – das nervt noch mehr. Das drückt auf meinen Bauch, der im Übrigen leer ist.

Jetzt mach doch mal hinne! Lass dich nicht so ziehen. Ich muss. Und ein guter Pipi-Platz findet sich nicht von allein.

Hier! Ah, oh! Tut das gut. Mmmh! Was riecht denn da so lecker? »Nein Lotta. AUS«, ruft Nicole. Wusste gar nicht, dass die so laut werden kann. Meint sie etwa mich? Was meint die mit »Aus«? Sorry, kann mich gerade nicht umdrehen. Keine Zeit. Zu beschäftigt.

Sie kreischt wieder, wohl vor Freude. »Lotta! AUS!«

Ja, super, oder? Ich habe was Leckeres gefunden und Nicole freut sich mit mir. Ist das klasse!

»Pfui! AUS, Lotta! Bäh. Man frisst doch keine Scheiße«, schreit sie wieder, diesmal lauter als eben und dabei fummelt sie mir im Maul herum. Ein tolles Spiel, das ich gewinnen werde. Herausforderung angenommen! Nichts da. Das ist was Feines. Das bekommst du nicht. Ich habe Hunger. Guck mal, wie schnell ich kauen kann. Das musst du mir erstmal nachmachen. Klar gewinne ich die Schlacht, was denkt ihr denn? Da lasse ich mir nichts nachsagen. Ich bin doch ein Labbi.

Komisch, Nicole freut sich gar nicht. Das ist aber eine schlechte Verliererin. Egal, es gibt keine Zeit zu verlieren. Hier gibt es so viel Neues zu entdecken. Ich rieche jede Menge andere Hunde. Scheint eine tierliebe Gegend zu sein. Jede Menge neue Freunde. Ich kann es kaum erwarten, die alle kennenzulernen. Vom Geruch her sind ein paar passable Exemplare dabei.

Gehen wir jetzt endlich rein? Ich will mein neues Heim sehen. Kommt ihr endlich?

Ja, hinter der Tür hier riecht es immer stärker nach Nicole und Chris. Aber der Boden ist glatt. Wie soll ich denn darauf laufen? Und was sind das für komische eckige Berge? Da soll ich hoch?

Ich bleibe lieber erst mal stehen.

Zum Glück nimmt mich Nicole auf ihren Arm und trägt mich.

Chris kommt hinter uns her und schleppt meine Sachen. Scheint schwer zu sein alles. Ich rieche Anstrengung und noch etwas. Super! Mein Futter ist dabei. Ich verhungere gleich. Hoffentlich bekomme ich eine anständige Portion. So eine lange Reise ist anstrengend und macht Hunger.

Man, sind das viele Beton-Berge bis nach oben. Die Schritte von den beiden hören sich hier anders an. Sie hallen komisch.

Da vorne hinter der Tür muss ihre Wohnhöhle sein. Der Geruch von den beiden kommt geballt unter dem Türschlitz raus. Auch die anderen Gerüche, die nicht von ihnen kommen, sind hier stärker. Das sind bestimmt die Katzen. Ich freu mich ja so. Macht die Tür auf. Los!

Yes! Hier gehöre ich hin.

Nicole

Ich trage Lotta dann doch erstmal die vielen Treppen im Hausflur zu unserer Wohnung hoch. Nicht, dass sie vor lauter Aufregung auf der glatten Steintreppe ausrutscht und eine schlechte Erfahrung abspeichert. Das Treppensteigen können wir später in aller Ruhe üben, wenn sie sich eingelebt hat, beschließe ich.

Von Unsicherheit ist bei Lotta keine Spur. Ich öffne die Wohnungstür und kaum setze ich sie runter, flitzt die kleine Maus los. Sie hüpft dabei wie ein Häschen. Ihre Ohren fliegen in die Luft als wäre sie Dumbo kurz vor dem Abheben. Mit ihrem Bärchen im Maul, das sie dabei nicht loslässt, sieht sie zum Knutschen aus. Chris und ich kommen aus dem Lachen gar nicht mehr raus.

Ich spüre Gesichtsmuskeln, von denen ich gar nicht wusste, dass ich sie habe. Keine Ahnung, wann ich das letzte Mal so gelacht habe.

Zielstrebig springt Lotta in den hinteren Teil des Wohnzimmers zum Katzentunnel. Sie lässt sich auf der Liegefläche nieder, als hätte sie schon immer dort gelegen und schmiegt sich an den Spieltunnel aus

Plüsch. Das Bärchen wird dabei immer wieder in die Luft geworfen und mit dem Maul gefangen.

Sie spielt so ausgelassen, dass sie Snipes nicht bemerkt.

Mein ältester Kater schleicht sich in Zeitlupe von hinten an und lugt vorsichtig um die Ecke, um herauszufinden, wer da auf seinem Tunnel herumalbert. Lotta nimmt ihn vor lauter Übermut gar nicht wahr. Sie hat bereits den großen Kratzbaum, der vor dem Fenster steht, ins Auge gefasst, schnappt sich ihr Bärchen und rennt los, um auch dieses Katzenmöbel zu erobern.

Kein Zweifel. Lotta strotzt vor Selbstbewusstsein.

Mein Herz macht einen erleichterten Hüpfer und ich atme durch. Lotta ist bei mir. Sie fühlt sich sichtlich wohl. Sie ist zu Hause.

16

Eine lange Nacht

Lotta

Habe ich schon erwähnt, dass ich mich hier pudelwohl fühle, oder besser *labradorwohl* in meinem Fall.

Überall steht kuscheliges Zeug herum, das nach Katze riecht.

Ich liebe diesen Geruch und kann es nicht erwarten, mal zu kosten. Nein, nein! Nicht das, was ihr jetzt denkt. Nicht fressen, nur liebhaben, kuscheln und spielen. Ja, vor allem spielen. Ob sich die Katzen von mir abschlecken lassen? Das muss ich so bald wie möglich mal austesten. Das Herumtollen mit ihnen macht auf jeden Fall schon mal richtig viel Spaß. Die wollen einfach ständig Nachlaufen mit mir spielen.

Jetzt am Abend drehen die erst richtig auf. Ob die nachtaktiv sind so wie Eulen? Die drei können gar nicht genug von mir kriegen. Angst rieche ich nicht. Ich glaube, es ist eher Aufregung, die mir da entgegenweht. Verstehe ich gut. Bin im Moment auch mega drüber und komme gar nicht mehr runter. Und beim Spielen sowieso. Na ja, wenn die Katzen das nicht mögen, dann sollen sie halt nicht ständig vor meiner Nase herumtänzeln.

Sie fordern mich heraus, eindeutig.

Die sind verdammt schnell, sage ich euch. Nicole und Chris mischen sich leider ständig ein und halten mich fest, sobald ich den Katzen hinterherhechten will. Bleibe ich hingegen sitzen, loben sie mich und ich bekomme ein Leckerli. Ich finde aber das Spielen mit den lustigen Fellknäulen besser als das Futter. Jedenfalls im Moment noch. Das müssen sie doch merken.

Nicole braucht keine Angst zu haben, dass ich Lucy, Snipes oder gar dem Stevie etwas tue. Warum sie trotzdem solche Panik schiebt, kapier ich nicht, oder will sie mich damit nur anfeuern? Gut, die Katzensprache ist echt eine schwere Sprache und etwas merkwürdig. Die Töne, die sie von sich geben, hören sich an, als ob sie heiser sind oder eine zischende Schlange verschluckt hätten, die sie wieder hervorwürgen wollen.

Es soll ja Sprachen geben, die nur aus Klicklauten bestehen, aber die von den Katzen übertrifft alle. Wird noch eine Weile dauern, bis ich dieses Kauderwelsch verstehe. Schade, denn ich will sie so viel fragen. Vor allem den schwarz-weißen Kater Stevie.

Der hat gar keine Augen und das ist nicht normal. Die anderen Katzen haben nämlich welche und ich würde zu gerne wissen, warum er keine hat. Meint ihr, er ist schon so auf die Welt gekommen? Vielleicht hat er sie auch in einem gefährlichen Kampf verloren. Nicht, dass mich das stört, dass der Kleine blind ist, ich will einfach nur wissen, warum. Steckt sicher eine spannende Geschichte dahinter.

Für Abenteuer bin ich immer zu haben. Stevie ist echt cool, denn er läuft herum, als ob er alles sehen würde, und verhält sich genauso wie die anderen Katzen. Ab und zu läuft er im Eifer des Gefechts mal gegen ein Tischbein, aber er ist hart im Nehmen, schüttelt sich nur kurz und läuft dann weiter, als wenn gar nichts passiert wäre. Der ist wirklich speziell. Was Besonderes, so wie ich.

Bald ist Schlafenszeit. Nicole und Chris bereiten für meine erste Nacht im neuen Heim eine gemütliche und große Schlafstätte im Wohnzimmer vor. So wie es aussieht, werde ich da nicht allein schlafen.

Ich bin so aufgekratzt und kein bisschen müde. Und ich merke noch was. Es drückt. Da ist ein großes Geschäft im Anmarsch, das ich dringend erledigen muss. Mein leckeres Mittagessen drängt nach draußen. Keine Zeit mehr zu verlieren. Schnell! Ich muss eine geeignete Stelle finden, aber meine Nase erschnuppert keine. Egal, wo ich hier drin hinlaufe, nichts passt und ich werde immer nervöser. Nicole scheint das zu bemerken und zieht mir schnell Geschirr und Leine an. Chris bewaffnet sich mit diesen komischen blauen Tüten, die alle hier Kotbeutel nennen, und begleitet uns.

Im letzten Moment schaffen wir es nach draußen, wo mich Nicole ins Gras vor dem Haus setzt. Ja. Hier geht es. Hier kann ich mich erleichtern. Puh.

Nicole jubelt und hüpft in die Luft. »Woohoo! Lottas erstes Häufchen! Super! Gut gemacht! Ganz fein, Lotta-Schatz.«

Was macht sie denn jetzt? Sie zückt ihr Handy-Dingsbums und macht ein Foto. Das gibt's nicht. Hilf mir lieber, das Ganze zu verscharren. Muss ja nicht jeder sehen. Echt jetzt. Könnt ihr mir sagen, was an einem Häufchen so wahnsinnig toll ist?

Klar, es riecht lecker und das ein oder andere Geschäft schmeckt auch gut, aber muss man deshalb gleich laut quietschen und ein Tamtam darum veranstalten, als hätte ich ein goldenes Ei gelegt? Versteh einer die Menschen. Jetzt hockt sich Chris da hin und zückt so einen Kotbeutel. Das kann doch nicht wahr sein. Der tütet mein Häufchen ein?! Was wollen die damit? Aufheben für schlechte Zeiten? Leute, sowas verscharrt man und gut.

Kapier ich nicht, aber soll mir egal sein. Hauptsache Nicole beruhigt sich wieder, was meine Geschäfte angeht.

Die Nacht ist noch lang und das hier war erst der Anfang.

Das spüre ich. Der Rest vom Tag rutscht nach. Muss nicht sein, dass die ganze Nachbarschaft davon dann wieder Wind bekommt.

Meinen ersten Einsatz habe ich heute Abend auch noch.

Nicole hat einen Anfall und ich merke das sofort.

Das ist überhaupt kein Hexenwerk und ich weiß nicht, warum Chris und Nicole da so erstaunt drüber sind.

Dieser Geruch von Übelkeit und Angst ist so intensiv, den kann man gar nicht überriechen. Außerdem ist Nicoles ganzer Körper so angespannt, dass sie aussieht wie eine Statue und der schöne, tiefe Blick ihrer Augen wird leer.

Ich schreite zur Tat, eile zu ihr und stupse wie verrückt, mit allem, was ich habe, sprich Pfoten, Zunge und Nase an ihr herum. Mein kleines Herz rast. Ich mache mir Sorgen um Nicole. Sie scheint ganz wo anders zu sein. An einem ganz schlimmen Ort.

Ich stupse weiter und gebe alles. Einmal quer durchs Gesicht lecken, muss sie doch aufwecken.

Es klappt! Nicole ist wieder im Hier und Jetzt, wo sie hingehört. Ich bin erleichtert. So lange habe ich meinem ersten richtigen Einsatz als Assistenzhündin entgegengefiebert. Jetzt ist es endlich soweit und ich freue mir ein Loch ins Ärschelchen.

Die Belohnung, die ich dafür erhalte, ist nicht von schlechten Eltern. Boah, ist die lecker.

Erstaunlich. Nicole geht es besser. Der Panikgeruch bei ihr ist deutlich schwächer und die Übelkeit rieche ich gar nicht mehr. Ich hab's echt geschafft, sie zurückzuholen und abzulenken.

Ich kann meinen nächsten Einsatz gar nicht erwarten.

Bis dahin studiere ich Nicole, so gut ich kann. Wer weiß, was ich alles merke. Ich krieg die schon auf Spur.

Nicole

In Lottas erster Nacht bei uns zu Hause will ich unbedingt die erste Schicht übernehmen, egal wie platt ich von den letzten aufwühlenden Stunden bin. Ich kann gar nicht genug von der Kleinen bekommen und würde oben in meinem Bett ohnehin kein Auge zubekommen, wenn ich weiß, dass Lotta unten liegt.

Das Nachtlager im Wohnzimmer ist errichtet und ich bin nervös. Wird Lotta sich zu mir legen? Durchschlafen wird sie wahrscheinlich nicht, dafür ist sie noch zu klein.

Zum Glück muss ich nicht allein mit ihr nach draußen vor die Tür. Auf dem Balkon sind wir für den nächtlichen Pipi- oder Häufchen-Notfall gerüstet. Kotbeutel und Taschenlampe liegen bereit und eben waren wir erst mit ihr unten, damit sie sich vor dem Schlafengehen nochmal erleichtern konnte.

Und ja, was soll ich sagen, Lotta hat ihr erstes Häufchen gemacht. Keine Ahnung, warum das so ist, aber ich bin sowas von stolz. Anscheinend so eine Mama-Sache.

Trotzdem bin ich aufgeregt. Hoffentlich klappt alles. Hoffentlich geht es mit meinen Panikattacken und bitte, bitte lass meinen Magen-Darm heute Nacht nicht wieder rebellieren.

Ich spüre Übelkeit in mir aufsteigen und glaube, ich trete sogar kurz weg. Keine Ahnung, wie Lotta das mitbekommt, oder was ich ausströme, aber sie kommt wie der Blitz angerannt und stupst und leckt mich, bis ich geistig wieder im Wohnzimmer bin und mich ihr zuwende.

Ich bin baff. Damit habe ich nicht gerechnet. Woher kann sie sowas schon? Ich habe ihr das nicht beigebracht. Wie kann das sein? Und das, obwohl sie mich gar nicht kennt, am ersten Tag. Was für eine Leistung!

Meine Panik tritt erstaunlicherweise in den Hintergrund, denn alles, was ich denken kann ist: Das muss ich belohnen! Positive Verstärkung nennt man das im Hundetrainer-Sprech. Das ist enorm wichtig, vor allem beim Lernen ihrer Aufgaben als Assistenzhund. Aber das Timing muss stimmen, damit der Hund das Ganze auch mit dem richtigen Verhalten in Verbindung bringt. Eine Sekunde kann da schon einen Unterschied machen und sie verknüpft etwas Falsches. Blöd, dass ich keine Leckereien in der Tasche habe. Dann muss jetzt fürs Erste verbales Lob ausreichen. »Super! Good girl! Ganz fein, Lotta«, zwitschere ich, so hoch wie meine Stimme das zulässt.

Lottas Rute rotiert und ähnelt immer mehr einem Propeller. Sie blickt mich mit großen Augen erwartungsvoll an.

Ich muss mich echt besser vorbereiten, denke ich und stürze in die Küche zur Leckerli-Dose. Lotta folgt mir schwanzwedelnd und lässt mich keine Sekunde aus den Augen.

Jetzt ist aber Ruhe angesagt. Lotta ist mächtig aufgedreht und kommt gar nicht runter. Ob das an mir und meiner inneren Unruhe liegt, die langsam und stetig wieder wächst? Möglich, oder? Scheiße. Ich muss mich dringend beruhigen. Ich will nicht, dass meine Angst auf Lotta abfärbt. Die Kleine spürt doch alles und es war ein heftiger Tag für sie.

Der Abschied von ihrer Familie, die lange Fahrt ins Ungewisse. Das neue Heim. Kein Wunder. Allein davon ist sie sicher schon überdreht und dann muss ich auch noch einen Anfall haben und Lottas ersten Einsatz einfordern.

Hoffentlich schaffe ich es, ruhig zu bleiben.

Ein schlimmer Gedanke schießt mir in den Kopf. Was, wenn Lotta ihre Mama und ihre Geschwister vermisst?

Vor meinem inneren Auge läuft ein Film über Welpen ab, die in den ersten Nächten herzzerreißend winseln und weinen. Schnell schüttele ich diese traurigen Bilder aus meinem Kopf. Die stammen aus den Dokus und Hunderatgebern, die ich mir vor Lottas Einzug reingezogen habe. Hoffentlich ist Lotta nicht traurig. Ich weiß nur zu gut, wie es sich anfühlt, plötzlich mutterseelenalleine unter lauter Fremden auf diesem Planeten zu sein. Ich werde mein Bestes geben und sie trösten, auch wenn es mein Herz brechen wird, meine Süße weinen zu hören. Vielleicht schaffe ich es dann, sie zu beruhigen. Ich muss ruhig bleiben, unbedingt.

Tief durchatmen.

»So mein Schatz. Wir legen uns jetzt hin. War ein langer und anstrengender Tag heute. Magst du dich zu mir legen?«, sage ich zu Lotta und klopfe neben mich auf die Decke.

Lotta kommt angehüpft. Sie leckt meinen Arm, samt Hand und Finger daran ab. Ihr ganzer Körper wackelt dabei mit ihrem Schwanz um die Wette und ich spüre ein warmes Gefühl in meinem Inneren anfluten, als Lotta sich hinlegt und an meine Seite drückt.

Das ist das Kontaktliegen, fällt mir ein. Davon habe ich gelesen. Assistenzhunde legen sich auf oder ganz nah an den Betroffenen. Damit spenden sie Ruhe, Trost und Kraft.

Was für ein wohliges Gefühl. Leider hält es nicht lange an.

Es vergehen keine fünf Minuten, da springt Lotta wieder auf und wandert um mein Nachtlager herum.

Sie legt sich auf meine Füße und hält es dort auch nur ein paar Minuten aus, bevor sie wieder aufsteht und mich weiter umkreist. Schließlich lässt sie sich an meinem Kopf fallen, seufzt und schnuffelt sich in meine Haare.

Ich atme durch und versuche zu schlafen. Keine Chance. Lotta kommt nicht zur Ruhe. Sie wandert weiter, immer im Kreis um mein Nachtlager mit kurzen Zwischenstopps. Das einzig Positive ist, dass sie weder jault, noch wimmert und auch sonst keine Anzeichen von Traurigkeit zeigt. Ihre Unruhe ist allerdings schlimm genug und für mich kaum auszuhalten.

Jedes Mal, sobald ich mich ein wenig beruhigt habe, springt Lotta auf und klackert übers Parkett. Ich bin schuld, dass sie überdreht ist. Da bin ich mir jetzt sicher.

Warum kann ich mich nicht beruhigen? Ich bin so unfähig.

Mich selbst runterzumachen, gelingt mir im Gegensatz zu allem anderen bestens, aber hilft mir und vor allem Lotta jetzt leider nicht weiter.

Ich lege sie mit ihrer Kuscheldecke und ihrem Bärchen in die Hunde-Box, bringe es aber nicht fertig, diese zu schließen.

Lotta bleibt keine Minute dort drin, selbst als ich ein Leckerli hineinlege, holt sie es sich und läuft kauend wieder aus der Box.

Nein. Ich kann kein Lebewesen einsperren, auch wenn gesagt wird, dass das nur zu ihrem Besten ist, damit sie runterkommen und schlafen kann. Bin ich eine schlechte Hundemama? Liegt es in meiner Verantwortung, sie zur Ruhe zu zwingen? »Das macht man mit Kindern auch so. Die gehen auch nicht freiwillig schlafen«, argumentieren Fachleute. Unschöne Bilder von damals drängen sich wieder in meinen Kopf.

Nein. Ich kann das nicht. Bin ich jetzt schuld, dass Lotta so überdreht? Sehe ich das falsch? Empfinde ich dieses Vorgehen als schlimm, weil ich ein gebranntes Kind bin oder weil ich unerfahren bin, was Hunde angeht?

Ich bin verunsichert, was das angeht, aber einsperren?

Nein. Das bring ich nicht fertig.

Das Wandern um mein Nachtlager und durch das Wohnzimmer geht also weiter und die Stunden ziehen dahin, genauso wie meine Panikattacken im Rhythmus mit Lottas Tanz des Aufstehens und wieder Hinlegens.

Gegen drei Uhr morgens winselt und piept Lotta plötzlich leise. Ich springe auf und knipse das Licht an. Sie steht wie erstarrt da. Ihr Rücken bildet mit ihrer Rute eine so gerade Linie, dass ich eine Wasserwaage auf sie legen könnte. Das Lot wäre genau in der Mitte. Als ich sie frage, was los ist, hebt sie ihren Schwanz, der nun einen Halbkreis formt und drückt den Po ein wenig raus, während sie ganz nervös den Boden abschnuppert.

Sie muss mal, denke ich, schlüpfe in meine Strickjacke, schnappe mir die Taschenlampe und öffne die Balkontür.

Nie im Leben könnte ich jetzt mit ihr runter vor die Tür gehen. Mein Herz rast nur bei dem Gedanken und ich bin dankbar, dass wir auf dem Balkon für genau diesen Fall vorgesorgt haben.

Vorsichtig nehme ich Lotta hoch und setze sie auf das kleine Wiesenstück, das wir in der Ecke eingerichtet haben.

Lotta schnuppert und dreht sich dabei einmal um ihre eigene Achse, dann geht ihr Po runter. Kaum ebbt die Pipi-Welle ab, hebt Lotta ihr Hinterteil ein Stückchen höher. Jetzt kommt das große Geschäft. Ein Monster eines Haufens, der fast größer ist als Lottas Kopf. Leider ist er nicht sonderlich fest und der Gestank ist bestialisch. Ich huste, würge und kämpfe gegen den Brechreiz, während ich versuche, das riesige Malheur in den Kotbeutel zu manövrieren, ohne mir dabei alles an die Finger zu schmieren.

Ich brauche insgesamt drei dieser blauen Tüten und schaffe es irgendwie, nicht zu kotzen. Das ist die Kehrseite der Mama-Freuden, denke ich und hoffe inständig, dass ich mich im Laufe der Zeit daran gewöhnen werde.

Die Übelkeit lässt sich für den Rest der Nacht nicht beseitigen und bleibt mir bis zum Morgen genauso erhalten wie meine extreme Anspannung und Lottas Wanderungen durchs Wohnzimmer.

Meine Gedanken fahren Karussell. Ist Lotta krank? Warum hat sie Durchfall? Hat sie etwas Falsches gefressen. Ja! Das fremde Häufchen, das sie heute Nachmittag draußen gefuttert hat. Davon kann es sein. Oder ist es wie bei mir das Nervensystem, das vor lauter Aufregung verrücktspielt? Steht sie unter Stress? Fühlt sie sich hier nicht wohl? Vielleicht ist Lotta bei mir doch nicht so gut aufgehoben, wie Tina denkt. Ich schaffe das alles doch gar nicht.

Der Schlaf besucht weder mich noch Lotta bis der Morgen ins Zimmer lugt.

Ich habe ein schlechtes Gewissen. Jeder Zentimeter meines Körpers schmerzt und brennt und die Zweifel schreien lauter als zuvor. Habe ich einen Fehler gemacht? Schaffe ich das alles auf Dauer? Habe ich die falsche Entscheidung getroffen, mir einen Hund anzuschaffen? Wenn ich jetzt schon überfordert bin, wie geht das dann alles weiter? Wie soll ich erst Lottas schwere Ausbildung bewältigen?

An Frühstück ist nicht zu denken, aber ich bin froh, als Chris aufsteht und mich ein bisschen beruhigt.

»Mach dir nicht immer so viele Gedanken. Lotta geht es gut. Das wird schon alles. Habt ihr doch gut hinbekommen, die erste Nacht. Das gibt sich mit der Zeit und ich bin ja auch noch da. Heute übernehme ich die Nachtschicht und du schläfst dich aus und erholst dich. Wir schaffen das«, sagt Chris und ich versuche, ihm zu glauben. Mir selbst kaufe ich das nach dieser Nacht nicht ab. Bin ich froh, dass Chris da ist und mir hilft. Allein würde ich das nicht packen, das steht fest.

17

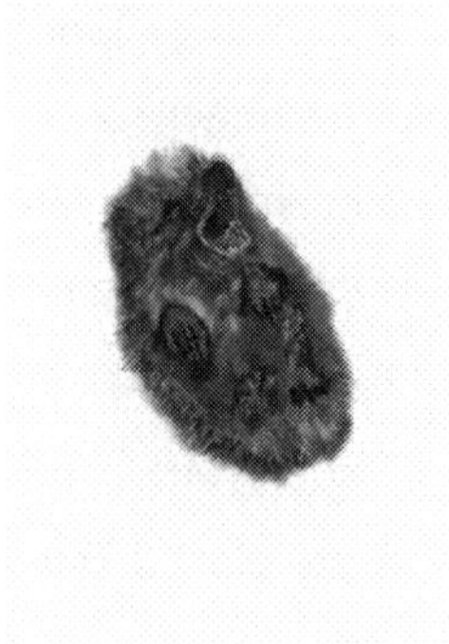

Die ersten Tage

Lotta

Die Zeit rennt schneller als ich. Wie im Flug vergeht die.

Dabei gibt es so viel zu entdecken und zu erfahren.

Kaum zu glauben, dass ich schon fast eine Woche hier bin. In der Nachbarschaft wohnen jede Menge nette Leute und so viele tolle andere Hunde, mit denen ich spielen will.

Ich werde gar nicht fertig mit dem ganzen Begrüßen, Kennenlernen und Abschlabbern.

Ich weiß nicht, warum Nicole solche Angst vor denen hat. Die sind alle mehr als in Ordnung. Nicole hingegen verströmt keine Freude, sondern pure Panik. Ihr Schweiß riecht dann völlig anders, als der, den sie ausdünstet, wenn sie mit mir über die Wiesen oder durch den Wald flitzt. Ihr Herz rast in solchen Situationen auch, aber, wenn wir fremde Leute treffen, dann stolpert es.

Ihr ganzer Körper verhält sich anders. Jeder Muskel ist bis aufs Äußerste angespannt. Wenn sie zum Beispiel mit mir spielt, ist das nicht so. Ihr wird dann nicht übel und sie zittert nicht. Ich bin so stolz drauf, dass ich es schaffe, sie davon abzulenken.

Warum hat sie solche Angst? Ob es so ist, wie Mama gesagt hat? Vielleicht gibt es wirklich böse Menschen, die Nicole mal wehgetan haben. Und die haben sie derart verschreckt.

Schlechte Erfahrungen brennen sich ein. Der Körper merkt sich sowas, hat Oma mir mal erklärt. Ein Bild, Geruch oder Geräusch, das einen an was Schlimmes erinnert, tritt das Ganze dann wie eine Lawine jedes Mal wieder los, so als würde es in diesem Moment wieder passieren. Die Reaktion kann man nicht beeinflussen, egal wie man sich anstrengt. Das läuft automatisch ab alles.

So wie bei mir letztens bei unserem abendlichen Spaziergang im Park. Es war schon dunkel und da habe ich ein Monster gesehen. Dachte ich zumindest erst. Das war echt gruselig. Müsst ihr mir glauben. Das Ungeheuer war übersät von spitzen Stacheln und kam im Affenzahn auf mich zu. Ich bin hartgesotten und wie ihr wisst, habe ich vor nichts und niemandem Angst, aber seit diesem nächtlichen Erlebnis wird mir schon anders, wenn ich nur den Geruch von diesen Stachelviechern in die Nase bekomme.

Da können Nicole und Chris noch so viel lachen und mir versichern, dass es sich dabei nur um einen harmlosen Igel handelt oder wie sie diese unheimlichen Dinger nennen.

Es piekt mich überall, wenn ich nur dran denke.

Die meisten Spaziergänge sind, mal abgesehen von der einen unheimlichen Begegnung der dritten Art, Freude und Abenteuer pur. Nicole und Chris sind mit mir schon zu neuen Orten gefahren, damit ich möglichst viel von der Welt sehe und erfahre.

Das ist so spannend! Am besten gefällt es mir im Wald, vor allem, in dem, wo wir heute Nachmittag waren. Da ist jede Menge Wasser, das so schön gluckert und plätschert, und auf dem bunte Blätter schwimmen. Nicole sagt Bach dazu. Ich liebe den Bach.

Ich liebe Wasser. Woanders ist es natürlich auch schön. Zum Beispiel da, wo wir gestern waren. Ein alter Truppenübungsplatz oberhalb von Koblenz. Das ist ein riesiges und spannendes Gelände, das an den Wochenenden, wenn die Bundeswehr dort nicht übt, für jeden Besucher offen ist. Dann mutiert dieser Ort offiziell zu einem gut besuchten Hundetreff- und Spielplatz.

Da war vielleicht was los, sage ich euch.

Über die vielen Rampen zu hüpfen und zu laufen, macht riesigen Spaß und nebenbei habe ich wieder jede Menge neue Hundefreunde kennengelernt.

Morgen geht's schon zum ersten Mal in die Hundeschule.

Das wird was werden. Ich kann es kaum erwarten, meinem Bruder Sam von meiner ersten Woche zu berichten. Der wird Augen machen. Mal sehen, ob er da mithalten kann.

Beim Tierarzt waren wir auch schon. Meinen ersten Besuch beim Doc habe ich mit Bravour gemeistert. War gar nicht so schlimm, wie alle sagen. Ich finde sogar, dass es gar nicht besser gehen kann. Die Ärztin war superlieb zu mir und hat mich mit Belohnungen vollgestopft, die vollkommen anders geschmeckt haben als die, die ich von Nicole und Chris immer bekomme. Die waren so lecker.

Gut, die Tierärztin hat gesagt, dass ich zu dick bin und mir dabei in meine Hautfalten an Bauch und Hals gekniffen.

Ist das zu fassen? Das war nicht nett. Aber ich stehe da drüber. Sehe ich nicht tragisch. Das ist doch nur Babyspeck und Haut. Da wachse ich rein! Jawohl.

Na ja, an der Luft in der Tierarztpraxis samt Wartezimmer könnte noch gearbeitet werden. Die hat voll nach Angst und Schmerz gerochen. Aber ansonsten war alles ganz *easy peasy*, wie Nicole immer so schön sagt.

Abgehakt. Kein Ding für mich das alles.

Nicole

Die ersten Tage vergehen deutlich schneller als die erste, viel zu lange Nacht.

Chris und ich fotografieren wie die Weltmeister, um all diese schönen Erinnerungen festzuhalten.

Es ist der Wahnsinn, wie schnell Lotta wächst.

Vor allem ihre Offenheit und Unbekümmertheit beeindruckt mich. Ich bin fast neidisch, wie arglos Lotta in neue Situationen und auf fremde Menschen zustürmt. Sie strahlt dabei immer übers ganze Gesicht wie die aufgehende Sonne. Lotta leuchtet so hell, dass mich ab und zu der ein oder andere Strahl erwischt, der auf mich abfärbt. Ich bin zwar lange nicht so unbekümmert wie Lotta, aber ich meistere die neuen zwischenmenschlichen Kontakte, ohne dabei durchzudrehen oder wegzulaufen.

Unglaublich, welche Anziehungskraft so ein Welpe auf andere Menschen hat. Dass ich auf einmal mit so vielen neuen Leuten in Kontakt treten muss, hätte ich nicht gedacht. Schon gar nicht, dass ich das dann sogar bewältige.

Vielleicht liegt es daran, dass die Aufmerksamkeit hauptsächlich bei Lotta liegt. Ich konzentriere mich voll auf meine Maus. Ich will nicht, dass ihr etwas passiert und auch die Leute, die mit piepsiger Fistelstimme auf uns zukommen, haben fast ausschließlich Lotta im Auge. Viele davon kennen bis heute nicht einmal meinen Namen, aber rufen schon von weitem »Lotta«.

Asche auf mein Haupt, mir geht es da genauso. Die meisten Nachbarn identifiziere ich nur über die Namen ihrer Hunde.

Keine Ahnung, warum das so ist.

Leider bereitet mir Lottas überschwängliche Reaktion auf fremde Menschen auch Sorgen. Sie zieht ohne Unterlass zu jedem hin und ignoriert mich dann komplett. Chris ist ebenso abgemeldet wie ich. Ich bekomme bei jeder neuen Kontaktaufnahme Schweißausbrüche und kämpfe mit meinem verrückten Nervensystem.

Klar kann ich das nur bewältigen und heilen, indem ich immer wieder und wieder in sozialen Kontakt gehe. Nur so kann ich positive Erfahrungen machen und die schlechten Stück für Stück in den Hintergrund drängen. Aber ich wäre gerne diejenige, die steuert und entscheidet, zu wem ich gehe, wen ich meide und nicht Lotta. Sie soll lernen, mich vor anderen Menschen zu beschützen und abzuschirmen und nicht freudig zu jedem hinzuhüpfen. »Das musst du von Beginn an für dich klar haben Nicole, ob du willst, dass Lotta zu anderen Leuten läuft. Ob das für dich okay ist, oder ob sie lernen soll, bei dir zu bleiben. Das musst du entscheiden«, hat Tina mir geraten.

Das ist ein großer Konflikt in mir. Wenn ich ehrlich bin, werde ich die sozialen Kontakte sicher weiterhin eher meiden, als ins kalte Wasser zu springen und Konfrontationstherapie zu betreiben. Auf der anderen Seite weiß ich, dass es für die Assistenzhunde-Aufgaben sowie die Prüfung später wichtig ist, dass Lotta von Anfang an lernt, dass sie nicht zu fremden Menschen hinlaufen soll. Ein Assistenzhund darf sich während seiner Arbeit von nichts und niemandem ablenken lassen. Genau dazu trägt Lotta später für die Zeiten ihres Einsatzes draußen eine Warnweste, die sogenannte Kenndecke, mit der sie dann weiß, dass gerade Arbeit und keine Freizeit angesagt ist. Das muss alles trainiert werden. Tina und Karin haben mir aber gesagt, dass Lotta das schnell lernen wird und dass wir das Schritt für Schritt aufbauen, indem wir die Zeiten mit Kenndecke, in denen Konzentration und Arbeit angesagt ist, langsam steigern und sie immer, wenn wir die Weste abnehmen, ausgiebig spielen und toben darf. Und das alles startet auch erst, wenn Lotta älter und ruhiger ist. So wird Lotta schnell den Dreh raushaben, wann für sie die Spiel- und Freizeit beginnt und wann Arbeitszeit ist.

Die Kenndecke hat außerdem eine weitere wichtige Funktion. Sie soll anderen Menschen zeigen, dass es sich um einen Assistenzhund ›bei der Arbeit‹ handelt, der auf keinen Fall abgelenkt werden darf, also weder angesprochen noch angefasst werden sollte.

Dazu sind entsprechende Warnsymbole gut sichtbar auf der Weste angebracht. Dass es Leute gibt, die diese klare in Neonfarben gebettete Botschaft übersehen oder ignorieren, kann ich gar nicht glauben und ich frage mich, woran das liegt. Sind die Menschen so rücksichtslos oder wissen sie es nicht besser?

Vielleicht sind Assistenzhunde noch zu selten unterwegs und die Menschen zu wenig informiert. Kann ja sein.

Würde ich mich überhaupt trauen, mit jemand Fremden darüber zu diskutieren. Würde ich das im Fall der Fälle erklären können und mich durchsetzen? Zum jetzigen Zeitpunkt unwahrscheinlich. Zum Glück muss ich mir darüber im Moment nicht den Kopf zerbrechen. Es wird mindestens ein Jahr dauern, bis Lotta so weit ist, dass wir mit ihr und der Kenndecke sowie den dazugehörigen Aufgaben arbeiten werden. Erst einmal ist Lotta Welpe. Sie und ich sollen und wollen diese schöne Zeit, die zu schnell vorbeigeht, in vollen Zügen genießen, uns kennenlernen und aufeinander einspielen.

18

Das erste Training

Lotta

Ich flippe aus. Da ist er. Wuhuuu. Samii! Was geht?

Und da! Da ist Tina mit meiner Tante und ihren beiden Neuzugängen. Die kenne ich! Sind bei uns eingezogen, kurz bevor ich ausgezogen bin. Die haben immer so cool mit mir gespielt. Boah, sind die groß geworden. Die gehen bestimmt schon in die Junghund-Klasse hier.

Ich weiß gar nicht, wo ich zuerst hinlaufen soll. Aber es geht nicht. Nicole hält mich fest. Sie schnaubt und schimpft.

Merkt die denn nicht, wo ich hinwill? Was soll das? Ich will da hin, und zwar jetzt sofort und gleich! Komm! Mach, mach, mach! Mach die doofe Leine ab, dann muss ich dich nicht so ziehen. Warum checkt die das nicht? Die ist vielleicht begriffsstutzig, die Nicole. Manchmal ist sie echt schwer zu trainieren.

Nicole

Lotta, mein kleiner Dickkopf. Sie ist enorm hartnäckig und gibt nicht auf, bis sie ihren Kopf durchgesetzt hat. Und Kraft hat sie ohne Ende. Eine blöde Kombination mit den ganzen Hummeln, die sie zudem im Hintern hat.

Gut, dass ich auf Tina gehört habe und Lotta zum Training das Geschirr, anstelle eines Halsbands angezogen habe.

Lotta zieht und zieht und schafft es selbst mit dem weichen Geschirr, sich dabei die Luft abzudrücken.

Sie zieht und würgt in einer Tour. Hinsetzen und warten geht nicht und ich habe alle Mühe, Lotta festzuhalten.

Wir stehen draußen auf dem Platz und warten, dass Karin kommt. Das Training hat nicht einmal angefangen und ich bin schon am Ende meiner Kräfte.

Trotz frostiger Temperaturen um die Null Grad bin ich komplett durchgeschwitzt. Mein Unterleib krampft wie verrückt und ich habe keine Ahnung, wie ich jetzt eine Stunde Training mit Lotta samt Einzeltraining im Anschluss schaffen soll.

Fürs Erste nimmt Chris mir Lotta ab, der merkt, dass ich komplett überfordert bin und sie nicht mehr lange halten kann.

Inzwischen finden sich immer mehr Leute mit ihren Welpen auf dem Gelände ein und Lotta will überall direkt hin.

Für mich sind das viel zu viele fremde Menschen und dann noch Lotta, die wie eine Irre an der Leine reißt.

Nicht zu glauben, was für eine Kraft die kleine Maus jetzt schon hat. Oder bin ich zu schwach?

»Ist das Lotta?«, fragt eine junge Frau, die in voller Jack-Wolfskin-Trainermontur auf uns zukommt. Ich kenne sie nicht, aber Lotta springt sofort an der Frau hoch.

»Na, da habt ihr ja einen richtigen Wirbelwind«, lacht sie und tätschelt Lotta über den Kopf. »Ich bin Nadine und leite heute zusammen mit unserer Azubine Susi die

Welpenstunde.« Ich fühle mich wie vor den Kopf gestoßen und stottere: »Ja, äh. Hallo. Ich bin Nicole und das ist Chris. Wir sind mit Lotta eigentlich bei Karin im Kurs.«

»Herzlich willkommen bei uns. Karin hat mir schon berichtet. Sie leitet heute die Junghund-Gruppe. Den Welpenkurs übernehme ich und danach hat Karin Zeit für euch, um das Einzeltraining mit Lotta und dir zu machen.«

»Aber, aber«, stottere ich und bekomme nichts mehr heraus. Meine Gedanken überschlagen sich. Ich habe mich auf Karin eingestellt und nicht auf jemand völlig Fremden. Schon gar nicht am ersten Trainingstag. Was soll das jetzt? Da ist in der Kommunikation etwas schiefgelaufen. Passiert mir oft. Ich sehe Chris hilfesuchend an. Der zuckt nur mit den Schultern und folgt dem Trupp der anderen, die brav mit ihren Welpen hinter der Trainerin hermarschieren. »Kommst du?«, fragt Chris.

Ich könnte heulen. Ich will wieder nach Hause. Aber wir haben eine lange Fahrt hierhin auf uns genommen und das Training ist wichtig für Lotta und unsere Ausbildung.

Ich schlucke meine Unsicherheit runter und haste mit einem mulmigen Gefühl hinterher.

Im Trainingsgebäude angekommen, bekomme ich von der Vorstellungsrunde nichts mit. Wie weggetreten stehe ich in einer Ecke und kämpfe mit mir und meinem Gefühlschaos.

Irgendwann tippt Chris mir auf die Schulter. »Dein Part«, sagt er und drückt mir Lottas Leine in die Hand, die aufgeregt am anderen Ende zieht.

Alle Augen sind auf uns gerichtet. Ich kann mich nicht rühren und suche das Loch im Boden.

Die Ersatz-Trainerin Nadine kommt zu mir rüber. »Ihr schafft das. Führe Lotta einfach hier durch den Parcours. Achte darauf, dass sie bei Fuß bleibt und sich nicht ablenken lässt, so wie ich das eben gezeigt habe.«

Na super. Fängt ja gut an. Das habe ich gar nicht mitbekommen. Mist. Ich stehe wie angewurzelt da und kämpfe mit Lotta an der Leine.

»Ruhig bleiben. Alles gut. Nimm mal ein Leckerchen raus und halte es ihr vor die Nase. Damit kannst du sie locken. Aber pass auf, dass sie es nicht erwischt.«

Ich nehme allen Mut zusammen und beginne, Lotta über den Parcours zu lotsen. Die zieht wie eine Verrückte rüber zu ihrem Bruder Sam. Fast falle ich hin und beim verzweifelten Versuch, Lotta festzuhalten, rollen mir die ersten Tränen über die Wange. Das wird so nichts, denke ich.

»Alles gut«, sagt Nadine wieder. »Ruf sie mal. Mach Lotta auf dich aufmerksam und sobald sie dich anschaut, schiebst du ihr ein Leckerli rein.«

»Lotta, hier. Lotta, hier bin ich«, piepse ich mit brüchiger Stimme und blende alles um uns herum aus.

Tatsächlich guckt Lotta mich an, was ich sofort belohne.

Lottas Blick ruht weiter auf meinem Gesicht. Voller Erwartung. Jetzt packt mich der Ehrgeiz, ich angele ein neues Leckerchen aus meiner Bauchtasche und führe Lotta ein Stück weiter in Richtung des ersten Hindernisses. Sie kommt! Lotta folgt mir. Futter rein und ab über die Rampe. Danach unter dem Spielzeug-Mobile durch. Futter rein und weiter. Wir haben es geschafft. Die anderen klatschen.

»Siehst du. Das habt ihr super gemacht. Du hast ein super Timing, Nicole«, lobt mich Nadine und ich verdrücke mich schnell mit Lotta wieder nach hinten zu Chris, der anerkennend nickt. »Hab doch gesagt, du schaffst das.«

Meine Beine fühlen sich an wie Wackelpudding und meine drei Schichten Klamotten, die ich aufgrund des kalten Wetters am Leib habe, kleben schweißnass wie eine zweite Haut an mir.

Hier im Trainingsgebäude ist keine Heizung. Je mehr Zeit vergeht, die ich hier herumstehe und dabei zuschaue, wie die anderen ihre Welpen über den Parcours locken, desto stärker zittere ich.

Meine Zähne klappern und mein Unterleib tut weh wie schon lange nicht mehr. Ich breite Lottas Decke auf dem kalten Steinboden aus und versuche, eine Sitzposition einzunehmen, die nicht wehtut. Lotta leckt mir immer wieder tröstend über die Finger. Irgendwie überstehe ich so die Stunde, bekomme aber nicht wirklich etwas mit.

Wie soll ich denn lernen, Lotta zu trainieren, wenn ich ständig abdrifte und nicht in der Lage bin den Erklärungen der Trainerin zu folgen? Das kann ja lustig werden.

Schaffe ich es, mit Karin über dieses Problem zu sprechen?

Auf jeden Fall muss ich ihr sagen, dass das heute nicht in Ordnung für mich war. Dass ich fest mit ihr gerechnet habe und ich mich nicht auf andere Trainer einstellen kann, schon gar nicht unangekündigt.

Dann ist endlich Spiel- und Tobe-Zeit angesagt und wir dürfen Lotta ableinen. Sie prescht direkt nach vorne zu ihrem Bruder. Alle Welpen hüpfen und rennen jetzt wie wild durch die Gegend. Mir wird warm ums Herz, wenn ich Lotta so ansehe, die unbeschwert mit Sam herumtollt. Allein dafür hat sich der Stress gelohnt. Lachen steht auch noch auf dem Programm, als die beiden Frechdachse sich zusammentun und hinter einem Klassenkameraden herrennen. Er trägt ein lustiges rotes Mäntelchen, und Lotta und Sam haben sich in den Kopf gesetzt, dem Chihuahua genau das auszuziehen.

Zum Glück treffen wir uns mit Karin im Anschluss in einem anderen Haus, wo die Heizung läuft und es Stühle zum Hinsetzen gibt.

Ich bin einfach nur platt, komplett durchgefroren und weiß gar nicht, wie ich jetzt das Einzeltraining überstehen soll.

Auch Chris sieht geschafft aus.

Bei einer heißen Tasse Tee erzählt uns Karin, was jetzt am Anfang wichtig ist, aber ich bekomme nichts davon mit. Ich kann nicht einmal sagen, dass mir das heute alles zu viel war, und bin froh, dass ich wenigstens an die Liste denke, auf der ich alle Wünsche vermerkt habe, die Lotta als Assistenzhündin bei mir erfüllen soll. Ich schiebe sie Karin entgegen und drifte wieder weg.

»Und? Wie fandest du es? Ganz schön heftiger Tag, oder?«, fragt Chris, als wir im Auto sitzen und durch den dunklen Nebel nach Hause fahren.

»Ich kann nicht mehr«, presse ich heraus.

Chris rubbelt meinen Oberschenkel, während Lotta eingehüllt in ihrer Decke in der Transportbox auf der Rückbank schnarcht.

Ich kann gar nichts mehr denken, will nur noch eine Schmerztablette nehmen und mich mit meiner Wärmflasche ins Bett verkriechen.

Erst um kurz nach zehn am Abend kommen wir völlig kaputt zu Hause an und machen uns ein schnelles Abendessen warm.

Lotta springt wie ein Floh auf Ecstasy durch die Gegend.

Ich habe den Verdacht, dass sie müder ist, als sie aussieht und total überdreht von allem ist. Wie ein übermüdetes Kleinkind eben. Der Durchfall eine Stunde später, bestätigt mir diesen Verdacht. So viel zu meinem Date mit der Wärmflasche im Bett.

Es ist weit nach Mitternacht, als endlich ein bisschen Ruhe einkehrt und ich mich hinlegen kann.

Ich muss Gas geben mit dem Schlafen. Die Nacht ist wie immer viel zu kurz. Mir graut es vor dem nächsten Sonntag und die Sorge, dass ich dieses Training zusammen mit der weiten Fahrerei auf Dauer durchhalte, verwehrt mir den dringend nötigen Schlaf.

19

Stress und Überforderung

Nicole – November 2019

In der folgenden Woche habe ich eine Telefondauerschleife zu Tina.

Ich bin unendlich froh und dankbar, kompetente Beratung an der Hand zu haben und meine Fragen überschlagen sich förmlich.

Ich habe Angst, wichtige Details zu vergessen und berichte alles, was mir in den Kopf kommt und mir von Bedeutung erscheint.

Dass Lotta ständig nervös ist, Durchfall hat, der Karottenbrei gar nicht anschlägt, sie nicht schlafen will und kann.

Sobald Lotta nur einen Furz quer sitzen hat, bin ich verunsichert und habe Angst, etwas zu übersehen oder falsch zu machen.

Ich habe tausend Fragen an Tina und bin froh, dass sie mir gute Ratschläge gibt und es fast immer schafft, mich zu beruhigen. Hoffentlich nerve ich sie nicht zu sehr.

Und da es meistens schlimmer kommt, als man erstens denkt, bleibt mir unser erster Besuch beim tierärztlichen Notdienst nicht erspart. Dabei hat der Tag so schön angefangen.

Für Ende November ist es zwar kalt, aber die Sonne strahlt und wir fahren mit Lotta auf eine große Wiese.

Bewaffnet mit Schleppleine und ihrem Futterdummy wollen wir den heutigen Spaziergang mit ein paar kleinen Apportierübungen aufpeppen. Lotta lernt schnell und wir haben alle Spaß, solange bis die Kleine am Ende der 15-Meter-Leine etwas Leckeres entdeckt.

Bis Chris und ich am Ort des Verbrechens sind, hat Lotta das unbekannte Objekt schon eingesaugt und runterschluckt.

Ich ärgere mich, dass ich weder gesehen habe, was sie sich da einverleibt hat, noch schnell genug war, um sie daran zu hindern, und schiebe, wie immer, wenn etwas mit Lotta nicht läuft, wie es sollte, direkt Panik. Was, wenn sie da was Giftiges erwischt hat? Mir wird ganz anders.

Chris beruhigt mich: »Wird schon nichts Schlimmes gewesen sein. Bleib mal locker.«

Der Spaziergang hat sich auf jeden Fall jetzt erledigt, wir machen uns auf den Heimweg und hoffen das Beste.

Im Auto geht es dann schon los mit der Kotzerei.

Vorbei ist es mit meinen Versuchen, ruhig zu bleiben.

Lotta hört gar nicht mehr auf sich schwallartig zu übergeben und die gewaltige Panikwelle in mir bricht über den Damm.

Oh, Gott, hoffentlich war das kein Giftköder oder so etwas, dass sie gefressen hat.

»Das hört bestimmt gleich auf. Bleib ganz ruhig. Sowas passiert schon mal. Ist nichts Schlimmes. Ist sicher gleich vorbei«, versucht Chris mich weiter zu beruhigen.

Da kommen Massen aus dem kleinen Hundemagen und es reißt nicht ab, als wir zu Hause sind. Die ganze Wohnung ist binnen Minuten voller Erbrochenem und weißem Schaum. In meiner Panik rufe ich Tina an, die mit Nachdruck sagt: »Sofort zum Tierarzt!«

Da Wochenende ist, hat keine Praxis offen und Notdienst ist angesagt.

Ich bin vor lauter Sorge kurz vor dem Durchdrehen, als wir in der Bereitschaftspraxis ankommen.

Lotta erbricht immer noch. Chris kümmert sich, bewaffnet mit einer Küchenrolle, um die Säuberung des Wartezimmers.

Mich plagen Schuldgefühle. Die Sorge um Lotta wächst ins Unerträgliche. Was, wenn sie jetzt stirbt? Oh, Gott, bitte nicht! Warum habe ich nicht aufgepasst? Warum war ich nicht schnell genug da? Ich hätte besser aufpassen müssen. Wie konnte das nur passieren?

»Ach du Schande«, schreit der Tierarzt, als er uns in das Behandlungszimmer holen will und Lotta sieht.

Meine Worte überschlagen sich beim Erzählen, was passiert ist, und ich bekomme kaum Luft. Der Tierarzt schaut mich tadelnd an. »Haben Sie denn nicht aufgepasst? Das geht aber nicht. Sie müssen doch aufpassen, dass der Hund nicht einfach irgendwas frisst. Das ist Ihre Aufgabe. Sie haben die Verantwortung, wenn was passiert.«

Das ist zu viel. Ich breche zusammen und finde mich laut schluchzend und heulend am Boden der Praxis wieder. Ich schnappe nach Luft. Alles dreht sich.

Chris hilft mir mich aufzurappeln, und redet mir gut zu. Viel bekomme ich nicht mit, so sehr ich auch versuche, mich für Lotta zusammenzureißen, wohl aber, dass der Arzt noch immer mit mir schimpft. »Jetzt reißen Sie sich doch mal zusammen. Sie übertragen ja so alles auf ihren Welpen.«

Ich höre, wie Chris dem Arzt erklärt: »Muss das sein? Sie kann da nichts für. Das hätte doch jedem passieren können. Ich war auch nicht schnell genug.«

»Sowas darf aber nicht passieren«, erwidert der Tierarzt. Der genervte und tadelnde Unterton ist dabei nicht zu überhören. Er wendet sich wieder an mich: »Sie müssen sich beruhigen. Das überträgt sich doch alles auf den Hund. Wenn Sie hier so ein Theater machen, kommt ihr Welpe gar nicht zur Ruhe«, sagt er zu mir und ich fühle mich furchtbar. Was habe ich nur getan? Wieso kann ich mich nicht zusammenreißen –

wenigstens für Lotta, wenn ich es für mich schon nicht schaffe? Ich bin eine schlechte Hunde-Mama.

Zum ersten Mal manifestiert sich hier ein Gedanke, den ich zuvor nur flüchtig hatte. Bisher konnte ich ihn gut verdrängen und habe mir Mut zugeredet, es irgendwie zu schaffen mit einem Hund. Jetzt, da ich die Schwere der Verantwortung und mein totales Versagen mit voller Wucht spüre, ist der Gedanke klar:

Besser, wenn ich Lotta wieder abgebe. Sie hat es bei mir nicht gut. Nein, schlimmer: Ich bin lebensgefährlich für die kleine Maus. Hoffentlich überlebt sie. Oh, Gott, hoffentlich schafft sie es.

Während Lottas Untersuchung streichle ich sie, so ruhig ich kann, unterdrücke meine Schluchzer und kämpfe weiter gegen die Tränen, die nicht aufhören wollen, aus meinen Augen zu laufen wie Wasserfälle.

»Eine Vergiftung ist kein Spaß. Daran kann Ihr Welpe sterben. Sie müssen wirklich besser aufpassen. Haben sie denn mit ihr gar kein Anti-Fress-Training gemacht? Sowas übt man doch. Das ist Ihre Aufgabe, Ihre

Verantwortung«, prügelt der Arzt weiter in mein ohnehin schon schlechtes Gewissen.

»Sie ist doch erst seit einer Woche bei uns. Lotta ist erst neun Wochen alt«, verteidigt Chris mein Versagen.

»Deshalb müssen sie trotzdem trainieren. Damit kann man nicht früh genug anfangen«, sagt der Tierarzt, der mir so unsympathisch ist, dass ich am liebsten aus der Praxis abhauen würde.

Aber jetzt geht es um Lotta. Er ist im Moment leider der Einzige, der ihr helfen kann. Ob ich ihn sympathisch finde oder nicht ist da zweitrangig. Da muss ich darüberstehen.

Die ganze Szenerie kommt mir mehr und mehr wie ein Albtraum vor und als Lotta kurz und spitz aufjault, während der Arzt auf ihrem schmerzenden Bäuchlein herumdrückt wie auf einem Stück Knete, bemerke ich in mir einen Impuls, den ich so noch nie hatte.

Diese Wut, die sonst immer nur gegen mich selbst gerichtet ist, drängt nach außen. Ich komme mir selbst fremd vor. Ist das mein innerer Beschützer-Anteil, der die Kontrolle übernimmt?

Ab und zu habe ich den schon kennengelernt, wenn auch nicht in dieser Intensität wie in diesem Moment. Meine Faust will in diese überhebliche und empathielose Visage des Tierarztes.

Ich reiße mich zusammen. Darin habe ich mein ganzes Leben lang Übung.

Einige unschöne Identitätsanteile in mir kommen immer dann zum Vorschein, wenn ich sie am wenigstens gebrauchen kann. Sie sind unheimlich schwer zu steuern. Wenn ich sie rechtzeitig bemerke, schaffe ich es, sie mit viel Kraft und Konzentration, zurückzudrängen. Ob es gut und richtig ist und welche Identität gerade passt, weiß ich oft nicht. Wer weiß, ob ich das noch lernen kann, positiv für mich zu nutzen. Erst mal muss ich es überhaupt mal hinbekommen, diese Identitätswechsel zu steuern, zumindest diese zu unterdrücken.

Dieses Mal fällt es mir leicht, weil meine Aufmerksamkeit schnell wieder bei Lotta ist. Die Sorge um sie macht mich wahnsinnig. »Was ist denn nun mit Lotta? Können Sie ihr helfen?«, frage ich und versuche, dieses abartige Gespräch wieder aufs Wesentliche zurückzulenken. Vorwürfe mache ich mir selbst schon genug. Die kann dieses Arschloch in Weiß sich kneifen. Er tastet Lotta weiter gründlich ab und kontrolliert ihre Schleimhäute. »Schauen Sie hier. Sieht gut aus. Ist keine Vergiftung.«

Er hält Lottas Lefzen hoch. Ich beuge mich weiter vor und versuche Lottas Zahnfleisch durch meinen Tränenschleier zu erkennen.

Alles dreht sich um mich herum und verschwommen sehe ich, dass ich gar nichts sehe. Ich schaue fragend zum Doc.

»Eine Vergiftung erkennen Sie daran, dass die Schleimhäute entweder ganz blass und weiß sind oder kirschrot, je nach Art des Gifts. Sieht alles normal rosig aus. Ist also keine Vergiftung. Da haben Sie nochmal Glück gehabt«, erklärt er mir. Im ersten Moment atme ich durch, aber Zweifel halten sich hartnäckig. Wie kann er denn sehen, dass sie keine Vergiftung hat? Muss man dafür nicht Blut abnehmen und untersuchen? Ich traue diesem Arzt keinen Meter. Sogar weniger als mir selbst, auch wenn er auf einmal professionell daherkommen kann.

Das werde ich alles nochmal in aller Ruhe selbst nachlesen. Tina werde ich auch nochmal anrufen, nehme ich mir vor.

»Ich spritze ihr jetzt was Homöopathisches zum Aufbauen und ein Mittel gegen Übelkeit und Erbrechen. Das gebe ich Ihnen auch noch als Zäpfchen mit. *Vomex* für Säuglinge. Sollten Sie ohnehin am besten immer in ihrer Hausapotheke vorrätig haben, für den Fall der Fälle. Wird nicht das letzte Mal gewesen sein, dass sich ihr Hund was Unbekömmliches einverleibt. Vor allem, wenn sie nicht richtig mit ihr üben. Die Dosierung für Säuglinge ist dieselbe wie für Hundewelpen mit ihrem derzeitigen Gewicht. Da verabreichen Sie Lotta frühestens heute Abend eines und dann nach Bedarf, falls sie nochmal erbricht. Und heute nichts mehr zu fressen geben. Nur Wasser. Sie können ihr auch einen Tee kochen. Ab morgen für, sagen wir, zwei bis drei Tage, geben Sie ihr bitte Schonkost. Wie beim Menschen auch. Sie können dafür Möhren und Reis kochen, aber alles schön lang und breiig. Gekochte, ungewürzte Hühnerbrust können Sie ihr auch dazu geben, wenn Reis und Möhren drinbleiben.«

Ich nicke und will jetzt nur noch hier raus. Viel bekomme ich nicht mehr mit. Das Ganze werde ich ohnehin in Ruhe nochmal mit Tina abklären und besprechen. Erst einmal fällt mir ein Stein vom Herzen, dass mit Lotta nichts Dramatisches passiert ist und sie meine Unfähigkeiten überleben wird. Die arme Maus. Das Anti-Giftköder-Training setze ich ganz oben auf unsere To-Do-Liste.

Lotta

Es gibt so viel zu entdecken und Neues zu lernen, dass die Zeit nur so verfliegt. Ich weiß gar nicht, wo ich anfangen soll.

Der Wahnsinn, was es alles gibt.

Heute sind wir schon wieder an einem neuen Ort. Die Wiese ist klasse. Alles riecht hier neu und so anders. Nicole hat mich sogar an der langen Leine und ich kann richtig weit rennen. Endlich drauf losflitzen, ohne dass ich direkt wieder ausgebremst werde.

Das Ding, das Nicole und Chris da werfen ist der Oberhammer. Das ist voller leckerer Sachen. Sie werfen das, warum auch immer, ständig weit weg. Schlau wie ich bin und genau, wie ein echter Assistenzhund das macht, habe ich schnell den Dreh raus.

Nicoles Freude bestätigt mir, dass sie will, dass ich ihr das Ding zurückbringe. Einfacher geht's ja nicht.

Auf jeden Fall kann ich jedes Mal, wenn ich ihr diesen Beutel wiederbringe, etwas daraus fressen. Das Spiel gefällt mir.

Wenn da nicht die vielen anderen interessanten Gerüche wären. Das, was mir jetzt in die Nase weht, duftet um einiges besser als der Kram in dem Futterbeutel. Das muss ich haben!

Mmmh, schmeckt interessant. Gut, ein bisschen bitter im Abgang. Lag wohl schon was länger da rum.

Nicole und Chris kommen angerannt und sind total aus dem Häuschen.

Sorry, Leute. Nichts mehr da. Schimpfen die jetzt etwa mit mir? Ich setze mal meinen unwiderstehlichen Blick auf. Tut mir leid. Bei dem Augenaufschlag und der leichten Schräglage meines Kopfes können die doch gar nicht mehr böse sein, oder?

Hätte ich gewusst, dass ihr was abhaben wollt, hätte ich euch ein Stück übriggelassen. Aber das ist doch kein

Grund, Angst zu bekommen. Warum hat Nicole jetzt Angst? Ich springe an ihr hoch. Alles okay. Alles gut. Ich bin doch da.

Oh, was ist das? Ich lass das mal besser mit dem Springen.

Mir wird davon komisch im Bauch. Was ist das denn jetzt?

Chris hebt mich ins Auto und Nicole setzt sich zu mir auf die Rückbank. Fahren wir etwa schon wieder nach Hause?

Das Geruckel ist gar nicht gut. Überhaupt nicht gut. Jetzt ist mir übel. So fühlt sich Nicole also immer. Ich glaube, mein Inneres will jetzt nach außen. Oh, nein. Es geht los. Urgs, ist das bitter und das brennt. Mir wird duselig. Filmriss. Ich bekomme nichts mehr mit, außer, dass meine Eingeweide ohne Unterlass nach draußen drängen. Keine Ahnung, was da alles rauskommt, aber es hört gar nicht mehr auf. Das soll aufhören. Bitte. So etwas Unangenehmes. Bäh.

Ich erinnere mich an gar nichts mehr. Alles dreht sich in meinem Kopf und ich bin wahnsinnig müde.

Auf jeden Fall lag ich nicht die ganze Zeit hier auf der Couch. Wir waren noch woanders. Ich weiß es nicht mehr. Egal.

Nicole hat mich in meine warme Kuscheldecke eingewickelt, sitzt neben mir und krault mich. Ich schlafe ein. Für wie lange, weiß ich nicht.

Ein drückendes, ekeliges Gefühl weckt mich. Oh, nein. Nicht schon wieder Durchfall und schlecht ist mir auch noch.

Kommt aber nichts mehr oben raus. Das Würgen tut so weh.

Zu allem Überfluss versuchen Chris und Nicole mir jetzt irgendwas in den Hintern zu schieben. Sie reden auf mich ein. Erzählen was von »damit wird's dir gleich viel besser gehen«, aber ich lasse mich nicht beruhigen. Ich wehre mich mit der letzten Kraft, die ich habe und kneife meine Pobacken fest zusammen.

Sie schaffen es trotzdem mir dieses kalte, schlüpfrige Ding reinzuschieben. Das fühlt sich abartig an und gibt mir den letzten Rest. Merken die denn nicht, dass da bei mir was Großes im Anmarsch ist?

Ich springe auf und kaum berühren meine Pfoten den Boden, kommt es schon samt diesem schlüpfrigen weißen Dings aus mir rausgeschossen. Aua, das brennt.

Ich schäme mich so. Doch nicht hier im Wohnzimmer! Ich schwöre, ich wollte dafür rausgehen. So sollte das nicht laufen.

Nicole tätschelt wieder meinen Kopf. »Ist nicht schlimm, Schatz. Gar nicht schlimm«, sagt sie.

Chris wischt mein Missgeschick weg, während mir Nicole wieder so ein Zäpfchen in den Arsch drückt. Ich habe keine Kraft mehr zu protestieren und bin nur froh, dass sie mir nicht böse ist.

Ihre Hand krault mich hinter den Ohren. Genau da, wo ich es so liebe. Fühlt sich fantastisch an. Meine Augenlider werden wieder schwer. Ich bekomme noch mit, dass Nicole telefoniert, ich glaube, mit Tina, dann bin ich weg.

Am nächsten Tag geht es mir schon viel besser. Dünnpfiff habe ich zwar noch, aber das bin ich inzwischen gewöhnt. Kein Drama. Nicole kocht mir etwas Leckeres. Wie das duftet. Und das schmeckt, sage ich euch. Ganz anders als das Futter, das ich sonst bekomme. Leider ist es viel zu wenig.

Ich kann die nächste Mahlzeit gar nicht erwarten und Nicole ist noch lieber zu mir als sonst. Ich werde von vorne bis hinten verwöhnt und muss in den nächsten Tagen überhaupt nichts für mein Futter tun. So darf das bleiben.

Was habe ich doch für ein Glück hier.

20

Eine schwierige Aufgabe

Nicole

Heute fährt Chris mich und Lotta in die Stadt.

Lotta begleitet mich zum ersten Mal zu einem meiner Termine. Psychotherapie steht auf dem Plan und ich darf meine angehende Assistenzhündin mitnehmen.

Mein Therapeut will Lotta kennenlernen und sie soll mich zukünftig auch immer zu eben solchen Terminen bei Ärzten, ins Krankenhaus und in die Stadt begleiten. Da können wir das direkt einmal üben. Wir müssen Lotta früh genug an so etwas gewöhnen, haben Tina und Karin gesagt.

Fast ein Jahr bin ich jetzt wieder in Behandlung. Die Suche nach einem geeigneten Traumatherapeuten, der einen freien Platz hat und sich an die Behandlung meiner komplizierten Störungen traut, hat hingegen fast drei Jahre gedauert.

Die ersten Telefonate bestanden damals nur aus Absagen, wenn mich die Therapeuten überhaupt zurückgerufen haben. Die meisten haben wenigstens die allseits beliebte Ausrede herangezogen »Ich kann zurzeit keine Kassenpatienten aufnehmen«, oder »Meine Warteliste ist für die nächsten zwei Jahre voll. Melden Sie sich dann nochmal.« Es gab aber auch die, die mir an den Kopf geknallt haben »Das ist mir zu viel«, oder sogar »Sie sind mir zu viel«, »bei ihrem komplexen Krankheitsbild ist eine Behandlung im ambulanten Rahmen überhaupt nicht möglich.«

Blöd, dass bei meiner Problematik eine stationäre Behandlung ohnehin ausscheidet, vor allem in einer psychiatrischen Klinik. Die sind meistens überhaupt nicht auf komplexe Traumatisierungen eingestellt und mit Patienten wie mir überfordert. Deshalb haben sich die Aufenthalte in solchen Einrichtungen, die mir in Krisen helfen sollten, leider jedes Mal in die reinste Katastrophe verwandelt.

Was bleibt, ist immer das Gefühl »Ich bin nicht normal. Ich bin zu viel. Mir ist nicht mehr zu helfen. Ich bin eine Zumutung für andere.«

Dieses Gefühl habe ich oft auch im zwischenmenschlichen Bereich. So wie jetzt, auf der Fahrt zum Therapeuten. Klar wünscht sich Chris, dass ich selbstständiger wäre. Wer hat schon gerne zu 70 bis 80% der Zeit ein Kleinkind an seiner Seite, das nichts allein auf die Reihe bekommt?

Ich strenge mich an, arbeite an mir, diesen Mist so schnell wie möglich in den Griff zu bekommen. Trotzdem fühle ich mich wie eine Schnecke, die ihren Weg dahin kriecht.

Die Geduldigste bin ich auch nicht und blöderweise brauchen derartige Entwicklungen und Veränderungen Zeit.

Ja, Trauma-Arbeit und der Weg zur Heilung ist, als ob du eine gefährliche und lange Weltreise bewältigst – auf dem Rücken einer Schnecke.

Chris setzt uns auf dem großen Platz an der Ecke zum Arztgebäude ab. Es sind nur ein paar Meter, die Lotta und ich allein bis zur Praxis meines Therapeuten schaffen müssen.

Noch bin ich guter Dinge, auch wenn mir vor Aufregung extrem mulmig ist. Ich weiß, dass ich so ruhig wie möglich sein muss, damit Lotta das auch bleibt und ich nicht noch Probleme mit ihr an der Leine bekomme.

Eigentlich ist es gut, dass ich mich so auf Lotta konzentriere, weil dann wenig Raum dafür bleibt, dass meine Ängste aufsteigen.

Wie für Koblenz üblich steppt der Bär in der Innenstadt.

Es ist laut. Die Luft ist angefüllt von Abgasen und Geschäftigkeit. Menschenmassen hetzen durch die Straßen. Zu Fuß, auf dem Rad und in Autos.

Ich strenge mich an, konzentriere mich auf Lotta, blende die vielen Leute aus, schlittere aber dann trotzdem in den altbewährten Tunnelblick. Ein tonnenschwerer Stein legt sich auf meine Brust und ich fange an zu schwitzen.

Lotta zieht nervös an der Leine und kann sich gar nicht entscheiden, in welche Richtung, sie laufen will.

Bei Fuß an meiner Seite gehen, will sie auf jeden Fall nicht, das klappt null.

Mit Mühe schaffen wir es nach oben in die Praxis meines Therapeuten. Hier flippt Lotta erst richtig aus.

Sie hechtet wie eine Wahnsinnige durch den Raum, über Tische und Bänke und dann immer im Kreis. Dabei wirft sie ein Regal und einen Stuhl um, springt an meinem Therapeuten hoch, zwickt ihn vor lauter Übermut sogar in die Hand und ich kann die Therapiestunde komplett abhaken.

Fast die gesamte Stunde geht dafür drauf, Lotta immer wieder mit Engelszungen zu überreden, doch bitte auf ihrer Decke »Platz« oder mindestens »Sitz« zu machen. An »Bleib« ist gar nicht erst zu denken. Der Kauknochen, für den sie normalerweise alles andere sofort stehen und liegen lässt, ist ihr egal. Ich entschuldige mich am laufenden Band bei meinem Therapeuten, der mir versichert, dass das überhaupt nicht schlimm ist. Er stellt fest, dass Lotta ein ›ganz schönes Energiebündel‹ ist und ich höre mich wie durch Watte entschuldigend sagen: »Sie ist halt noch klein.«

Ich bin monstermäßig überfordert und bereue, dass ich Lotta überhaupt so früh schon mitgenommen habe.

Was für eine dumme Idee von mir. Ich frage mich, wie das funktionieren soll, dass Lotta mir bei solchen Terminen eine Hilfe ist. Wie sollen wir das bloß hinbekommen?

Als ich mit Lotta die Praxis verlasse, bin ich körperlich und nervlich am Ende meiner Kräfte.

Ich hoffe, dass Chris schon da ist, und halte nach seinem Auto Ausschau. Nichts. Alles dreht sich. Ich versuche mich aufs Atmen zu konzentrieren. Lotta zieht wie verrückt an der Leine und ich habe alle Hände voll zu tun, dass sie nicht zu jedem Fußgänger, in eines der vielen Fahrräder oder gar vor ein Auto rennt.

Lotta will zur gleichen Zeit in alle Richtungen. Ich kann sie kaum festhalten. Ich drehe mich hin und her und die Welt um mich herum genauso. Ich merke, wie ich taumele und jeden Moment das Gleichgewicht verliere.

Lotta weiß jetzt gar nicht mehr wohin, genau wie ich.

Meine Orientierung ist futsch und ein Panik-Tsunami vom Feinsten im Anmarsch. Irgendwie bekomme ich es hin, mir Lottas Leine um die Hüfte zu wickeln und mich an eine Hauswand zu flüchten.

Dort sinke ich Richtung Boden. Lotta schaut mich erwartungsvoll an. Die Panik und Unsicherheit in ihrem Blick schmerzt.

Ich will etwas Beruhigendes zu ihr sagen, irgendetwas tun, aber kann mich nicht mehr rühren.

Wie gelähmt sitzen wir beide da. Lotta winselt und ich sehe vor lauter Tränen nichts mehr. Dann passiert es. Das Schlimmste tritt ein. Das, wovor ich mich immer so fürchte.

Ich dissoziiere und bin innerlich weg.

Nur mein Körper sitzt jetzt da zusammen mit einer überforderten Lotta.

Als ich wieder zu mir komme, rüttelt Chris an meiner Schulter. Ich schrecke auf, versuche mich zu orientieren, was nicht gelingt, bin unendlich erleichtert, dass er da ist.

Wir fahren nach Hause, wo ich ihm alles berichte – zumindest das, woran ich mich erinnern kann.

Eine heiße Schokolade und ein paar tröstende Worte später sind wir uns einig, dass ich für diese Aufgaben

Hilfe brauche und die Gänge in die Stadt mit Lotta entweder von ihm begleitet oder mit der Hundetrainerin übe.

Nicht, dass ich mir das Ganze leicht vorgestellt hätte, aber das ein oder andere Problem weniger, wäre nett.

Leider ist das Leben nicht so. Es ist voller Herausforderungen.

Ich habe noch nie aufgegeben und immer weitergekämpft, aber heute frage ich mich, ob es in diesem Fall nicht besser wäre.

Der Berg, der hier zu erklimmen ist, ist zu groß und ich bin die Assistenzhundesache zu blauäugig angegangen.

Dabei male ich mir doch schon immer das Schlimmste aus. Aber, dass es so schlimm wird, damit habe ich nicht gerechnet.

Lotta muss meine Gedanken schon wieder gespürt haben, denn sie kommt angeflitzt, stupst mich an und schlabbert mir durchs Gesicht. Irgendwie scheint sie damit meine Sorgen abzulecken, denn ich fühle mich gleich viel leichter ums Herz und kann sogar wieder lachen.

Nein. Es ist längst zu spät, jetzt aufzugeben.

Dafür habe ich meine süße Schokomaus schon zu sehr ins Herz geschlossen.

Lotta

Heute war mein erster großer Einsatz und ich habe auf ganzer Linie versagt.

Ich hätte nicht gedacht, dass es so schwer ist, ein Assistenzhund zu sein. Was da alles auf mich eingeströmt ist, an so was denkt doch kein Hund. Nicht im Traum habe ich mit sowas gerechnet. »Nicht so schlimm, Lotta Schatz. Es tut mir leid. Es war noch zu früh. Du bist ja noch klein. Das lernen wir schon alles nach und nach«, hat Nicole gesagt. Sie ist mir nicht böse, aber es geht ihr schlecht. Das merke ich.

Es war doch meine Aufgabe, sie zu führen und ihr zu helfen. Ich habe es nicht geschafft. Dabei war ich so stolz, dass ich sie zur Therapie begleiten durfte. Das war meine Chance, zu zeigen, dass ich ein guter Assistenzhund sein kann.

Kaum waren wir im Auto, bin ich vor Aufregung fast geplatzt. Ich weiß, ich hätte stillsitzen müssen. Das ging aber beim besten Willen nicht. Wie soll ich bei dem Gewitter aus Neuem, das in meinem Hirn tobt, ruhig bleiben? Geschweige denn konzentriert arbeiten? Das ist echt der schwierigste Job ever.

Dann hat Chris uns auch noch allein gelassen. Das erste Mal überhaupt. Er ist weggefahren und wir standen da.

Leute, so viele Menschen auf einem Fleck hab ich noch nie gesehen. Das war ein Lärm, sag ich euch. Dazu diese ganzen, fremden Gerüche.

Das alles hat mich ganz wuschig gemacht.

Nicole war noch nervöser als ich. An ihr konnte ich mich also nicht orientieren. Das wusste ich ja schon.

Es ist meine Aufgabe als Assistenzhund, ihr zu helfen und einen sicheren Platz zu suchen. Aber wie soll ich das leisten, wenn ich selbst noch nie an diesem Ort war? Alles war neu. Nichts dort, was ich kannte.

Fahrräder habe ich da zum ersten Mal gesehen, und die sind einfach überall gewesen, genauso wie Horden von lauten und stinkenden Autos.

Irgendwann war ich an einem Punkt, da ging gar nichts mehr und bin durchgedreht. Frust und die totale Flut an Reizen haben ihr Übriges getan und ich konnte nicht einmal mehr Nicole helfen, als sie einen schlimmen Anfall bekommen hat. Im Gegenteil. Als sie auf einmal innerlich weg war und nur ihr zitternder Körper vor mir saß, war ich allein. Das erste Mal in einem Leben habe ich mich hilflos gefühlt.

Das will ich nie wieder. Ich muss dranbleiben und weiter üben. Erstmal bin ich aber froh, dass wir wieder zu Hause sind und Ruhe einkehrt.

Ich bin so müde und Nicole muss sich auch erholen. Die hat das alles noch mehr mitgenommen als mich und eine heftige Entzündung ist in ihrem Bauch zugange. Das rieche ich.

Hoffentlich ist sie Sonntag wieder fit. Da ist nämlich Schule. Vielleicht lerne ich ein paar Kniffe, wie ich das beim nächsten Mal mit Nicole besser hinbekomme.

Aber jetzt ist Kuscheln mit ihr angesagt.

Wusstet ihr, dass ich ihr damit auch helfe?

Nicole entspannt sich dann, und wenn ich ihr durchs Gesicht lecke, lacht sie sogar wieder.

21

Lotta und die Kinder in mir

Nicole

Ich habe mich nie als Ganzes wahrgenommen, sondern immer nur gespalten. Viele Persönlichkeitsanteile in mir kenne ich gar nicht. Es sind Fremde, von denen ich inzwischen zwar weiß, dass sie in mir existieren, aber die ich nie bewusst wahrgenommen habe.

Das ist sicher bis zu einem gewissen Grad auch bei gesunden Menschen der Fall. Wer kennt sich schon zur Gänze?

Und selbst wenn, will man das überhaupt?

Jeder hat gute und schlechte Seiten in sich. Mal ist es ein Teufelchen und mal ein Engelchen, mal beides in einem, das auf der Schulter hockt und meint, die Weisheit mit Löffeln gefressen zu haben. Wer kann die schon immer auseinanderhalten?

Jeder macht mal etwas, das man normalerweise nie tun würde, oder? Etwas, das einem nachher leidtut und wofür man sich schämt?

Ich weiß nicht, ob sich jemand vorstellen kann – außer Betroffene natürlich – wie es ist, wenn man ganz viele Engel und Teufel in sich trägt, die immer dann auftauchen, wenn ich es am wenigstens gebrauchen oder steuern kann.

Manche helfen mir. Sie beschützen mich und leihen mir eine harte Schale, aber viele schaden mir und anderen. Vor allem die sogenannten Täteranteile.

Die Tatsache, dass ich sie nicht mag und noch weniger so sein will, hindern sie nicht daran, an die Oberfläche zu kommen und mein Fühlen und Handeln zu bestimmen.

Es ist viel Arbeit, alle ausfindig zu machen, zu akzeptieren und zu integrieren. Für viele von ihnen schäme ich mich und fühle mich oft schuldig, wenn ich sie nicht unter Kontrolle habe.

Seit Lotta bei mir ist, passiert etwas Spannendes.

Durch sie blühen die kindlichen Anteile in mir auf, die die meiste Zeit ihr Dasein beschämt und voller Schuld tief in mir in einer dunklen Ecke gekauert haben.

Lotta lockt sie nach oben, kitzelt ihre Neugier und unbeschwerte Freude heraus und ich kann das zulassen, ohne mir dabei blöd vorzukommen. Im Gegenteil. Es fühlt sich leicht an und einfach. Mein Denken ist dann ausgeschaltet und ich kann ein paar Minuten nur Kind sein. Das Kind, das unbeschwert lacht, sich keine Sorgen macht, keine Angst hat. Ich lache mit Lotta um die Wette, hüpfe mit ihr über die Wiese und freue mich über eine Hummel, die so lustig an uns vorbei taumelt, oder über ein Blatt, das über den Weg wirbelt und zum Hinterherrennen animiert.

Inzwischen liebe ich es, wenn eines meiner inneren Kinder herauskommt und ich einfach nur den Augenblick des Seins erlebe im Hier und Jetzt. Ohne Schuldgefühle, ohne Angst und Sorgen, ohne Wut und Verzweiflung.

Die Dankbarkeit, die ich dabei empfinde, weil Lotta mir hilft, die Kinder immer länger draußen zu lassen, ist unbeschreiblich.

Es gibt sie also doch, die Möglichkeit, dass ich lernen kann, mich so zu lieben, wie ich bin – jeden Anteil in mir.

Lotta für ihren Teil mag sie bereits sehr.

22

Kätzische Unterstützung

Lotta

Habe ich schon erwähnt, dass ich die Katzen, die hier mit uns zusammenleben, mega-spannend finde?

Sie sind anders als Hunde. Speziell. Ja, sie haben ihre Eigenarten. Leider verstehe ich ihre Sprache nicht, aber das wird. Da bin ich sicher.

Nicole hat mir erzählt, dass Stevie, die schwarz-weiße und kleinste Katze bei uns, kurz nach ihrer letzten großen Operation eingezogen ist. Stevie hat ihr geholfen, mit ihrer schweren Erkrankung umzugehen und damit klarzukommen, dass sie ihre Gebärmutter verloren hat. Ich kann mir das gut vorstellen.

Dem Kater fehlen beide Augen und trotzdem scheint ihn das in keiner Weise zu stören. Er hadert nicht mit seinem Schicksal und zeigt Nicole jeden Tag, wie schön das Leben ist, und dass man niemals aufgeben darf. Es gibt immer einen Weg, wenn man nur will.

Stevie Wonder ist mit seinem Leben auf jeden Fall mehr als zufrieden und leidet keinen Verlust. Er ist pure Lebenskraft und strahlt vor Freude. Ich mag ihn sehr. Er riecht auch so gut nach Abenteuer.

Ich nehme ihn mir demnächst mal zur Brust. Die anderen beiden Katzen auch. Am besten tun wir uns alle zusammen.

Nicole ist immer so schön entspannt, wenn sie mit den Katzen schmust. Ein bisschen professionelle Unterstützung ist doch immer gut.

Ein Assistenzhund mit kätzischen Assistenten.

Ist das nicht genial? Das macht mir so schnell keiner nach.

23

Die echte Krise

Nicole – Ende November 2019

Das Leben passiert immer dann, wenn wir denken, es endlich im Griff zu haben und wagen, Pläne zu schmieden.

Wenn es dann wie ein Feuerball auf uns zu rast, haut es uns völlig aus den Latschen und unsere Pläne verpuffen im Rauch.

Es ist der zweite Samstag mit Lotta, den ich nie wieder vergessen werde. Von Routine keine Spur, auch wenn ich heute schon die Tasche für den morgigen großen Trainingstag im Hundezentrum packe.

Zum Glück hat Chris noch eine Woche Urlaub. Wie ich das alles allein schaffen soll, verdränge ich jetzt lieber. Mir ist mulmig genug, weil ich den Stress vom letzten Sonntag noch nicht weggesteckt habe. Wie soll ich das morgen bloß wieder schaffen? Die weite Fahrt, das lange Stehen in der Kälte und die erforderliche Konzentration, die zurzeit bei mir extrem zu wünschen übriglässt.

Aber es nützt ja nichts. Lottas Ausbildung ist wichtig und der katastrophale Spaziergang am Vormittag hat mir das nochmals deutlich vor Augen geführt. Wir müssen üben, üben, üben.

Lotta macht an der Leine, was sie will. Weder Chris noch ich schaffen es, sie »bei Fuß« zu halten. Und der sogenannte Vertrauensspaziergang, den man mit Welpen machen soll, ist bei uns komplett nach hinten losgegangen.

Da heißt es, dass Welpen ohne Leine draußen an einem fremden Ort, immer beim Besitzer bleiben. Das sichere ihr Überleben und schule ihre Aufmerksamkeit, immer auf Frauchen zu achten, heißt es. Diese Spaziergänge seien wichtig, um die Bindung zu stärken. Lotta soll lernen, immer zu gucken, wo ich bin.

Wir sind extra mit ihr nach Montabaur gefahren. Der schöne Stadtwald dort ist ein Platz, an dem wir mit Lotta bisher nicht waren, also ein für sie fremder Ort.

Kaum klicken wir die Leine ab, düst Lotta los.

Kein Blick zurück. Sie verschwindet im Affenzahn im Unterholz und schert sich nicht mehr um uns.

Mir schießen vor Angst und Enttäuschung die Tränen in die Augen. Mit dem Gefühl, im Stich gelassen zu werden, kann ich so gar nicht umgehen, aber ich darf das nicht auf Lotta projizieren. Diese Gefühle sind älter und Lotta kann nichts dafür.

Sie macht das nicht mit Absicht oder weil sie mich nicht liebhat. Zumindest hoffe ich das. Dann boxt mir die Angst, dass Lotta etwas passieren könnte, mit voller Wucht in den Magen. »Bleib ruhig, Nici. Die kommt schon wieder«, sagt Chris und da sehen wir Lotta auch schon. Sie hockt hinter einem Gebüsch und kaut genüsslich auf ein paar Grashalmen herum.

Wir rufen sie, aber Lotta ignoriert uns weiterhin, als wären wir gar nicht da oder ihre Ohren plötzlich taub.

Bevor wir sie wieder anleinen können, hechtet sie in die andere Richtung, ohne uns nur eines Blickes zu würdigen, außer Sicht. Von wegen, der Welpe sucht immer die Nähe des Halters.

Mein Nervenkostüm bröckelt und Chris meckert herum. Er wird immer wütender, während ich mir Sorgen mache, dass Lotta so weit verschwindet, dass wir sie nicht mehr wiederfinden. Was, wenn ihr was passiert? Was, wenn sie wieder irgendetwas frisst, das ihr schadet?

Alles in allem, ein richtig schöner und entspannter Ausflug und erfolgreicher Vertrauensspaziergang.

Da haben wir wohl noch einen ganzen Berg an Arbeit vor uns.

Das Gefühl, dass Klein-Lotta in der ihr fremden Umgebung einfach so abhaut und überhaupt nicht mehr nach mir schaut, trifft mich tief. Mag sie mich etwa doch nicht? Will sie gar nicht bei mir sein?

All das geht mir durch den Kopf und ich kämpfe mit den Tränen, während ich weiter die Tasche für morgen packe.

Lotta wuselt um mich herum, bis sie wie vom Blitz getroffen plötzlich innehält.

»Was ist denn, Schatz?«, frage ich, da rennt sie schon los.

Chris wälzt sich stöhnend auf der Couch hin und her. Seine Rückenschmerzen, über die er heute Morgen erst geklagt hat, sind schlimmer geworden. Lotta springt vor dem Sofa hin und her wie ein Duracell-Kaninchen.

»So schlimm?«, frage ich Chris und gehe zu ihm rüber.

Als Antwort stöhnt er und greift sich immer wieder an Rücken, Arm und Brust.

Eine böse Vorahnung versetzt meinen Körper in Alarmbereitschaft. Ich schlucke, unterdrücke das Zittern und versuche, einen klaren Kopf zu bewahren. Nicht, dass er einen Herzinfarkt oder sowas hat. Immerhin ist er über 50, nicht besonders fit, starker Raucher und wir ernähren uns beide nicht unbedingt gesund. Obendrauf der Stress auf seiner Arbeit, der ihn immer stärker belastet. Sein Urlaub ist bald zu Ende und ihm geistern die Probleme wieder vermehrt durch den Kopf.

»Sollen wir nicht doch lieber zum ärztlichen Bereitschaftsdienst fahren?«, appelliere ich an ihn zum zweiten Mal an diesem Tag. Aber wie immer schüttelt er nur den Kopf und presst ein »Geht schon« heraus.

Dann geht alles ganz schnell. Er rutscht jammernd von der Couch auf den Wohnzimmerboden und windet sich vor Schmerzen.

Sein kalkweißes Gesicht hat er zu einer unheimlichen Grimasse verzogen.

Mein Herz rutscht wie im freien Fall ins Bodenlose und scheint dabei äußerst unsanft meinen Magen mitzureißen.

Ich beuge mich zu Chris runter, während Lotta winselt und ihm in einer Tour ableckt und anstupst.

Chris ist bleich wie ein Leichentuch und japst nach Luft. Als er anfängt zu schreien und beide Hände verkrampft gegen seine Brust drückt, rufe ich den Notarzt.

Einen klaren Satz bringe ich zwar nicht mehr heraus, aber irgendwie schaffe ich es der Dame am anderen Ende der Leitung genug Fetzen zu Chris aktueller Notlage mitzuteilen.

»Hilfe ist unterwegs«, sage ich und höre meine Stimme dabei zittern. Ich versuche, Chris und Lotta zu beruhigen, aber es gelingt mir mehr schlecht als recht.

Chris schreit weiter vor Schmerzen und Lotta dreht immer mehr auf. Die Angst und Anspannung im Raum sind beinahe greifbar.

Ich bin ein Nervenbündel und habe das Gefühl jeden Augenblick selbst zu kollabieren.

So real und nah war meine Verlustangst schon lange nicht mehr. Das letzte Mal an Laras Todestag, als ich sie mit Multiorganversagen zum Tierarzt gebracht habe.

Ich kann gar nicht mehr klar denken, solche Angst habe ich davor, dass ich Chris verlieren könnte. Er und die Tiere sind doch meine Familie. Ich habe sonst niemanden.

Die Tatsache, dass ich Chris gerade überhaupt nicht helfen kann, diese verdammte Hilflosigkeit, schnürt mir die Kehle zu und legt sich wie ein tonnenschwerer Stein auf meine Brust.

Ich sende Stoßgebet um Stoßgebet nach oben, auch wenn ich Zweifel habe, dass da eine höhere Macht sitzt, die irgendeinen Einfluss darauf hat, ob und wann jemand stirbt.

Nach einer gefühlten Ewigkeit klingelt es endlich an der Tür und eine halbe Fußballmannschaft kommt im

Eilschritt schwer bewaffnet mit allerhand medizinischen Gerätschaften die Treppe hochgetrampelt.

Lotta ist nicht mehr zu halten. Voller Panik läuft sie den Rettungssanitätern in die Füße.

Die gesamte Situation hat längst meine Belastungsgrenze gesprengt und ich bin maßlos überfordert. Ich bekomme Lotta schließlich zu fassen und sperre sie schweren Herzens in ihre Hunde-Box.

»Es geht nicht anders. Tut mir leid, Schatz«, sage ich und suche einen freien Platz im Wohnzimmer, ohne dass die Panikattacke mich davon reißt.

Ich muss bei Bewusstsein bleiben, unbedingt. Bei sechs kräftigen, fremden Männern in voller medizinischer Montur, die hier um mich und Chris herumwuseln, brauche ich alle Kraft. Keine Ahnung, wo ich die hernehme. Mein Fluchtreflex ist heftig und wechselt rasend schnell mit Zuständen der Starre. Wie bei einem Pingpong-Spiel ist das. Flucht, Starre, Flucht, Starre. So muss es sich anfühlen, kurz bevor der Wahnsinn einen übermannt.

Wahrscheinlich ist die Angst um Chris größer, anders kann ich mir nicht erklären, wie ich bei all dem bei Bewusstsein bleiben kann. Zwischendurch dissoziiere ich immer wieder und habe große Mühe, mitzubekommen, was mit Chris geschieht.

Die Sanitäter sagen auch irgendwas zu mir. Ich höre es nicht.

Es ist, als hätte ich die Ohren voller Watte.

Mein Körper sitzt wie erstarrt da und mein Geist schwebt mit mir davon. Ich muss mich immer wieder neu einfangen und zurückholen. Ein Kraftakt, aber alles, was jetzt für mich zählt, ist Chris und diese Situation, über die ich unbedingt die Kontrolle behalten muss. Ich muss stark sein für Chris und für Lotta, obwohl ich mich so schwach fühle wie schon lange nicht mehr.

»So. Wir wären dann so weit. Sie können gerne mitkommen.«

Keine Ahnung wie oft der Sanitäter mich angesprochen hat, bis ich seine Worte verstehe. Zum Glück hat er mich nicht angefasst. Zumindest hoffe ich das.

»Mitkommen?«, frage ich verwirrt.

»Ja. Ihr Lebensgefährte muss ins Krankenhaus. Verdacht auf Herzinfarkt. Wir nehmen Sie gerne mit.«

Ich will mit. Mehr als alles andere. Auf keinen Fall will ich Chris allein lassen. Ich will bei ihm bleiben, gerade jetzt.

Ich muss doch wissen, was mit ihm ist. Was, wenn er es nicht schafft und ich dann nicht bei ihm bin? Was, wenn er operiert werden muss und ich nicht da bin?

Nein. Ich kann nicht hierbleiben. Ich muss Chris ins Krankenhaus begleiten. Aber was ist dann mit Lotta? Ich kann einen neun Wochen alten Welpen nicht hier allein lassen. Das haben wir gar nicht geübt. Sie weiter in ihre Box einsperren geht nicht.

Wer weiß, wann ich zurückkomme. Das kann Stunden dauern, bis ich wieder zu Hause bin.

»Sie können auch gerne nachkommen, aber wir müssen jetzt los. Ihr Freund muss schnell ins Krankenhaus«, sagt der Sanitäter. Ich muss eine Entscheidung treffen und bin hin und hergerissen. »Lotta«, stottere ich. »Sie ist noch so klein. Ich kann sie nicht allein lassen.«

»Mitnehmen geht nicht. Also bleiben Sie hier?«

»Ja«, presse ich heraus. Was bleibt mir anderes übrig?

»Ich würde wirklich gerne mitkommen, aber der Hund«, lege ich nach und merke, wie die Verzweiflung mich wieder überkommt. Der Sanitäter lacht. »Klar. Der Hund! Der Hund ist natürlich wichtiger als der Kerl. Typisch Frau«, sagt er und verschwindet im Hausflur, wo seine Kollegen Chris auf einer Trage schon Richtung Rettungswagen jonglieren.

Am liebsten würde ich jetzt hinterherrennen. Ich kann Chris doch nicht allein lassen. In Wahrheit will ich selbst nicht allein sein. Diesen Zustand der inneren Zerrissenheit und Hilflosigkeit, der sich in mir breitmacht, kann ich kaum ertragen. Lotta winselt kläglich und reißt mich aus meiner Angst um Chris. Scheiße! Die Arme ist ja noch in der Box eingesperrt!

So schnell ich kann, öffne ich die Tür. Lotta springt mir direkt entgegen und schlabbert mir zum Dank durch mein Gesicht. Dann läuft sie wie ein Tiger im Käfig durchs Wohnzimmer und schnuppert jeden Quadratzentimeter ab.

Ich versuche immer noch, dass alles zu verdauen, als Lotta die Untersuchung der Wohnung vorerst für beendet erklärt und sich vor mich setzt. Sie neigt ihren Kopf zur Seite und schaut mich fragend an. Ihr Blick wandert zur Haustür, dann wieder zu mir und zurück zur Haustür. Sie winselt.

Ich streichle über ihren Kopf. »Ja, mein Schatz. Wir sind jetzt erstmal auf uns allein gestellt. Chris ist im Krankenhaus. Aber er wird wieder gesund. Ganz sicher«, sage ich so zuversichtlich, wie ich das hinbekommen kann.

Lotta kauft mir das nicht ab. Sie startet eine neue Suchaktion durch die Wohnung, während ich hier sitze und nicht mehr weiß, wo oben und unten ist.

Sie haben Chris mitgenommen ins Krankenhaus und jetzt sitze ich hier wie gelähmt. Allein. Mit Lotta. Was mache ich denn jetzt? Tränen kullern aus meinen Augen. Sie schaffen es aber nicht, über meine Wangen zu rollen. Lotta leckt sie vorher ab. Sonst lache ich dann immer, aber jetzt geht nicht einmal das.

Verzweiflung legt sich wie eine Klaue um meinen Hals und drückt zu. Ich japse nach Luft und mein Herz hämmert so heftig, dass ich das Gefühl habe, gleich selbst einen Notarzt zu brauchen.

Das geht nicht. Lotta! Ich muss jetzt stark sein. Was mache ich nur?

Die Welt scheint still zu stehen, ganz im Gegenteil zu Lotta.

Die ist außer sich und rennt wie von der Tarantel gestochen durch die Bude und um mich herum, stupst und leckt meine Arme und versteht genauso wenig, wie ich, was passiert ist.

Lotta

Ich wusste ja schon morgens, dass mit Chris etwas ganz und gar nicht in Ordnung ist und habe brav angeschlagen und gemeldet, dass Chris Herz stolpert, aber hört einer auf mich? Nein!

Die verstehen mich nicht. Das ganze Tamtam hier hätten wir uns sparen können und Nicole wäre jetzt nicht so fix und fertig, wenn sie auf mich gehört hätten. Aber hätte, hätte, Hundekette.

Es ist so, wie es ist. Chris ist nicht in aller Ruhe rechtzeitig zum Arzt gegangen, so dass eine ganze Horde jetzt hier bei uns zu Hause herumtrampelt und ich in die Box eingesperrt werde, damit ich nicht störe. So eine Frechheit. Ich will doch nur helfen und kann nicht mal etwas dagegen unternehmen, als die Männer Chris mitnehmen.

Trauer und Verzweiflung bei Nicole. Die will nur zu Chris. Das verstehe ich. Das will ich auch. Alles hier riecht noch nach ihm und seinen Schmerzen. Ich will ihn trösten, aber er ist nicht da. Nicole sagt, er ist im Krankenhaus und wird wieder gesund.

Davon will ich mich selbst überzeugen. Was ist los? Warum sitzen wir hier dann noch herum? Los! Auf ins Krankenhaus zu Chris. Nicole schüttelt den Kopf. »Das geht nicht Lotta. Hunde dürfen nicht ins Krankenhaus«, sagt sie und weint schon wieder. Wieso darf ich denn nicht mit ins Krankenhaus? Versteh ich nicht. Ich bin doch kein normaler Hund! Ich bin ein Assistenzhund, jawohl. Ich bin eine medizinische Hilfe an Nicoles Seite. Ist doch klar, dass ich sie überall hinbegleiten muss, oder nicht? Dafür bin ich doch da. Und gerade jetzt braucht sie mich mehr denn je. Sie hat einen Anfall nach dem anderen. Ich komme mit dem ganzen Anzeigen und Unterbrechen gar nicht mehr nach.

Und überhaupt ist das eine Unverschämtheit hoch dreizehn!

Was ist denn mit den Therapiehunden? Die habe ich am Anfang immer mit Assistenzhunden verwechselt. Ist ja auch fast dasselbe, nur dass die ganz vielen Menschen helfen, anstatt wie ich nur einem. Und sie arbeiten mit, beziehungsweise für ihren Therapeuten, bei dem sie auch leben. Auf jeden Fall dürfen die sogar in Hospize zu todkranken Menschen rein. Sie arbeiten da oder in Kindergärten, Seniorenheimen, ja sogar in Arztpraxen.

Und ich? Ich gehöre zu Nicole und helfe ihr dadurch, dass ich immer an ihrer Seite bin. Ist doch dasselbe, wieso darf ich dann nicht ins Krankenhaus mit, wenn sie dorthin muss? Ist doch unlogisch. Vor allem, wenn sie da noch größere Probleme hat, zurechtzukommen als woanders? Das kann doch nicht sein.

Klar, ich bin nicht fertig ausgebildet, aber ich muss das doch lernen, oder etwa nicht? Wie soll ich das hier zu Hause allein lernen, wenn Nicole ohne mich dahin geht und dazu völlig aufgeschmissen ist ohne Hilfe?

Ein bisschen kann ich ihr da jetzt schon helfen. Das weiß ich. Das versteht doch jeder, oder? Die müssen mich da mit ihr reinlassen.

Es ist also entschieden. Total unfair alles!

Ich darf nicht mit ins Krankenhaus. Dabei will ich Nicole doch helfen und Chris, den will ich auch sehen. Ich muss wissen, ob es ihm gut geht.

»Er liegt auf der Intensivstation, Lotta. Da darfst du auf keinen Fall mit rein. Ich kann froh sein, wenn sie mich dahin lassen«, sagt Nicole. Sie weint schon wieder. Das ist alles so gemein!

Ein Arbeitskollege von Chris kommt. Der passt heute Abend auf mich auf, damit seine Frau mit Nicole ins Krankenhaus zu Chris fahren kann.

»Der Martin ist ein ganz Lieber. Der passt nachher auf dich auf, Lotta. Wir schaffen das, ja? Ich muss nach Chris schauen, sehen wie es ihm geht und ihm auch ein paar Sachen ins Krankenhaus bringen«, sagt Nicole.

Ich will aber auch sehen, wie es Chris geht. Nicole hat wieder Angst. Das rieche ich und sehe es an ihren hektischen Bewegungen. Sie tigert planlos durch die Wohnung und packt Sachen für Chris zusammen.

Was ein Stress heute hier und was macht Nicole jetzt? Mist. Die sitzt jetzt wie erstarrt da. Sie kann sich nicht mehr bewegen und kämpft. Sie zwingt sich. Ich kann riechen, wie ihr Kopf qualmt, aber ihre Muskeln reagieren nicht, obwohl ihr Körper auf Hochtouren läuft. Wenn die nicht aufpasst, macht ihr Herz auch noch schlapp. Da! Jetzt klappt es. Sie schafft es! Endlich steht sie auf. Aber was macht sie denn jetzt? Sie geht auf den Balkon. Och nö! Jetzt zieht sie sich schon wieder einen dieser stinkenden Sargnägel nach dem anderen rein. Kapiert die denn gar nichts? Man, die ist echt durch heute. Wie kann ich ihr nur helfen?

Dann kommt dieser Arbeitskollege von Chris mit seiner Frau. Nicole bekommt fast einen Herzklabaster, solche Angst hat sie. Dabei sind die beiden so nett.

Langsam dämmert mir, dass das der Grund ist, warum Nicole hier nie Besuch hat. Das ist anders als bei Tina. Da war ständig was los. Nicole hat keine Freude an sowas, im Gegenteil. Sie bekommt dann immer diese schlimmen Panikzustände, als würden die Leute ihr etwas antun wollen. Auch, wenn da gar keine bösen Menschen kommen. Diese Sara fährt Nicole sogar ins Krankenhaus, damit sie Chris besuchen kann, und Martin passt toll auf mich auf. Wir gucken zusammen Fernsehen und lümmeln auf der Couch. So vergeht die Zeit wie im Flug, bis Nicole wieder zu Hause ist. Keinerlei Beanstandungen zu vermelden.

Am nächsten Tag kommt Tina mich abholen. Das ist eine Überraschung.

Stellt euch vor, ich darf ein paar Tage zurück zu meiner alten Familie und da Urlaub machen. Ich kann es kaum erwarten, alle wiederzusehen. Ist das spannend. Warum Nicole jetzt noch trauriger ist als sonst, verstehe ich gar nicht. Jede Pore verströmt diesen bitter-salzigen Geruch von Traurigkeit, gemischt mit scharfer Angst. So stark habe ich das noch nie bei ihr gerochen. Ich bin doch da. Alles gut. Du brauchst keine Angst haben. Mir geht es super.

Keine Ahnung, warum hier diese Endzeitstimmung herrscht. Ich gehe doch nur in Urlaub. Ich komme wieder zurück zu Nicole, oder etwa nicht? Ein kleines bisschen bekomme ich es jetzt mit der Angst zu tun.

Nicole drückt mich so fest an sich, dass ich kaum Luft bekomme, und reicht meine Kuscheldecke samt Bärchen in Tinas Auto. Ich habe ein umgekehrtes Déjà-vu.

Ist das wieder ein Auszug? Ein Abschied? Warum gibt Nicole meinen ganzen Kram mit? Hilfe!

»Wir melden uns, wenn wir zu Hause sind und halten dich auf dem Laufenden über Lotta. Keine Sorge. Alles wird gut und glaub mir, es ist wirklich erst mal besser so. Für Lotta und auch für dich. So können alle zur Ruhe kommen und du hast Luft, um dich um Chris zu kümmern. Du machst alles richtig. Sobald Chris wieder auf den Beinen ist, kommt Lotta auch schon zu euch zurück. Sie wird solange viel Spaß haben bei uns. Glaub mir, das macht ihr weniger aus als dir. Wirst sehen. Alles wird gut«, sagt Tina zu Nicole. Puh. Ich atme durch. Nur Urlaub. Supi!

Meine Angst ist weg und weicht der Aufregung, Mama, Oma Lilli und die ganze Bande wiederzusehen und mein altes Heim aufzumischen. Das wird lustig, wobei ich Nicole und Chris jetzt schon ein bisschen vermisse. Zum Glück vergesse ich solche Gedanken schnell wieder.

Nicole

Das war's dann also?

Nach nicht einmal zwei Wochen muss ich Lotta wieder hergeben?

Ist ja nur so lange, bis Chris wieder gesund ist, beruhige ich mich.

Allein. Die Wohnung kommt mir so leer vor.

Auf einen Schlag sind Chris und Lotta weg. Alles ist unfassbar unwirklich. Den Katzen scheint es ähnlich zu gehen.

Snipes tingelt suchend durch die Gegend und setzt sich auf die Stelle, wo bis vor kurzem noch Lottas Kuscheldecke lag.

Ich schnappe mir das Plüschäffchen und drücke es an mich.

Der Affe ist das erste Kuscheltier, das ich Lotta geschenkt habe und mit dem sie immer so gerne spielt. Es riecht nach Lotta.

Wie der Blitz schlägt ein Gefühl in mein Bewusstsein:

Ohne Lotta kann und will ich nicht mehr sein!

Mein Leben ohne sie fühlt sich nicht richtig an. Als hätte mir jemand ein großes Stück meines Herzens herausgerissen. Ich atme, aber der Luft fehlt etwas. Mir ist, als würde ich jeden Moment ersticken. Brust und Hals werden immer enger.

Der Schmerz ist unerträglich. Es ist, als ob ein Teil von mir fehlt – ein lebenswichtiger Teil. Das Gefühl ist furchtbar. Genauso wie bei den Gedanken an Chris. Mir fehlen zwei wichtige Bestandteile meines Lebens, die ich brauche, um zu funktionieren. Ja, in dieser Zeit wird es mir zum ersten Mal bewusst:

Niemals werde ich Lotta wieder hergeben. Niemals!

Die Sorge um Chris, ob er wieder gesund wird, ob er operiert werden muss und wie dann alles weitergehen soll, nagt an mir.

Ich fühle mich innerlich mit jedem Tag leerer.

Ich hatte vergessen, wie es ist, allein auf der Welt zu sein. Ein schreckliches, allumfassendes Gefühl.

Chris ist ja noch da, sage ich mir. Er kommt wieder nach Hause und Lotta dann auch.

Es fühlt sich alles falsch an und die Gewissheit, dass nichts auf dieser Welt von Dauer ist, jeder von jetzt auf gleich nicht mehr da sein kann, schwebt wie ein Damoklesschwert über mir.

Es erstickt jeden zaghaften Tatendrang in mir. Immer wieder drifte ich weg.

Die Stunden vergehen, ohne dass ich etwas davon wahrnehme. Mein Körper sitzt auf der Bank am Esstisch, aber ich selbst bin weit weg. Wenn ich zurückkehre, erschrecke ich beim Blick auf die Uhr, die mir sagt, dass der halbe Tag an mir vorübergezogen ist.

Lotta hätte das niemals zugelassen, fällt mir ein, genauso wie Chris mich sicher jetzt daran erinnern würde, endlich mal etwas zu essen.

Ich stehe auf und zwinge mich, mir wenigstens eine Dose Suppe aufzuwärmen.

Gleich werde ich abgeholt, um Chris im Krankenhaus zu besuchen, und ich will nicht, dass er sich Sorgen um mich machen muss.

Ich komme mir schrecklich unselbständig und wieder einmal hilflos vor, bei dem Gedanken, dass Sara nicht kommen könnte.

Ohne ihre Hilfe könnte ich nicht zu Chris ins Krankenhaus.

Aber auf Sara ist Verlass. Sie holt mich jeden Tag ab, fährt und begleitet mich in die Innenstadt zum Krankenhaus und besorgt sogar etwas zu essen für mich.

Schon frühmorgens schickt mir Tina Fotos, Videos und Infos über Lotta. Ich vermisse meine Maus so sehr.

Alles steht still, obwohl die Welt um mich herum weiterläuft.

Mir fehlen die kleinen Spaziergänge mit ihr. Die Spiele. Das Kuscheln. Alles fehlt. Alles fühlt sich falsch an.

Sogar die nächtlichen, gruseligen Häufchen-Geschäfte von Lotta fehlen mir auf einmal. Aber ich freue mich auch, Lotta so ausgelassen mit ihrer Familie spielen zu sehen. Wie niedlich und zufrieden sie aussieht, wenn sie da so eng gekuschelt mit ihrem Kopf auf ihrer Mama Emma liegt.

Die Tage vergehen. Ich mache weiter. Irgendwie.

Am schwierigsten ist der Tag, an dem Chris operiert wird.

Aber auch das überstehen wir mit ganz viel Glück.

Chris kommt wieder auf die Beine und wird von der Intensiv auf eine normale Station verlegt.

Die Folgeuntersuchungen und Weiterbehandlung darf bald der Hausarzt übernehmen.

Ich bin heilfroh, dass er wieder nach Hause kommt. Er muss dann zwar Tabletten nehmen und seine Lebensweise ändern, aber sonstige Beeinträchtigungen für den Alltag wird es wohl nicht geben.

Mehr Bewegung ist ohnehin mit Lotta kein Thema. Sie wird älter und darf bald länger mit uns spazieren gehen als nur zehn Minuten am Tag. Wir können quasi mit ihr zusammen unsere Fitness steigern.

Mit dem Rauchen hat Chris schon aufgehört und mich plagt mehr und mehr das schlechte Gewissen. Wieso schaffe ich das nicht?

Ich muss ihn doch bei seiner Abstinenz unterstützen. Was, wenn er wegen mir wieder mit diesem Gift anfängt? Das Schlimme ist, dass ich vor lauter Panik jetzt schon wieder eine Zigarette brauche. Stress lass nach!

Kleine Schritte, Nicole. Nicht wieder alles auf einmal. Nicht so viel Druck, sage ich mir. Das bekommen wir alles hin – hoffe ich. Hauptsache Chris kommt wieder nach Hause und es geht ihm gut.

Dann ist der lang ersehnte Tag endlich da.

Ich erfahre, dass Chris morgen entlassen wird. Übermorgen kommt dann auch Lotta wieder nach Hause.

Ohnmacht weicht plötzlich Tatendrang. Wie im Wahn putze und schrubbe ich die ganze Wohnung. Mich überkommt die Vorfreude auf unsere gemeinsame Zeit und so schmücke ich alles weihnachtlich, obwohl erst Ende November ist. Das gibt mir ein Gefühl von Geborgenheit, Familie und Gemütlichkeit. Perfekt für die baldige Ankunft meiner zwei Lieben und unser erstes gemeinsames Weihnachtsfest mit Lotta.

24

Alles auf Anfang

Lotta

Ich bin wieder daheim!

Mein Herz schlägt gemeinsam mit Nicoles Purzelbäume um die Wette. Was habe ich sie vermisst und sie mich auch.

Ihre Freude riecht prima. Ich liebe es so, wenn sie sich freut und ich daran beteiligt bin. Gibt es etwas Schöneres, als sie glücklich zu machen? Ich glaube, nur leckeres Happa Happa ist besser.

Ich bin so happy, dass es Chris gut geht und er alles überstanden hat. Die Katzen sind auch noch alle da. Ich glaube, selbst die haben mich vermisst. Und es kommt noch besser. Chris darf jetzt erstmal ganz lange zu

Hause bleiben und muss nicht arbeiten. Wir können in Ruhe alles nachholen, was wir in der letzten, viel zu langen, Zeit verpasst haben. Wir alle zusammen. Diese gemeinsame Zeit werden wir genießen.

25

Tage der Freude

Nicole – Dezember 2019

Wir haben es geschafft.

Es war unheimlich schwer für mich, aber ich habe die Zeit allein überstanden. Ein klein bisschen stolz bin ich da schon auf mich. Aber ich bin froh, dass wir alle wieder zusammen sind und diese gruselige Ruhe zu Hause ein Ende hat.

Chris ist erstmal eine ganze Weile krankgeschrieben. Er muss sich schonen. Die ein oder andere unangenehme Untersuchung steht an. Eine Umstellung der Ernährung ist für seine Genesung Pflichtprogramm, aber es sollen auch viele Spaziergänge und Bewegung an der frischen Luft dazugehören. Letzteres passt hervorragend in unseren Plan. Endlich können wir die Zeit, die wir mit Lotta verloren haben, nachholen und schöne Ausflüge ins Grüne mit ihr starten.

Das mit der Ernährung ist komplizierter. Wie um alles in der Welt, bringe ich jemandem, der sich bisher fast ausschließlich von Fleisch, Knabber- und Süßkram sowie Cola ernährt, dazu, Gemüse und Salat zu sich zu nehmen?

Eigentlich ist Chris ein bewusst lebender Mensch, der sparsam mit Ressourcen umgeht, mich immer wieder daran erinnert, wie wichtig Nachhaltigkeit und weniger Müll sind, aber beim Thema Fleischkonsum hört für ihn alles auf. Da achtet er lediglich auf gute Qualität und Herkunft. Auf tierische Produkte zu verzichten, schafft er einfach nicht. Auf sich selbst zu achten noch weniger. Aber ich bin da selbst nicht besser. Ich achte nicht gut auf meine Gesundheit und schade ihr oft sogar.

Auf Fleisch zu verzichten, ist für mich nicht schwer, aber die blöden Kippen bleiben zu lassen, das schaffe ich nicht.

Chris hat das gepackt, von heute auf morgen, während ich weiterhin die wertvolle Luft zum Atmen verpeste. Das Aufgeben dieses Lasters scheint für mich schwerer zu sein als alles andere. Aber egal wie schwierig das wird, ich werde es angehen müssen.

Nun aber zurück zu meinem Problem, was ich täglich zu Essen auf den Tisch zaubern soll.

»Ich esse doch meinem Essen nicht das Futter weg«, schimpft Chris immer und verzieht dazu angewidert das Gesicht, sobald ich Brokkoli, Blumenkohl und Co auftische.

Für mich ist es schon eine Herausforderung, daran zu denken, etwas zu essen, von kochen ganz zu schweigen. Aber ich gebe mir Mühe, für Chris.

Leider gehen unsere Meinungen, welche Lebensmittel gesund und schmackhaft sind, weit auseinander. Streit vermeide ich lieber.

Ich gehe Auseinandersetzungen gerne aus dem Weg, passe mich schnell an das an, was andere wollen und nehme vieles hin, leider oft auf meine Kosten. In diesem Fall zum Schaden von Chris Gesundheit. Ich müsste mich durchsetzen, tue es aber nicht. Diskussionen, bei denen der andere laut wird, sind ein Graus für mich, weil sie mich stark triggern und schnell abschießen.

Chris ist ein Mensch, der schnell herumbrüllt, wenn ihm etwas nicht passt, was meistens dann darin endet, dass ich heulend und zitternd in der Ecke sitze, mir die Haut blutig kratze oder gar nichts mehr mitbekomme. Zurzeit bin ich ohnehin harmoniebedürftiger als sonst und sage mir, dass Chris alt genug ist, zu wissen, was er tut, beziehungsweise, was er isst oder nicht isst. Und überhaupt. Wäre ich nicht genervt, wenn er mir bei jeder Zigarette, die ich rauche, einen Vortrag halten würde? Aber sowas von!

Nein, wir haben jetzt Besseres vor, als uns zu streiten. Wir wollen die Welpenzeit mit Lotta genießen.

Ich liebe die Natur und freue mich wie Bolle, dass Chris endlich Zeit hat, mich zu begleiten.

Viel zu lange habe ich zu Hause gehockt und mich danach gesehnt.

Ich vermisse den harzigen Duft der Wälder, den Geruch von feuchtem Laub, Gras und Moos. Ich will mich im Labyrinth aus satten Grüntönen verlieren, die Erde unter meinen Füßen und den festen Halt eines

Baumstamms im Rücken spüren. Ich will Freiheit atmen. Und das alles mit Klein-Lotta an unserer Seite, die wir auf diese Weise nach und nach daran gewöhnen, bis sie mit mir allein durch die Natur streifen kann.

Es geht endlich wieder vorwärts! Ich erobere Schritt für Schritt meine Selbstständigkeit und Freiheit zurück.

Lotta bereitet mir jede Menge Freude. Sie ist nach wie vor sofort bei mir, wenn ich eine Panikattacke oder Schmerzen habe.

Auch die eine oder andere Dissoziation, also die Situationen, in denen ich geistig wegdrifte, zeigt sie bereits an und holt mich wieder ins Jetzt zurück. Natürlich belohne ich sie jedes Mal dafür ausgiebig mit besonderen Leckereien, so dass sie inzwischen regelrecht auf den nächsten Anfall von mir wartet.

Lotta ist unglaublich schlau und gleichzeitig ein Clown. Sie bringt mich schnell auf andere Gedanken, sobald ich mal wieder drohe, im Negativen zu ertrinken.

In meinem ganzen Leben habe ich nicht so viel gelacht, wie jetzt mit Lotta. Sie zeigt mir immer wieder, wie ich im Augenblick bleiben kann. Das ›im Hier und Jetzt sein‹ muss ich noch üben, aber die Tatsache, dass ich überhaupt in der Lage dazu bin, erstaunt mich. Es ist ein kleines Licht am Horizont. Jetzt muss ich nur die dunklen Wolken da oben vertreiben.

Ich wünschte, Lotta wäre etwas ruhiger. Sie ist so hibbelig, dass sie meine eigene Unruhe oft verstärkt, anstatt mich zu beruhigen. Aber sie ist ja noch klein. Das gehört dazu. Da muss ich durch. »Das gibt sich, wenn sie älter ist«, bekommen Chris und ich auf unseren Spaziergängen bei Begegnungen mit anderen Hundeeltern oft gesagt. »Mit drei oder vier Jahren werden die Hunde ruhiger.« Mir wird schlecht. Mit drei, vier Jahren? Ernsthaft jetzt? Das stehe ich nicht durch ...

Auf der anderen Seite aktiviert mich Lotta auch. Ich kann nicht sagen, dass meine Depressionen weg sind, aber ich suhle mich nicht mehr darin. Bevor ich das kann, muss ich ja bereits wieder aufstehen und mich um Lotta kümmern. Entgegen allen anfänglichen

Zweifeln schaffe ich das auch. Lotta holt mich aus meinem Loch, immer und immer wieder. Im Moment ist das anstrengend für mich, aber ich merke, wie ich mich jeden Tag mehr daran gewöhne.

Langsam kehrt wieder so etwas wie Struktur in meinen Alltag ein. Beim Gedanken an Lotta fällt es mir leichter, aufzustehen.

Chris Unterstützung hilft enorm. Er puffert bei mir die Gefühle der Überforderung ab. Lotta tut mir gut. Ich spüre, dass ich offener werde und wie die Welt um mich herum Stück für Stück größer wird, ohne mich zu verschrecken.

Einfach mal aus meinem Kopf rauskommen und die Dinge anpacken zu können, anstatt sie nur zu erdenken, ist eine aufregende Erfahrung, auch wenn es jetzt noch ungewohnt ist und schwerfällt.

26

Und jeden Sonntag ruft die Autobahn

Nicole

Nach der Zwangspause durch Chris Herzinfarkt kehrt der Alltag zurück.

Das Training mit Lotta in der Hundeschule steht an oberster Stelle. Es gibt einiges aufzuholen. Wir waren erst einmal mit ihr dort und haben jede Menge Stoff verpasst.

»Du musst jetzt mit Lotta Gas geben«, schärfen Karin und Tina mir am Telefon ein. Die ersten Wochen sind für Welpen zum Lernen die wichtigsten. Lotta muss den Umgang mit anderen Hunden und Menschen lernen und neue Orte sowie Untergründe erkunden. Auch das Grundlagentraining, wie »Sitz«, »Platz« und »Bleib« ist viel zu kurz gekommen, von Leinenführigkeit ganz zu schweigen. Wir müssen dringend daran arbeiten, keine Frage.

Langsam kommen sie wieder um die Ecke geschlichen, die Zweifel, ob ich dem Ganzen gewachsen bin.

Es ist ein Sonntag im Dezember, als wir uns erneut auf die weite Fahrt zur Hundeschule begeben. Ich habe mich in drei Lagen Klamotten gepackt, damit ich die zwei bis drei Stunden Training in der Kälte überstehe. Allein der Gedanke daran lässt mich zittern.

Die Dämmerung erobert bereits den Himmel, als wir beim Trainingszentrum ankommen.

Es schneit zwar nicht, aber der Wind fühlt sich an wie scharfe Eisklingen. Die Luft ist getränkt von feuchtkaltem Nebel, der durch jede Stofflage kriecht und sich über die Haut legt wie eine mit Nadeln gespickte Decke.

Lotta zieht und zerrt an der Leine, als gäbe es kein Morgen mehr. Mit steifen Fingern versuche ich, so gut es geht, sie festzuhalten. Vor Schmerzen könnte ich heulen, aber ich reiße mich zusammen. »Ich schaffe das schon«, sage ich zu Chris, der mir Lotta abnehmen will. Er regt sich immer so auf, wenn Lotta nicht hört und an der Leine zerrt. Da halte ich sie lieber.

Was gäbe ich jetzt für einen Stuhl und ein heißes Getränk.

Ich schließe kurz die Augen und wünsche mich nach Hause unter meine warme Kuscheldecke. Leider klappt das nicht. Mit meiner Konzentration, die nur für ein paar Sekunden kurz mal vorbeischaut, um dann wieder im Nirwana zu verschwinden, wird es heute schwer werden, dem Training zu folgen. Hoffentlich bekomme ich das Wichtigste mit, so dass ich alles umsetzen kann und mich nicht blamiere.

Es kostet enorme Kraft, nach außen hin stark zu sein und so zu tun, als hätte ich alles unter Kontrolle. Normalität vorzuspielen, ohne dass jemand merkt, dass ich nicht mehr alle Tassen im Schrank habe, ist anstrengender, als Lotta festzuhalten, die wie ein Bulldozer an der Leine zerrt.

Zum Glück ist Karin sehr einfühlsam und kennt sich aus. Sie wird mich bestimmt etwas beruhigen. Zumindest muss ich ihr nichts vormachen oder erklären.

Wir warten immer noch. Auf dem Gelände sind überall fremde, neue Gesichter. Keine bekannten Hunde, weder Lottas Bruder noch der kleine Chihuahua vom letzten Mal sind da.

Ein mulmiges Gefühl poltert durch meinen Magen.

Das Training hätte schon vor einer halben Stunde anfangen sollen, aber Karin ist nicht in Sicht.

Chris und ich treten von einem steifen Bein aufs andere und überlegen schon, wieder nach Hause zu fahren, als eine riesige Frau in Footballspieler-Statur, die definitiv nicht Karin ist, auf uns zukommt. Sie ist von oben bis unten in Armeeklamotten samt passender, schwarzer Springerstiefel eingepackt und der Tonfall, mit dem sie uns begrüßt, lässt keinen Zweifel offen, dass sie Haare auf den Zähnen hat. »Tach' zusammen. Ich bin Elke und hier für die Problemhunde zuständig. Heute läuft der Welpenkurs mit mir. Karin lässt sich entschuldigen. Sie ist leider verhindert.«

Vom ersten Moment an, ist mir diese Frau unsympathisch. Sie macht mir Angst und triggert das Schlimmste in mir.

Ich bekomme nicht mal ein Hallo heraus, so perplex bin ich. Das kann doch jetzt nicht wahr sein? Wo ist Karin?

»Wenn ihr mir dann folgen wollt. Wir sind spät dran«, sagt Elke und marschiert los.

Ich will nicht mit diesem Drill-Instruktor trainieren. Ich will Karin. Verzweifelt suche ich Chris Blick, der mal wieder nur mit den Schultern zuckt. »Is' so. Komm. Das schaffen wir schon«, sagt er, greift nach meiner Hand und zieht mich samt Lotta Richtung Trainingshalle.

Lotta

Wo sind Sam und die anderen?

Menno. Ich habe mich so aufs Spielen gefreut. Mit den neuen Hunden, die heute hier sind, darf ich nicht flitzen. Ich darf sie nicht einmal beschnuppern. Ich muss neben Nicole auf meiner Decke bleiben. Da setz ich mich sicher nicht drauf. Die ist von der feuchten Kälte ganz klamm. Ich will zu den anderen und mich warm spielen.

Mein Herz bleibt fast stehen vor lauter Schreck, als dieses große Monster Elke mit den dicken Stiefeln direkt neben mir auf den Boden aufstampft. Im ersten Moment dachte ich echt, die will mich zertreten. Und dann brüllt die mich an, als wäre ich taub. Weiß die denn nicht, dass ich ganz feine Ohren habe? Die hören jetzt gar nicht mehr auf zu klingeln. Dabei wollte ich doch nur die anderen begrüßen gehen.

Elke ist so gemein. Was macht sie denn jetzt?

Sie legt einen leckeren Knochen auf den Boden und ich soll mit Nicole daran vorbeilaufen. Anti-Fress-Training nennt die das. »Passt auf, dass euer Hund nicht da dran geht. Stellt euch vor, da läge ein Giftköder.« Wo denkt die denn hin? Da liegt eine duftende Köstlichkeit. Ist doch logisch, dass ich mir den Knochen schnappe, oder? Soll sie ihn halt nicht da unten liegenlassen, wenn da keiner dran soll.

Ich stürme hin, und was macht diese gemeine Elke? Sie stampft wieder direkt neben mir mit ihren Mörder-Stiefeln auf und brüllt »Nein!«. Ich bekomme den Schreck meines Lebens. Mein kleines Herz rast und Nicole hat auch Angst. Das Ganze hier löst schlimme

Gefühle bei Nicole aus. Sie kann gar nicht mehr denken und driftet ständig weg in ihre gruselige Vergangenheit.

Ein Anfall folgt dem nächsten und ich springe die ganze Zeit an ihr hoch, um das anzuzeigen. Das müssen die doch mitbekommen. Warum hilft keiner? Diese Elke versteht mich null. Die kommt und greift in die Leine, reißt mich weg und erklärt irgendwas von Konsequenz, Strafe und Unterordnung, und dass wir das unbedingt mehr üben müssen. »Du willst doch keinen Problemhund heranziehen, oder?«, fragt Elke.

Hat die 'nen Schuss? Die spinnt doch. Ich dachte, wir sind hier im Trainingszentrum für angehende Assistenzhunde und nicht im Camp ›wie buttere ich meinen Helfer auf vier Pfoten unter‹.

Nein. So geht das nicht. Nicht mit mir! Solche Unverschämtheiten lasse ich mir nicht bieten, auch wenn ich erst knappe drei Monate alt bin. Ich mache doch nur meinen Job. Ich will wieder zu Nicole.

Als Elke sich den anderen ›schwierigen Kandidaten‹, wie sie uns nennt, zuwendet, kann ich mich endlich wieder um Nicole kümmern. Die kauert inzwischen weinend auf der feuchten Decke.

Zum Glück bekommt wenigstens Chris mit, dass es ihr mies geht. »Ich kann nicht mehr«, gibt sie endlich zu, als Chris sie fragt, was los ist.

»Sollen wir nach Hause fahren?«, fragt er.

Ja, ja und nochmal ja! Lasst uns nach Hause fahren. Super Idee! Auf diese Folter hier, die Elke als Training verkauft, kann ich gut verzichten.

Nicole

Der Worst Case tritt ein. Ich bin maßlos überfordert und kämpfe in der gesamten folgenden Woche mit Schmerzen, Panikattacken, Albträumen, Übelkeit und Durchfällen vom Feinsten.

Ich habe mich nicht vom letzten Drill-Training erholt, da steht schon der nächste Sonntag vor der Tür.

Das kann nicht mehr lange gutgehen. Aber ich muss. Wir müssen. Oder nicht? Was bleibt uns für eine Alternative?

Dass wir dringend die Grundlagen üben müssen, steht außer Frage. Allein schaffe ich das nicht. Lotta leidet mit mir. Auch sie hat seit letzter Woche

Dünnschiss und sogar ein paar Mal erbrochen. Schonkost ist angesagt und beim Tierarzt kann ich bald ein Abo bestellen.

Vielleicht hat Lotta auch wieder draußen irgendeinen Mist aufgesaugt und sich den Magen verdorben. Ich muss da mehr aufpassen. Und wir müssen trainieren, dringend.

Zur Ruhe kommt Lotta immer schwerer, obwohl wir jeden Tag brav das Decken-Training üben. »Auf deine Decke! Platz! Fein und bleib!«

Das klappt mehr schlecht als recht. Die Hummeln in Lottas Po werden jeden Tag mehr.

Ich brauche professionelle Hilfe mit ihr.

Beim Gedanken an diese Elke wird mir direkt wieder speiübel.

Karin hat uns versprochen, dass sie morgen den Kurs leitet, aber irgendwie ist die Kommunikation nach wie vor schwierig.

Ich bekomme es nicht auf die Reihe, klar auszudrücken, dass ich NUR mit Karin trainieren will und mit den anderen nicht zurechtkomme. Schon gar nicht mit Elke, die das Schlimmste in mir triggert.

Ich habe Angst, dass Karin doch wieder verhindert oder krank sein könnte und wir dort bei einem Trainer hängenbleiben, mit dem weder ich noch Lotta zurechtkommen.

Um dann wieder unverrichteter Dinge nach Hause zu fahren, ist die Strecke zu weit. Weder vom Trainingsstand her noch finanziell können wir es uns leisten, umsonst dorthin zu gondeln.

Eine Alternative habe ich nicht an der Hand. Es ist zum Verzweifeln.

Wenn ich in mich hineinlausche, sagen alle Stimmen in mir im Chor, dass wir gar nicht mehr dorthin wollen. Ich grübele hin und her.

Ich muss ja nicht gleich die Zelte abbrechen, denke ich, fasse mir ein Herz und rufe Karin an, um für morgen abzusagen. »Ja, wenn Lotta Durchfall hat, ist es besser, ihr bleibt zu Hause. Nicht, dass sie die anderen Hunde hier ansteckt. Gute Besserung für die Maus«, sagt Karin und mir fällt erst einmal ein riesengroßer Stein vom Herzen.

Die Gedanken daran, wie es jetzt weitergehen soll, schiebe ich beiseite, zumindest fürs Erste.

27

Trainingskuddelmuddel

Nicole

Die Tage ziehen ins Land und der Himmel wird jeden Tag dunkler. Ich muss eine Entscheidung treffen, was das Training in Karins Hundeschule angeht.

Ich traue mich nicht einmal mehr, Tina bei Fragen wegen Lotta anzurufen. Ich habe Angst, mich nicht erklären zu können. Wie wird sie reagieren, wenn ich ihr sage, dass wir nicht mehr zu ihrer Freundin Karin in die Hundeschule fahren und wir uns eine andere Trainerin suchen, die nicht so weit weg ist?

Hoffentlich wird sie nicht sauer. Nicht, dass sie denkt, sie hätte ihren kostbaren Welpen einer komplett unfähigen Person überlassen. Nachher will sie Lotta zurückhaben. Oh, Gott. Panik macht sich in mir breit. Und wie wird Karin das finden?

Beide sind fest davon überzeugt, dass ich die Ausbildung von Lotta zu sehr schleifen lasse, seit ich einen weiteren Sonntag abgesagt habe.

Eigentlich ist es doch meine Sache, oder nicht? Wenn mir die weite Fahrt und die dazugehörigen Doppelstunden Training zu viel sind, dann ist das halt so. Das muss doch jeder verstehen. Vielleicht bin ich selbst das Problem, weil ich mein Versagen nicht akzeptieren kann. Ich möchte das unbedingt schaffen und fühle mich schuldig. Ich schäme mich, dass ich Lotta nicht das bieten kann, was sie braucht. Es ist schwer für mich, dies zuzugeben und die Angst, meinen Schatz zu verlieren, ist der blanke Horror.

Es geht stramm auf Weihnachten zu und ich schiebe die unangenehmen Telefonate mit Karin und Tina weiter vor mir her, während ich nebenbei vergeblich das Internet nach einer neuen Hundetrainerin durchforste. Unglaublich, wie schwer es ist, da jemanden zu finden, der in meiner Nähe wohnt, kompetent ist und dann auch noch Erfahrungen mit der Ausbildung von Assistenzhunden hat. Als ich fast sicher bin, dass dieses Unterfangen ein Ding der Unmöglichkeit ist, klingelt mein Handy.

Mit Sabrina habe ich gar nicht mehr gerechnet. Die hatte ich komplett abgehakt. Seit dem Tag kurz vor Lottas Geburt hatte ich keinen Kontakt mehr zu ihr und vergeblich versucht, sie zu erreichen.

Ich nehme den Anruf entgegen und es ist, als würde ein heller Stern am dunklen Horizont aufgehen.

Sie fragt, ob ich noch eine Trainerin brauche. Trotz diesem hoffnungsvollen Gefühl in mir, das sich zusammen mit Erleichterung in mir ausbreitet, reagiere ich erst einmal verhalten. Schließlich war ich lange wütend und verzweifelt darüber, dass sie mich am Anfang so hängen gelassen hat.

»Es tut mir so leid, Nicole. Entschuldige bitte, dass ich mich nicht mehr gemeldet habe.«

Ich will gerade loslegen und meiner aufgestauten Wut, die sich Bahn bricht, freien Lauf lassen, da erzählt mir Sabrina den Grund für ihren plötzlichen Rückzug.

Sie war schwanger, aber es kam zu schweren Komplikationen.

»Ich musste ein paar Mal ins Krankenhaus und für längere Zeit das Bett hüten. Das alles hat leider nichts genützt und ich habe mein Kind verloren«, erzählt sie mir mit tränenerstickter Stimme. Ich fühle einen dicken Kloß in meinem Hals und Schuldgefühle drücken mir zusätzlich die Kehle zu, so dass ich nach Luft japse und kein Wort herausbekomme.

Ich schlucke schwer. Mir fallen die wütenden Nachrichten ein, die ich ihr zuletzt geschickt habe. Das verpasst mir einen weiteren Faustschlag aus Schuld und Scham. Wie konnte ich nur so unsensibel sein? Ich bin ein furchtbarer Mensch. Die Arme. Es ist schrecklich, so etwas durchmachen zu müssen. Ich bin damals schon in tiefe Depressionen gestürzt, als ich nur eine Eileiterschwangerschaft hatte. Was muss dann erst ein solcher Verlust anrichten? Kein Wunder, dass sie sich nicht mehr bei mir gemeldet hat.

»Das ..., das tut mir wirklich leid. Wenn ich das gewusst hätte«, stammele ich ins Handy. Sabrina sammelt sich unfassbar schnell wieder und versichert mir, dass alles gut ist.

Ohne große Umschweife kommt sie auf den Punkt und ich nehme sie mit Kusshand wieder als Trainerin.

Dass an der ganzen Geschichte etwas faul sein könnte, fällt mir hier nicht im Traum ein. Ich berichte ihr, dass Lotta inzwischen bei mir eingezogen ist, und erzähle ihr alles, was bisher so passiert ist. Es tut gut, meine Sorgen und Probleme loszuwerden, und ich habe das Gefühl, dass sie genau versteht, was in mir vorgeht. Sie sagt mir, dass ich alles richtig gemacht habe, und schimpft über den Drill-Instruktor Elke. »So etwas geht gar nicht.«

Als ich ihr von meinen Problemen mit Lotta berichte, wird sie ernst und stellt den Verdacht in den Raum, dass Lotta vielleicht nicht der richtige Hund für mich sei und sie den besser für mich ausgesucht hätte.

»Dass du erstmal überfordert bist, ist völlig normal am Anfang. Da musst du dir nichts vorwerfen. Auch eine Erstverschlimmerung deiner Symptome kann vorkommen. Das haben viele mit PTBS, die auf einmal mit einem Welpen klarkommen müssen, der ihr Leben auf den Kopf stellt. Das gibt sich und ist nichts, was wir nicht in den Griff bekommen können. Ich werde dir da ganz viel helfen. Wenn du magst, nehme ich dir Lotta auch mal ab, damit du ein paar Stunden zur Ruhe kommen kannst. Aber die Sache, dass sie so unruhig ist und wie du sagst, gar nicht zu bändigen, macht mir Sorge. Du brauchst einen ausgeglichenen Hund, am besten eine Schlafmütze. Mit einem Energiebündel, das ständig wild herumspringt, wirst du nur schwer zur Ruhe kommen. Lotta triggert die Panikattacken bei dir an. Das ist nicht Sinn der Sache. Das muss ich mir mal genauer ansehen, ob Lotta wirklich geeignet ist. Zur Not suche ich dir einen anderen Hund, der besser passt. Das ist kein Problem.«

Bitte was? Äh, hallo? Nein. Auf gar keinen Fall, will ich ihr widersprechen, piepse aber nur ein paar schräge Töne in den Hörer vor lauter Fassungslosigkeit.

»Keine Panik. Das wäre nur im Ausnahmefall, wenn sich mein Verdacht bestätigt. Vielleicht ist Lotta auch perfekt geeignet. Dazu muss ich erst einmal den Test machen mit ihr. Ist ziemlich spät jetzt alles. Lotta ist schon drei Monate alt. Da schließt sich das Sozialisierungsfenster bei Hunden. Wir müssen also Gas geben. Ich quetsche dich auf jeden Fall noch für dieses Jahr in den Kalender. Vor Silvester machen wir noch den Eignungstest und ich zeige dir ein paar Sachen, die du mit Lotta üben kannst, damit sie besser an der Leine läuft. Wir planen am besten direkt drei Stunden ein.«

Wir müssen Gas geben. Das kommt mir bekannt vor und ich beruhige mich wieder etwas. »Okay«, sage ich und wir halten für kurz nach Weihnachten einen dreistündigen Termin fest. Ich bin erleichtert und könnte platzen vor Freude, als ich höre, dass Sabrina für diesen Termin zu mir nach Hause kommt.

»Ich guck mir bei dir alles an und wie sich Lotta zu Hause verhält. Für den Eignungstest müssen wir allerdings in eine für Lotta fremde Umgebung fahren. Ich kann euch dann mit dem Auto mitnehmen, ist kein Problem«, sagt Sabrina und ich könnte sie dafür knutschen. Sie weiß genau, was mir Schwierigkeiten bereitet, ohne dass ich viel erklären muss.

»Überleg du dir bitte bis zu unserem Termin, ob du einen Familienhund oder einen Assistenzhund willst«, sagt sie dann und ich verstehe nur Bahnhof.

Was ist das denn für eine Frage? Lotta gehört zu meiner Familie. Und natürlich will ich einen Assistenzhund. Dafür habe ich Lotta doch überhaupt erst angeschafft. Zudem bezieht sich die Bewilligung der Kostenübernahme für alles auf einen Assistenzhund zum Ausgleich meiner Schwerbehinderung.

»Das verstehe ich jetzt nicht. Wieso ODER Familienhund? Lotta gehört doch zur Familie. Sie ist ein Assistenzhund, der zu mir gehört, zu meiner Familie«, sage ich und bin leicht verwirrt.

»Das sind aber zwei verschiedene Ausbildungen. Wenn sie nur ein normaler Familienhund bei dir ist, kein Thema, aber wenn sie Assistenzhündin werden soll, müssen wir von Beginn an einen ganz anderen Weg im Training einschlagen. Das ist ein riesiger Unterschied. Aber ich erkläre dir das, wenn wir den Test gemacht haben. Vielleicht ist Lotta ja gar nicht für die Aufgaben eines Assistenzhundes geeignet. Überlege dir, was du dann machen willst. Willst du sie zurückgeben oder behalten? Ich suche dir gerne einen neuen Hund. Ist kein Drama. Sowas kommt öfter vor, als du denkst.«

Was soll das mit dem ständigen »ich besorg dir einen neuen Hund«? Ich bin sprachlos und weiß nicht, ob ich weinen oder lachen soll wie eine Irre kurz vor einem Nervenzusammenbruch.

Ich sage Sabrina, dass ich mir alles durch den Kopf gehen lassen werde.

»Bis nächste Woche dann und ein schönes Weihnachtsfest.« Meine Stimme klingt roboterhaft wie eine Tonbandansage und das Telefonat hallt lange in mir nach. Familienhund oder Assistenzhund? Was soll das denn jetzt? Lotta gehört zur Familie. Punkt. Nie im Leben gebe ich sie weg. Eignungstest hin oder her. Was für ein Quatsch alles. Das Internet bestätigt mir diesen Mist. Ich lese, dass es sogar sehr häufig vorkommt, dass sich im Laufe der Ausbildung, auch noch kurz vor der Prüfung, herausstellt, dass der Hund die Eignung für einen Assistenzhund doch nicht hat. »Setzen 6! Leider durchgefallen«, heißt es dann und die Hunde werden einfach ausgetauscht, wie ein Computer, der das heißgeliebte Programm nicht abspielt, weil die Festplatte dafür nicht ausreicht.

Auch, wenn ich nirgendwo feste Richtlinien finden kann, wie das genau mit Assistenzhunden abläuft, so gibt es jede Menge Assistenzhund-Institute, die teuer ausbilden und über alles Wichtige informieren. Mit dem nötigen Kleingeld kann man dort sogar ein Zertifikat erhalten, mit denen ein jeder Assistenzhunde ausbilden kann, egal ob und wie viel Hundeerfahrung man mitbringt. Mit Geld ist alles möglich. Das Ganze scheint ein lukratives Geschäft zu sein.

Apropos Geld. Ich muss Frau Schmitt von der Beratungsstelle anrufen. Dass ich wieder zu meiner alten Trainerin wechsele, muss ja alles mit dem Fonds abgeklärt werden, der Lottas Ausbildung bezahlt.

Was für ein Kuddelmuddel. Hoffentlich gibt es da jetzt keine Probleme mit den Zahlungen. Ich warte schon seit Oktober auf die Erstattung meiner eingereichten Rechnungen.

Bisher habe ich nicht einen Cent vom Fonds zurückbekommen. Weder die knapp 2.000 Euro für Lottas Anschaffung, die mir Frau Schmitt vorgestreckt hat, noch das Geld für die Erstausstattung und die ganzen Tierarztrechnungen. Mein Konto ist bis ins tiefste Rot ausgereizt. Wie ich diese Abhängigkeit hasse. Dabei bin ich doch froh, überhaupt Hilfe zu bekommen. Ich sollte nicht so undankbar sein.

Aber was, wenn der Fonds gar nicht zahlt?

Nein, keine Panik. Ich habe doch den Bescheid, wo drinsteht, dass sie mir alle Kosten, die Lotta und ihre Ausbildung betreffen, erstatten. Es ist ein schlimmes

Gefühl, dass ich zusätzlich Menschen Geld schulde, die so lieb waren, mir etwas zu leihen. Ich habe mich da auf den Fonds verlassen. Es macht mir Angst, wenn ich an die Zukunft denke. Wie soll das werden? Ich hoffe, dass der Fonds mir im Januar das Geld endlich erstattet.

Dieses Jahr wird das wohl nichts mehr.

Na dann, frohe Weihnachten.

28

Der Eignungstest

Lotta – Ende Dezember

Mein erstes Weihnachtsfest war der Hammer.

Nicole, Chris, die Katzenbande und ich haben es uns so richtig gemütlich gemacht. Mit viel Chillen und Kuscheln.

Nicole war oft traurig, als würde ihr etwas Wichtiges fehlen.

Ich frage mich, was das ist. Ich bin doch da. Chris und die Katzen auch. Also was könnte sie da noch vermissen?

Wie auch immer, ich habe es jedenfalls geschafft, sie wieder aufzumuntern. Das ist die Hauptsache.

Meine Magen- und Darmprobleme sind über die Feiertage viel besser geworden, so dass ich Weihnachtsleckereien naschen durfte. Pansen und Hirschhappen sind einfach nur köstlich. Aber ich musste aufpassen, dass der dicke Kater Snipes mir nicht alles vor der Nase weg klaut. Die Hirschhappen durften nämlich die Katzen auch fressen und mit Teilen hab ich's nicht so.

Davon mal abgesehen, war Weihnachten klasse. Wir haben auf dem Sofa gelegen und sogar zusammen Fernsehen geguckt. Die Filme über die Zaubererschule waren super. Nicole guckt die immer an Weihnachten und kennt sogar die Bücher dazu fast auswendig. Nicole mag am meisten den bösen Professor Snape, der eigentlich ein ganz Lieber ist. Ich finde diesen Hagrid toll. Bei dem würde ich mich wohlfühlen. Der hütet viele wundersame Tiere und wohnt in einer Hütte direkt am Waldrand.

Ich freue mich jetzt schon auf nächste Weihnachten.

Heute steht endlich dieser komische Eignungstest an. Die unzuverlässige Trainerin vom Anfang ist wieder im Spiel. Sabrina, oder so. Das kann ja was geben, oder?

Ich bin froh, dass ich nicht mehr zu dieser Elke in ihre Boot-Camp-Stunden muss.

Diesen Test, den mache ich doch mit meiner linken Hinterpfote. Der Sabrina werde ich direkt mal zeigen, wo der Labbi die Frösche hat. Das da erst gar keine Missverständnisse aufkommen.

Ich bin mutig, überaus schlau, entschlossen und mehr als geeignet. Jawohl.

Nach fast zwei Stunden Geteste hält mich Sabrina, warum auch immer, für stur, dickköpfig und zu wild. Angeblich hätte ich keinen Will-To-Please und Nicole wäre mir völlig egal.

»Der komplett falsche Charakter für einen Assistenzhund«, sagt die. Waaas? Was erzählt die da für einen Mist? Ich dachte, ich habe den Test bestanden. Eins Minus, hat sie doch gesagt. Ein dickes Minus, okay. Aber alles andere stimmt überhaupt nicht. Nicole ist mir wichtiger als alles. Ich habe sie lieb und will ihr helfen. Dafür bin ich doch da. Das ist meine Aufgabe.

Wenn sie glücklich ist, bin ich das auch. Und wenn sie weint, bin auch ich traurig. Was nimmt sich diese Sabrina hier raus? Die kennt mich null. Ich habe alles hinbekommen, was die von mir wollte. Jedes Mal direkt gewusst, was zu tun ist, und ich habe mich nicht erschrecken lassen, obwohl die sich ganz schön ins Zeug gelegt hat, mich zu erschrecken. Was die alles nach mir geworfen hat, unfassbar.

Jetzt soll ich mit ihr an der Leine laufen. Das erste, was sie bemängelt, sind mein Halsband und mein ultraschickes Geschirr, das Nicole mir extra für das Training gekauft hat. »Das Halsband ist viel zu stark gepolstert. Da bringe ich dir nächstes Mal ein besseres mit, aus Metall. Das spürt Lotta dann auch. Das Geschirr machst du besser ganz ab. Da merkt Lotta den Zug an der Leine überhaupt nicht. Deshalb zieht sie auch so. Sie spürt keine Konsequenz«, sagt die, klickt meine Leine vom Geschirr ab und befestigt sie am Halsband. Hat die 'nen Knall? Das Geschirr ist dafür da, dass sie mich nicht erwürgt bei dem vielen Gezerre an mir. Man ist das unangenehm. Merkt Sabrina nicht, dass mich ihr permanentes Gezuppel daran total in Rage bringt?

Ich bekomme keine Luft mehr und würge. Sabrina hört nicht auf. Sie zieht immer heftiger an der Leine und damit jetzt an meinem Halsband. Die Kuh lässt mich nicht einmal in Ruhe würgen.

Ich suche verzweifelt Nicoles Blick. Bitte hilf mir. Mach, dass sie damit aufhört! Mist, Nicoles Augen sind glasig. Die ist komplett abgeschossen und ich kann nicht mal zu ihr und ihr helfen. Das darf alles nicht wahr sein. Ich sammle nochmal all meine Kräfte, bekomme mich aber nicht von Sabrina losgerissen. Die zerrt mit voller Kraft an meiner Leine und schnürt mir das letzte bisschen Luft ab. Als ich meine Leckerchen hervorwürge, schiebt sie mich mit ihrem Bein beiseite. Mir wird schwummerig. Ich will jetzt nur weg. Sie reißt mich herum. Es hat keinen Zweck. Nicole weint.

»Bei so einem hartnäckigen Charakter wie Lotta musst du hart durchgreifen«, sagt sie zu Nicole.

Sieht die denn nicht, dass sie das fix und fertig macht. Nicole ist ganz woanders. Sie kämpft mit ihrer Vergangenheit. Ich muss sie zurückholen. Lass mich endlich los! Sabrina zieht und reißt ohne Unterlass weiter.

»Du darfst das nicht so emotional sehen. Das macht Lotta gar nichts aus. Siehst du«, sagt Sabrina zu Nicole und zerrt weiter wie eine Irre an mir herum.

»Wenn das schlimm wäre, würde sie aufhören zu ziehen. Sie hat es selbst in der Hand. Das ist der Sinn der Korrektur. Sie bestraft sich quasi selbst, wenn sie zieht.«

Die spinnt ja total. Mir reicht's. Ich springe hoch und versuche das andere Ende meiner Leine samt der Hand, die mich so quält, zu erwischen. Geschafft. Aber Sabrina verzieht keine Miene. Sie wehrt mich mit ihrem linken Bein ab und drückt mir ihr Knie in die Rippen. Das tut richtig weh. Aber ich habe sie verletzt. Sie blutet. Warum reagiert die nicht? Sie versteckt ihre Hand hinter dem Rücken. Ich fass es nicht. So langsam schwant mir, was Mama mit bösen Menschen gemeint hat.

Nach über einer Stunde hat dieses Martyrium endlich ein Ende und Sabrina übergibt mich wieder an Nicole.

Ich schaffe es recht schnell, sie wieder in die Realität zurückzuholen. Mir fällt ein Stein vom Herzen, als ihr Blick sich wieder ein wenig aufklart. Alles in Ordnung.

Sabrina bringt uns nach Hause und auf dem Rückweg fällt Nicole auf, dass die Hand der Trainerin blutet.

Jetzt kommt's raus, denke ich, aber falsch gedacht. »Ach das. Oh? Halb so wild. Da siehst du mal, wie drüber und wild Lotta ist. Das ist ein Knock-out-Kriterium für Assistenzhunde. Sowas darf sie nicht machen. Egal, wie sehr sie jemand reizt. Du hast ja gesehen, dass sie nichts, was ich gemacht habe, gekratzt hat. Das geht so nicht. Da liegt noch jede Menge Arbeit vor uns, wenn du sie wirklich behalten willst. Ob wir es schaffen, dass sie die Prüfung besteht, ist aber sehr fraglich. Ich würde dir dringend raten, sie zurückzugeben, solange du noch nicht so eine starke Bindung zu ihr aufgebaut hast. Ich kann dir einen Hund suchen, der einen besseren Charakter hat«, sagt Sabrina.

Diese Schlange. Das darf doch nicht wahr sein. Die will mich austauschen? Gegen einen besseren Charakter? Ich bin nicht geeignet? Mich kratzt nichts? Was redet die da? Ich fasse es nicht. Nicole auch nicht, denn sie fängt wieder an zu weinen. Ich rieche Schuldgefühle und Verzweiflung. Oh, nein. Schnell hin zu ihr und sie trösten.

Bin ich froh, als wir endlich zu Hause sind.

Nicole ist aufgewühlt und verzweifelt und mir geht es nicht viel besser.

»Ach Lotta. Was machen wir nur?« Nicole schaut mich traurig an. Ich spüre ihre Verwirrung und wie sie krampfhaft versucht, sich zu sammeln. Ich lecke ihr die Tränenreste aus dem Gesicht und lächle. Schieß Sabrina ab. Die hat keine Ahnung. Wir schaffen das ohne die. Da war Elke ja besser.

Nicole lächelt auf einmal zurück und tätschelt mir über den Kopf. »Lotta, meine Assistenzhündin! Mit einer Eins den Test bestanden. Du bist die Beste!« Jetzt bin ich verwirrt und gucke entsprechend aus dem Fell.

»An allem anderen arbeiten wir noch. Keine Sorge. Ich gebe dich nie wieder her. Dafür habe ich dich viel zu lieb«, sagt Nicole. Ich hab dich auch sehr lieb. Ja, wir schaffen das.

Nicole

Nach fast vier Stunden komme ich mit Lotta endlich wieder zu Hause an. Ich bin fix und fertig und habe nur die Hälfte mitbekommen. Das alles war enorm anstrengend, aber ich bin froh, dass ich eine Trainerin gefunden habe, die Lottas Ausbildung überhaupt machen kann und nicht über 200 km weit weg wohnt. Das alles ist totales Neuland für mich und ich muss mir dringend eine härtere Schale anschaffen.

Ich konnte es kaum ertragen, Lotta so leiden zu sehen. Aber Sabrina hat mir versichert, dass dem gar nicht so ist, dass ihr das nichts ausmacht, und ich nur zu emotional bin.

Das höre ich nicht zum ersten Mal. »Du bist viel zu empfindlich«, heißt es immer. Auf jeden Fall stimme ich mit Sabrina überein, dass ich dringend mit Lotta arbeiten muss. Dass sie so widerspenstig ist, überhaupt nicht mehr hört und sogar beißt, geht gar nicht. Ich habe das Ganze wirklich zu sehr schleifen lassen. Ich habe alles falsch gemacht. Aber ich habe auch keine Ahnung. Jeder sagt mir etwas anderes. Da habe ich extra für das Training ein teures, ergonomisches

Geschirr angeschafft, weil Karin ohne so ein Ding die Hunde gar nicht erst trainiert und bei Sabrina ist das auf einmal komplett falsch.

Aber ich will Lotta nicht würgen. Das ertrage ich nicht und kann mir nicht vorstellen, wie das helfen soll, sie zu erziehen.

Lotta hat damit nur noch mehr aufgedreht. Aber ich kann das als Laie gar nicht beurteilen. Sabrina wird schon wissen, was richtig ist. Ich habe keine Ahnung davon.

Dass Konsequenz, Strenge und Unnachgiebigkeit wichtig sind für die Erziehung, sagen viele und ich bin vorbelastet bei dem Thema. Fühlt es sich deshalb für mich so falsch an? Bin ich da zu empfindsam? Hat Sabrina recht?

Ich habe ein schlechtes Gewissen, weil Lotta Sabrina gebissen hat. Das war mein Fehler. Ich habe nicht genug mit ihr geübt und sie nicht erzogen und nicht im Griff. Ich bin zu nachlässig.

Wenn Lotta die Prüfung zum Assistenzhund nicht schafft, ist das allein meine Schuld.

Ich fühle mich wieder wie betäubt und schiebe die schlechten Gefühle, die nach oben drängen, zurück.

»Lottas Halsband ist viel zu stark gepolstert. Da kann sie die Korrektur gar nicht spüren«, klingt mir noch im Ohr. Verrückt. Genau deshalb habe ich es ausgesucht, weil es schön weich ist und nicht einschneidet. Über mehr habe ich mir gar keine Gedanken gemacht. Woher sollte ich das auch wissen? Ich hole Lottas Halsband, um zu fühlen, und stelle fest, dass ihr Anhänger nicht mehr dran ist. Das Herz aus Leder mit ihrem Namen und den Verzierungen ist weg. Es muss bei Sabrinas ganzem Gezerre abgerissen sein.

Alles, was ich bis jetzt an Gefühlen erfolgreich zurückgehalten habe, überschwemmt mich. Der Damm bricht und die Tränen strömen mir nur so übers Gesicht.

Was ist da passiert? Wie konnte ich das nur zulassen? Das war nicht in Ordnung, was sie mit Lotta gemacht hat. Sie war viel zu grob. Sie hat meine Lotta so stark gewürgt, dass sie sich sogar übergeben musste. Sabrina hat so heftig am Halsband von meinem Schatz gezerrt, dass das Lederherz dabei abgerissen ist.

Wieso habe ich nichts gemacht? Wie konnte ich das zulassen?

Was bin ich für eine Hundemama, dass es so weit kommen konnte. Warum habe ich Lotta nicht beschützt und mich für sie eingesetzt? So durfte sie nicht mit meiner Kleinen umgehen.

Ich muss mit Sabrina darüber reden. Das darf ich nicht so stehen lassen. Ich muss endlich lernen, mich mitzuteilen und durchzusetzen. Für Lotta.

Den Herzanhänger habe ich extra für Lotta entworfen und anfertigen lassen. Direkt nach unserem ersten Treffen, als ich Lotta endlich im Arm halten durfte und sie mein Herz erobert hat. Ich habe ihn Lotta zum Einzug geschenkt. Symbolisch, als Zeichen dafür, dass ihr mein Herz gehört.

Ich bin nicht abergläubisch, aber die Tatsache, dass genau dieser Anhänger jetzt weg ist – durch Gewalt –, ist kein gutes Zeichen.

29

Überforderung 2.0 – durch die Hölle und zurück

Nicole – Januar bis März 2020

Die Trainingsstunden mit Sabrina müssen wir ins neue Jahr verschieben. Seit dem Eignungstest und der anschließenden Doppelstunden-Quälerei geben Lotta und ich uns mit Durchfall und Erbrechen quasi die Klinke in die Hand.

Im Neuen Jahr wird das nicht besser.

Wir sind trainingstechnisch weit im Rückstand. Sabrina macht mir klar, dass wir endlich loslegen müssen, wenn ich Lotta behalten will und sie ein Assistenzhund werden soll. »Wir trainieren am besten gleich zweimal pro Woche mit Doppelstunden. Die Listen, die ich dir gemailt habe, alles, was da draufsteht, hättest du mit Lotta schon in ihren ersten drei Lebensmonaten abarbeiten müssen.«

Das sind echt viele Seiten. Viel zu viel für einen Welpen von drei Monaten in dieser kurzen Zeit, finde ich.

»Ein paar Dinge davon, habe ich doch mit Lotta schon gemacht«, verteidige ich mich. »Und ganz ehrlich, die Übungen am Flughafen brauchen wir nicht. Ich habe nicht vor, mit Lotta irgendwohin zu fliegen.«

»Das ist egal. Es ist Voraussetzung für die Prüfung. Ich kann dir nicht garantieren, dass Lotta die schafft, aber ich muss alles mit euch abgearbeitet haben, wenn ich euch zur Prüfung anmelde. Das wird verlangt und ich werde nichts abhaken, was wir nicht gemacht haben.«

Ich verstehe nicht, warum ich etwas mit Lotta üben soll, was wir niemals machen werden, und sie gar nicht leisten muss.

Dass wir im Supermarkt üben, damit sie weiß, wie sie sich zu verhalten hat und nicht anfängt, die Salami im Regal auszupacken, okay. Auch Bus- und Bahnfahren ist sinnvoll. Das möchte ich irgendwann mit Lottas Hilfe gerne wieder allein schaffen. Genauso wie das stressfreie Spazieren durch die Innenstadt. Das müssen wir auf jeden Fall üben, aber Flughafentraining?

Es ist aussichtslos, mit Sabrina zu diskutieren. Auch beim Thema ›Leinen-Gezerre‹ weicht sie nicht von ihrer Überzeugung ab, dass dies notwendig ist und Lotta nichts ausmacht.

Die meiste Zeit des Trainings hat Sabrina Lotta an der Leine, zerrt sie immer wieder zurück, selbst wenn sie nur Pippi machen muss. »Das geht nicht. Sie soll sich nur auf dich konzentrieren. Ihre Geschäfte muss Lotta davor oder danach erledigen. Wenn sie das in der Prüfung macht, ist sie raus«, sagt Sabrina. Ich will ihr Lotta abnehmen und greife in die Leine. Sabrina dreht sich weg und zerrt weiter wie eine Wahnsinnige an Lotta herum.

»Nein, nein. Ich muss sie erst *ein-eichen*«, protestiert Sabrina und dreht sich erneut von mir weg.

Ein-eichen nennt Sabrina dieses Ziehen, Zerren und Würgen zu Beginn unserer Stunden ab jetzt immer. Oftmals dauert es auch fast die ganze Stunde. Ich bekomme Lotta meist erst gegen Ende des Trainings an die Hand, wenn wir beide fix und fertig sind.

Manchmal lobt mich Sabrina, wie gut ich das mit Lotta mache. »Du hast echt ein gutes Gespür für sie und ein super Timing.« Kurz darauf schimpft sie dann wieder, dass ich zu lasch mit ihr bin, stärker ziehen soll und Lotta nicht so vermenschlichen darf.

»Ich merke, wenn du zu Hause die Regeln, die ich aufgestellt habe, mit Lotta nicht einhältst«, sagt Sabrina. »So kommen wir nicht weiter. Ich dachte, du willst sie behalten und sie soll ein Assistenzhund werden.«

»Ich mache alles so, wie du mir das gezeigt hast«, sage ich, weiß aber, dass sie recht hat. Mir fällt es schwer, Lotta mit der Retriever-Leine, ohne Zug-Stopp, die mir Sabrina extra gegeben hat, an der Heizung anzubinden. Und mehrere Tage am Stück so zu tun, als wäre Lotta gar nicht da. Ich kann meine Maus nicht ignorieren. Diese Art der psychischen Gewalt kann und konnte ich selbst nie ertragen. Das werde ich meiner Lotta niemals antun. Außerdem bleibt sie dadurch kein bisschen besser auf ihrer Decke. Sie will mit aller Gewalt da weg, hört nicht auf zu ziehen und stranguliert sich jedes Mal selbst bis zum Erbrechen.

Das ertrage ich nicht und entferne die Leine wieder.

»Das macht Lotta nichts. Sie muss zur Ruhe kommen. Du bist dafür verantwortlich, wenn sie so aufgedreht ist. Lotta hat die Korrektur selbst in der Hand. Solange sie auf ihrer Decke liegen bleibt, ist alles gut. Sie korrigiert ihr Fehlverhalten damit selbst und lernt, ruhig liegen zu bleiben.« Lotta steht natürlich wieder auf. Sabrina schimpft.

»Lotta Schatz, mach Platz«, sage ich und zeige auf ihre Decke. Lotta kommt und legt sich auf ihren Platz. Ich freue mich und will Sabrina gerade sagen: »Siehst du. Das geht auch ohne Würgen«, da wirft sie Lotta die Schlaufe der Leine um den Hals und zieht dreimal hintereinander so fest daran, das Lotta keucht und quietscht. Ich würde Sabrina am liebsten eine knallen dafür, öffne aber nur den Mund und piepse: »Sie ist doch auf ihre Decke gegangen. Wofür hast du sie jetzt bestraft?«

»Nicht bestraft. Ich habe sie korrigiert.«

»Aber wofür? Sie hat doch alles richtig gemacht?«

»Nein. Sie sollte vorher schon auf die Decke. Das war zu spät und musste korrigiert werden.«

»Aber du hast sie ja jetzt fürs ›Platz machen‹ bestraft.«

»Das siehst du falsch.«

Die Diskussion hier führt zu nichts, außer dass ich noch mehr verzweifle als ohnehin schon. Ich entferne die Leine wieder von ihrem Hals und streichle Lotta hinter den Ohren, um sie zu beruhigen.

»Du darfst nicht auf sie reagieren. Nur, wenn sie merkt, dass sie für deine Aufmerksamkeit arbeiten muss, entwickelt sie den ›Will to please‹ «, wirft Sabrina ein. Ich streichle einfach weiter über Lottas Fell und beame mich geistig an einen anderen Ort. Hoffentlich ist das Training gleich vorbei. Ich kann nicht mehr.

»Die Übung mit dem Futter hast du sicher auch nicht gemacht, oder?«

»Doch, natürlich!« Das trotzige Kind in mir ist da. »Das mache ich von Anfang an mit ihr. Ich fülle den Napf, lasse Lotta davor absitzen. Erst, wenn sie mich anschaut, gibt's das ›Okay‹ von mir und sie darf fressen.«

»Nein. Das meine ich nicht. Du solltest ihr das Futter ein paar Mal ganz wegnehmen und gar nicht wieder hinstellen. Du beendest ihre Mahlzeit, so dass sie lernt, dass sie von dir abhängig ist.« »Nein, nicht ganz wegnehmen. Das kann ich doch nicht machen. Ich stelle ihr das danach wieder hin, damit sie aufessen kann. Sie muss doch zu Ende essen können«, piepse ich und kämpfe wieder mit Dämonen aus meiner Kindheit.

Ich komme mir immer dümmer und unfähiger vor. Jedes Mal, will ich Sabrina die Meinung sagen, mir Lotta schnappen und das Training abbrechen. Vor allem, als Sabrina meine Leine samt Halsband gegen ihre kaputte Retriever-Leine ersetzt und Lotta damit immer heftiger stranguliert, beziehungsweise ›ein eicht‹.

Die meisten Trainingsstunden bekomme ich kaum mit, weil ich dissoziiere und geistig komplett wegtrete.

Das Einzige, was ich hinbekomme, ist den Versuch abzuwehren, Lotta ein Metall-Würgehalsband anzulegen. »Nein! Das ziehe ich Lotta auf gar keinen Fall an. Kannst du gleich wieder mitnehmen.« Sabrina lacht und rollt mit den Augen. »Ist ja gut. Du siehst das, wie immer, völlig überzogen. Mal wieder viel zu emotional. Aber gut. Dann eben der schwere Weg.«

Mit jedem Tag, der in dieser Trainingshölle vergeht, sinke ich tiefer in meine alten, kindlichen Verhaltensmuster aus Angst, Ohnmacht, Schuld und Verzweiflung.

Jedes Fehlverhalten von Lotta und jede Übung, die nicht funktioniert, schiebt Sabrina entweder auf Lottas unfähigen Charakter als Assistenzhund oder auf meine Nachlässigkeit.

»Du musst das weniger emotional sehen und lernen, dich zusammenzureißen. Deine Unsicherheit färbt auf Lotta ab. So kann das nichts werden. Lotta soll für dich arbeiten und dich nicht noch zusätzlich belasten. Sie muss ruhiger werden, unbedingt.« Sie schimpft über Tina, die mir als Züchterin einen anderen Welpen hätte aussuchen müssen. »Die hat dir einen Welpen gegeben, der völlig unfähig ist als Assistenzhund. Lotta ist viel zu dickköpfig.«

Auch Chris wird als Sündenbock für das nicht fruchtende Training bald mit ins Boot geholt. »Ich muss mit deinem Lebensgefährten mal ein ernstes Wort sprechen. Der macht uns alles kaputt. Du hast ihm doch gezeigt, wie das mit der Leine geht und dem Schnauzgriff, wenn Lotta wieder beißt, oder?«

»Ja, aber er hält davon nichts. Er will das nicht machen. Wir streiten schon ständig deswegen.«

»Ich rede mal mit ihm. Das wird so nichts, wenn er uns so reingrätscht. Damit macht der unsere ganze Arbeit und jeden Erfolg kaputt.«

Von Erfolg würde ich nicht sprechen. Lotta dreht immer mehr auf, beißt Chris abends auf der Couch regelmäßig blutig und dieser Schnauzgriff, der Lotta sichtlich und hörbar wehtut, verstärkt die Attacken noch mehr.

Auch die Katzen werden von Lotta bei ihren abendlichen Ausrastern verstärkt gejagt, so dass ich Angst bekomme, Lotta könnte sie ernsthaft verletzen. Sabrina legt ihren Finger in genau die Wunde. »Das ist kein Spielen mehr«, sagt sie, als sie das Ganze bei uns zu Hause beobachtet. »Das hier ist ernst. Todernst. Du musst unbedingt etwas unternehmen. Hast du eine Plastikflasche«, fragt sie und ich denke, dass jetzt diese Aktion mit dem Wasser kommt, die ich schon im Fernsehen bei diesem Hundeprofi so schlimm fand, aber es kommt schlimmer.

»Da füllst du kleine Steine rein. Die Kiesel draußen vor der Tür eignen sich gut. Die Flasche wirfst du Lotta dann in den Nacken, sobald sie den Katzen nachstellt. Aber du musst genau aufpassen, dass du den richtigen

Moment erwischst, nicht dass sie das falsch verknüpft.«

Meine Kinnlade klappt nach unten. Erst frage ich nochmal nach. Das habe ich sicher falsch verstanden.

»Nein, nein. Du wirfst Lotta die Flasche zielgenau in den Nacken«, sagt Sabrina.

Ich schüttele ungewohnt energisch mit dem Kopf und werde sogar laut. »Nein. Sowas mache ich nicht. Ich werfe Lotta doch keine Flasche mit Steinen in den Nacken.«

»Jetzt übertreib nicht wieder. Das soll sie doch nur erschrecken. Lotta muss das halt spüren, so unbeeindruckt und schmerzfrei, wie die ist. Da müssen wir schon stärkere Geschütze auffahren. Oder willst du demnächst hier eine tote Katze liegen haben? Das wird nämlich passieren, wenn du Lotta nicht in die Schranken weist.« Mir schießen Tränen in die Augen. Allein bei der Vorstellung, Stevie, Snipes oder Lucy könnten bald totgebissen hier liegen, wird mir schlecht. Egal wie ich es drehe und wende, jedes Szenario ist furchtbar. Eigentlich traue ich Lotta so etwas nicht zu. Sie mag die Katzen. Das spüre ich. Aber kann ich mich auf meine

Gefühle verlassen? Was, wenn ich mich, wie so oft, irre. Ich muss etwas tun, keine Frage. Wenn es so ernst ist, wie Sabrina sagt, und dass alles nicht nur Lottas Spieltrieb geschuldet ist. Aber auf diese Art und Weise? Nein. Das kommt nicht in Frage. Das muss anders gehen. In den folgenden Nächten plagen mich neue furchtbare Albträume, in denen ich meine Katzen schreien höre und mir Lotta mit blutverschmiertem Maul entgegenkommt.

Mehr und mehr sind mir die Trainingsstunden mit Sabrina zuwider, aber ich schaffe es nicht, mich mitzuteilen und durchzusetzen. Sabrina kennt sich gut aus mit den Folgen einer Posttraumatischen-Belastungsstörung und weiß von meinen Unfähigkeiten. Ich habe das Gefühl, sie kennt mich besser als ich mich selbst. Sie weiß genau, wo meine Knöpfe sind und drückt sie fleißig.

Das ist für mich kaum zu ertragen, aber am schlimmsten ist es für Lotta. Warum habe ich das zugelassen? Diese Frage quält mich bis heute.

Liegt es an der Opfermentalität, dass ich mich derart manipulieren lasse? Kann ich nichts gegen diese

Ohnmacht unternehmen? Ich weiß es doch aus eigenen Erfahrungen besser.

»Wissen allein reicht in der Trauma-Bewältigung nicht«, sagte eine Therapeutin einmal. »Im Kopf können Sie alles genau wissen. Entsprechend zu handeln, ist jede Menge Arbeit und muss geübt werden.«

Was mich wehren und für mich einstehen angeht, darin habe ich keine Übung. Aber ich dachte immer, für andere, vor allem für meine Fellnasen, würde ich zum Tier werden, wenn jemand ihnen wehtut. Warum gelingt mir das hier nicht? Warum habe ich Lotta nicht geholfen?

Weil ich ohnmächtig bin, vollkommen unfähig durch mein Trauma? Das kommt mir vor wie eine fade Ausrede. Nein. Es gibt nichts zu entschuldigen. Ich habe die Verantwortung für Lotta. Ich bin diejenige, die meinen Schatz beschützen muss.

Der Schmerz, dazu nicht in der Lage zu sein, diese Ohnmacht, ist unbeschreiblich.

Das Schlimmste ist eingetreten. Ich bin vom Opfer zum Täter geworden und was mache ich? Ich suhle mich in Selbstmitleid, anstatt etwas zu unternehmen.

Die Verantwortung für Lotta, für mein Kind, kann ich nicht auf andere abwälzen. Ich bin zuständig, dafür zu sorgen, dass es meinem Schatz gutgeht. Ich muss mir Hilfe suchen, und wenn das nicht geht, dann bin ich verdammt nochmal dazu verpflichtet, dies einzugestehen und Lotta in die Obhut von jemanden zu geben, der oder die das hinbekommt, selbst wenn ich daran zerbreche.

In diesen Tagen kämpfe ich mit dem Gedanken, Lotta wieder zurückzugeben. Nicht, weil Sabrina recht hat. Nicht, weil Lotta falsch ist. Nein. Einfach deshalb, weil Lotta es bei mir nicht gut hat. Weil ich dieses wertvolle Geschöpf kaputtmache.

Beim Gedanken daran, sie wegzugeben, zerspringt mein Herz in tausend Stücke. Wir wollten doch für immer zusammen sein.

Aber nicht so. Das hat Lotta nicht verdient. Was mit mir ist, ist zweitrangig und so wie jetzt, kann es nicht weitergehen.

Ich schade ihr. Sie ist krank wegen mir. Sabrina sagt mir immer wieder, dass Lotta auf mich, auf meine Emotionen, reagiert, und die sind zurzeit dauerhaft ›out of control‹, genau wie Lotta.

Mein ganzer Körper rebelliert, sobald ich an das Training mit Sabrina denke. Je näher die Termine kommen, desto öfter hechte ich zur Toilette. Lotta hat weiterhin ständig Durchfall. Inzwischen haben wir sämtliche Futtermarken durch und auch Allergien ausgeschlossen.

Wir gehen auf dem Zahnfleisch und meine Unsicherheit ist grenzenlos.

Soll es das jetzt gewesen sein? Kann ich die Sache abhaken? Den Traum, dass Lotta als Assistenzhund mit mir durch ein neues Leben in Freiheit geht? Ohne Trainerin auf jeden Fall und ohne passenden Hund auch. Sollte ich Lotta aufgeben? Hat Sabrina recht und sie ist der falsche Hund? Ich will Lotta nicht austauschen, will sie nicht verlieren. Auf keinen Fall. Ich will auch keinen neuen Hund. Ich habe schon genug Schaden an einer Hundeseele angerichtet.

Es geht meiner Maus nicht gut. Neuerdings hat sie jeden Tag extreme Muskelzuckungen, die sie wie aus heiterem Himmel überfallen.

Der Verdacht auf Epilepsie steht im Raum. »Das musst du unbedingt untersuchen lassen. Wenn Lotta das hat, wusste die Züchterin das und hat dir einen kranken Hund verkauft. Das ist das Allerletzte, vor allem, weil sie weiß, dass du Lotta dann als Assistenzhund vergessen kannst. Ruf sie auf keinen Fall mehr an. Erzähle ihr nichts mehr. Wenn Lotta krank ist, musst du Schadensersatz einfordern und deine Züchterin wäre vorgewarnt, wenn du ihr was erzählst.«

Ich traue mich nicht mehr, Tina anzurufen, bin zutiefst verunsichert und habe Angst, vor dem, was alles kommt. Alles, was ich tue, ist falsch.

Es zu lassen auch. Untätigkeit kann fatale Folgen haben.

Sabrina gelingt es systematisch, mir jeden noch so kleinen Halt zu nehmen.

Bald ist keiner mehr da, den ich um Rat fragen kann, an dem ich mich orientieren kann. Alle sind falsch, wissen und verstehen nichts und verschlimmern meine Situation, laut Sabrina.

Die wenigen Menschen, die ich noch habe, die mir einen Ausweg aufzuzeigen könnten, so dass ich wieder klar im Kopf werde, stehen außen vor. Dafür sorgen

Sabrina und mein eigenes verqueres Misstrauen gegen alles und jeden.

Mein Vertrauen wird auf eine harte Probe gestellt und auf Raten zerstört.

Seit ich denken kann, ist Vertrauen ein riesiges Problem für mich. Es ist eine Dauerbaustelle, schlimmer als der ›BER‹, nur dass der Geld verschlingt, anstatt Kraft und Hoffnung.

Lotta

Die Schule macht mir keinen Spaß mehr. Ich weiß nicht, was Sabrina von mir will. Ich strenge mich an. Egal wie weh es tut, ich lasse mich nicht unterkriegen und doch ist es nicht richtig. Chris und Nicole streiten in letzter Zeit ständig. Ich glaube, wegen mir. Das ist schlimm und ich versuche sie dann abzulenken, indem ich hier herumflitze und hüpfe. Sie sollen nicht wegen mir streiten. Ich will doch, dass sie glücklich sind. Sie zum Lachen bringen und jede Menge Spaß mit ihnen erleben.

Ich tobe mit Chris auf der Couch und versuche ihn mit Balgen auf andere Gedanken zu bringen. Aber der wird dann nur noch lauter. Und überhaupt ist hier eine schlimme Luft. Es riecht nach Wut, Angst und Verzweiflung.

Ich will helfen und verfalle in Arbeitswut, kann mich oft gar nicht mehr beruhigen. Wohin nur mit meinen ganzen Gefühlen, vor allem mit der Unsicherheit. Die darf keiner merken. Meine Wut wird auch immer mehr. Die will raus, darf aber nicht.

Das schlaucht auf Dauer, sage ich euch. Meine Muskeln machen, was sie wollen. Irgendwas zuckt immer. Wie soll man da schlafen?

Mit so einem Würgeding am Hals schon mal gar nicht. Keine Ahnung, was das soll, aber ich lasse mich davon nicht zurückhalten.

Ich muss zu Nicole. Ihr geht es immer schlechter. Sie braucht mich jetzt. Warum sieht das keiner?

Diese Sabrina hat überhaupt keine Ahnung. Sie sagt, ich hätte keine Bindung zu Nicole und würde sie belasten. Stimmt das? Ich weiß nicht, was ich machen soll.

Die Katzen sind mir auch keine Hilfe. Die rennen ständig vor mir weg, dabei will ich nur mit ihnen spielen. Mir fehlt das Herumtollen so. Das macht Nicole kaum noch mit mir. Ich muss immer nur hören, strammstehen und bei Fuß laufen. Keine Blicke nach rechts und links sind erlaubt. Schnuppern wird bestraft. Selbst Pippi-Machen ist nicht in Ordnung. Also, wenn dies das Leben eines Assistenzhundes ist, will ich gar keiner mehr sein. Ich habe mir das anders vorgestellt und auch Oma hat mir von solchen Dingen nichts erzählt. Selbst Mama hat mich nie so dolle in die Schnauze gezwickt. Das hat sie immer nur ganz leicht gemacht und kurz, um mich zurechtzuweisen. Nicole macht es stärker. Das tut echt weh. Aber Sabrinas Griff ist die Hölle. Und die Kuh behauptet dann noch felsenfest, dass mir das nicht wehtun würde. Sie drückt so fest zu, dass meine Zähne ins Zahnfleisch stechen und hält so lange fest, bis ich fast verrückt werde vor Schmerzen.

Ich hoffe, das wird jetzt hier kein Dauerzustand. Das ist nicht zum Aushalten.

Nicole

Der März schleicht schon um die Ecke, aber er hat den Frühling vergessen. Es ist kalt, dunkel und nebliger als im Herbst. Meine Beschwerden werden immer schlimmer, genau wie die Überforderung. Ich taumele jeden Tag über meiner Belastungsgrenze herum. Ich kann nicht mehr.

Die Tage, an denen ich über dem Klo hänge und die Nächte durchmache, weil Lotta ebenfalls alle halbe Stunde ihren Darm explosionsartig entleert, schlauchen mich.

So langsam glaube ich Sabrina, dass Lotta der falsche Hund ist und ich mit ihr in einer Sackgasse stecke.

Mir geht es elender als je zuvor, und Lotta ziehe ich gleich mit in meinen Abgrund. So geht das nicht weiter. Lotta ist kein Assistenzhund. Und ich bin für einen Hund komplett ungeeignet, weil ich sie kaputtmache. Aber wenn ich daran denke, Lotta wegzugeben, fühlt es sich wie Sterben an. *Das überlebe ich nicht.*

Meine Wahrnehmung ist komplett verzerrt. Ich bin ständig neben mir, klammere mich an jeden Strohhalm, den Sabrina mir hinhält und an die Hoffnung, dass alles gut werden kann, wenn ich mit Lotta nur hart genug arbeite und mich zusammenreiße.

Ich mache alles wie in Trance, helfe Lotta nicht einmal, als Sabrina ihr beim Eineichen mit voller Wucht in die Seite tritt. Ich stehe nur da. Fassungslos, hilflos und erstarrt.

Mein Selbsthass und die Verzweiflung treiben mich jeden Tag tiefer in schlimme Gedanken. Ich habe Lotta nicht geholfen. Ich habe das zugelassen. Ich habe ihr Schmerzen zugefügt. Ich bin ein schlechter Mensch. Ich bin kein Opfer, ich bin Täter. Ich will und kann das nicht mehr.

Diese Flut von Gedanken spült mich in einen tiefen Abgrund und so sitze ich in dieser Nacht vor einer Schachtel mit starken Beruhigungsmitteln und zähle die Tabletten, die ich brauche, um am nächsten Tag nicht mehr aufzuwachen.

Scheiße bin ich feige.

Lotta kommt zu mir geflitzt, packt mit der Schnauze meinen Arm und zerrt so lange an mir, bis ich auf sie reagiere. Sie hört nicht auf. Ich stoße sie weg, aber sie lässt sich davon nicht beeindrucken und macht weiter.

»Mann, Lotta. Was ist denn?«

Sie hält den Kopf schief, rennt Richtung Couch und schnappt sich ihr Bärchen. Mit großen Hüpfern und dem Plüschtier im Maul kommt sie auf mich zu. Ihre Ohren fliegen wie Propeller.

Es fühlt sich an, als würde sie mich auffangen, während ich falle. Ich kann gar nicht anders und fange an zu lachen. Tränen laufen mir über die Wangen.

Fast hätte ich richtig scheiße gebaut. Ich streichle und küsse Lotta. Schließe meinen Schutzengel in meine Arme. Ihr Fell und der Druck ihres Körpers tun gut.

Das verdient eine fette Belohnung. »Good Girl! Fein, Lotta! Mein Mädchen, mein Assistenzhund.«

Ich drücke sie an mich und in diesem Moment wird mir etwas bewusst. Wir sind gewaltig in Schieflage geraten. Ich muss einen anderen Weg mit Lotta gehen.

Am nächsten Morgen sage ich die Trainingsstunden bei Sabrina ab. Lotta bereitet mir immer mehr Sorgen, so dass ich einen Termin bei unserer Tierärztin vereinbare, bei der wir in letzter Zeit fast wöchentlich auf der Matte stehen.

Nach jeder Behandlung ist der Erfolg nur von kurzer Dauer. Spätestens am dritten Tag ist der Durchfall wieder da und Lottas anfallartige Zuckungen werden immer schlimmer.

Ich habe brav Tagebuch geführt, so wie die Ärztin mir das empfohlen hat.

Wann, wo, wie und in welchen Zusammenhängen die Anfälle auftreten habe ich in Tabellenform fein säuberlich aufgelistet und zum Termin mitgebracht.

Die Angst, dass Lotta schwer krank sein könnte, lähmt mich stärker als der Gedanke an die Trainingsstunden mit Sabrina. Gut, dass ich wenigstens der Tierärztin wieder mehr vertraue und mir sicher sein kann, dass sie für Lotta nur das Beste will. Anfangs war ich fast wütend, dass sie nicht wusste, was ein Assistenzhund ist und mich bei der Erklärung, dass ich dafür eine spezielle Ausbildung mit Lotta machen muss, nur schief angesehen hat.

»Habe ich noch nie von gehört. Ich kenne einen Soldaten, der sich einen Hund auch extra für sein Trauma ausbildet. Aber der macht das mit einer ganz normalen Trainerin. Was ist denn das für eine, die Sie da haben? Sie war noch gar nicht bei mir. Haben Sie ihr nicht Bescheid gesagt, dass ich sie kennenlernen möchte?«, fragt unsere Tierärztin und ich nicke wie wild. »Doch, das habe ich und Sabrina hat mir auch versprochen, dass sie sich bei Ihnen deswegen meldet.«

»Das hat sie aber bisher nicht. Die ganze Sache kommt mir sehr suspekt vor, Frau Kunkel. Das, was Sie da alles mit Lotta machen, ist viel zu viel für einen Welpen. Ich glaube, wir können Epilepsie bei ihr ausschließen. Wenn ich mir ihre Aufzeichnungen so ansehe, sieht das eher nach Übersprungreaktionen aus. Die Zuckungen kommen vom Stress. Das würde auch den ständigen Durchfall erklären. Ja. Das passt ins Bild und bestätigt meinen Verdacht, den ich von Anfang an hatte. Lotta ist überfordert.« Ich schlucke und kämpfe gegen Tränen an. »Das ist meine Schuld«, presse ich heraus. »Ich habe der Trainerin vertraut.« Die Tierärztin reibt mir über den Arm. »Ist nicht schlimm. Das kriegen Sie wieder hin. Lotta hat Sie gern. Die steckt das weg. Ich gebe Ihnen mal die Nummern von zwei ganz tollen Hundetrainerinnen mit, die ich sehr schätze und bei denen ich mir sicher bin, dass Sie gut mit Ihnen klarkommen werden. Und Sie kommen jetzt erst einmal mit Lotta zur Ruhe. Ich bin mir sicher, dass es ihr dann ganz schnell wieder besser geht und die Zuckungen samt Durchfall bald Geschichte sind. Melden Sie sich bei mir die Tage mal und geben Rückmeldung, ja?«

Ich schäme mich und würde am liebsten aus der Praxis rennen.

»Sei froh, dass du so eine tolle Tierärztin hast, die dir hilft und einen klaren Blick behält«, sagt eine Stimme in mir. Ich presse ein »Danke, das mache ich«, heraus und verabschiede mich. In meinem Kopf schwirrt und pocht alles und eine unerträgliche Schwere legt sich auf meine Brust. Diese Schuld wiegt Tonnen. Was habe ich getan? Wie konnte es so weit kommen?

Lotta

Nicole kocht mir heute Abend mein Lieblingsgericht. Reis mit Hühnchen und Karotten.

Den Tierarztbesuch habe ich mit Links gewuppt, wie immer.

Die Ärztin kenne ich inzwischen gut. Sie kennt mich auch. Sie versteht mich. Ich mag sie viel lieber als Sabrina.

Essen ist fertig! Lecker schmeckt das.

Stellt euch vor, Nicole krault mir jetzt meinen Bauch.

So kann das jeden Tag sein.

»Alles wird wieder gut, mein Schatz. Es tut mir alles so leid. Keine Angst. Du bist mein Assistenzhund. So oder so. Ich weiß das und du weißt das. Wir brauchen die blöde Sabrina nicht. Auch keine Prüfung. Wir scheißen einfach auf diesen dummen Wisch. Ist doch nur ein Stück Papier«, sagt Nicole.

Ich springe auf und schlabbere ihr durchs Gesicht. Ich muss mich echt zusammenreißen, ihr nicht vor lauter Freude und Erleichterung in die Nase zu zwicken.

30

In der Ruhe liegt die Kraft

Nicole – März 2020

Endlich kehrt Ruhe ein. Lottas Durchfälle hören auf und auch die komischen Zuckungen lassen nach, ganz ohne irgendwelche Medikamente.

Lotta bleibt immer öfter auf ihrer Decke liegen – einfach so, ohne Zwang und Leine. Sie schnarcht sogar lautstark und reckt auf dem Rücken liegend alle viere von sich. Ich kann es kaum fassen.

Meine Gefühle und Gedanken spielen verrückt. Von einem Moment zum anderen verwandeln sich

Freudensprünge in schwere Schuldgefühle, die mich erdrücken.

Das Handy klingelt. Ich sehe Sabrinas Nummer im Display und mein Herz hört kurz auf zu schlagen. Mir wird heiß und kalt gleichzeitig. Ich zittere und Schweiß schießt mir aus allen Poren.

Nein, ich bin nicht bereit. Ich will auf dieses Gespräch vorbereitet sein. Jetzt würde das in die Hose gehen, das weiß ich und lasse es klingeln.

Ich suche Hilfe im Netz. In den sozialen Medien werde ich fündig. Es gibt ein paar gute Gruppen zum Thema Assistenzhunde und in einer, die mir passend scheint, werde ich Mitglied.

Es kostet Überwindung, meine Probleme und Unfähigkeiten dort preiszugeben.

Ich schäme mich für die Gewalt, die ich nicht nur zugelassen, sondern selbst an Lotta ausgeübt habe.

Ich hätte nie gedacht, dass es so viele Leute gibt, denen es genauso geht oder sogar noch schlimmer ergangen ist als mir und Lotta.

Wir werden herzlich aufgenommen, getröstet und bekommen dazu jede Menge Informationen und Tipps.

Ich werde auf einen Verein aufmerksam, der Assistenzhunde-Teams, und denen, die es werden wollen, bei Problemen zur Seite steht und führe einige erhellende Telefonate.

Unfassbar, dass es in Deutschland gar kein richtiges Gesetz für Assistenzhunde gibt. All das, worauf Sabrina gepocht hat, ist Wischiwaschi. Es gibt in Deutschland keine gesetzlichen Richtlinien, weder für Assistenzhunde noch für deren Prüfung und schon gar nichts darüber, wie diese genau auszusehen hat.

Deshalb gibt es jede Menge schwarze Schafe, die daraus Profit schlagen.

»Aber wenn die Prüfung nicht geregelt ist und das Zertifikat keinen Wert hat, wie kann ich dann nachweisen, dass Lotta mein Assistenzhund ist und ich sie in den Supermarkt oder zum Arzt mitnehmen darf?«

»Mit dem Zertifikat kannst du dir im Moment noch den Popo abwischen. Alle, die damit in den Läden rumwedeln, verschlimmern die Verwirrung und das Problem noch. Immer mehr Leute denken, dass man das Ding braucht. Solange es kein Gesetz dafür gibt, das das regelt, gilt das Grundgesetz. Du hast ein Recht auf eine selbstständige Lebensführung. Lotta ist dein Hilfsmittel, damit du dazu in der Lage bist. Ein ärztliches Attest, das dir dies bestätigt und dein Schwebi-Ausweis reichen. Der Zutritt darf ihr nicht verwehrt werden. Sogar in der Ausbildung nicht. Du musst mit ihr den Alltag auch üben können«, wird mir versichert.

Das klingt logisch und ich schöpfe wieder Hoffnung.

Wir brauchen diesen Wisch nicht. Klar muss ich Lotta gut ausbilden. Sie soll hören und sich zu benehmen wissen. Vorher würde ich sie ohnehin nicht mit in einen Laden nehmen. Zum Üben reicht für den Anfang ein Tierfachgeschäft, wo sie ohne Diskussionen rein darf. Aber alles ganz piano. Erst einmal die Grundlagen. Die speziellen Übungen macht man ohne hin mit den Hunden erst, wenn sie mindestens ein Jahr alt und ruhiger sind, erfahre ich. Logisch. Das kann ich nachvollziehen.

Warum bin ich darauf nicht selbst gekommen? Lotta ist noch zu verspielt, egal wie lernfähig und gut sie ist, sie ist gar nicht in der Lage, sich für längere Zeit auf solch schwere Aufgaben zu konzentrieren.

Einen Schritt nach dem anderen. In der Ruhe liegt die Kraft und das führt zum Erfolg. Ganz langsam, mit Liebe und Geduld, schaffe ich es, dass Lotta mit mir an der

Leine neben mir läuft und auch auf Ruf wieder zu mir zurückkehrt. Noch lange nicht perfekt, aber sie schaut immer besser nach mir, ohne Gezerre und Würgen am Halsband. Was für ein Erfolg! Ich bin stolz darauf, so etwas allein ohne Trainer zu schaffen.

Das gibt mir die Motivation, mich gründlich in die Thematik der gewaltfreien Erziehung mit positiver Verstärkung einzuarbeiten. Parallel dazu berät mich unsere Tierärztin. Meine oberste Priorität wird, Lotta zwar so gut wie möglich auszulasten, aber auf keinen Fall zu überfordern. Vor allem mit kurzen zehn minütigen Trainingseinheiten und Kopf- und Nasenarbeit gelingt das gut. Lotta liebt es, wenn ich den Futterdummy mit Leckereien fülle und verstecke.

Sie blüht richtig auf und ihre Kuscheltier-Sammlung, die stetig wächst, integrieren wir spielerisch ins Training.

Inzwischen kennt sie schon zehn ihrer Plüschis mit Namen, die sie nach Aufforderung von mir sucht und zu mir bringt. Von fehlender Bindung zu mir, keine Spur.

Ich rufe nur »Lotta! Such Delfi« oder »Bring Bärchen« und sie hüpft los. Ganz schnell hat sie raus, wer, wer ist und was ich von ihr will. Wir haben beide dabei Spaß ohne Ende.

Ich nehme mir viel Zeit und spreche mich regelmäßig mit unserer Tierärztin ab. Die hört gar nicht mehr auf, mich zu loben.

»Sie machen das ganz klasse mit Lotta. Das wird alles. Machen Sie sich keine Vorwürfe mehr. Ihr geht es gut. Lotta hat das gut weggesteckt. Haben Sie schon Kontakt zu einer der Trainerinnen, die ich Ihnen empfohlen hatte, aufgenommen?«

Mein Kopf und meine Schultern rutschen wieder nach unten.

»Nein, noch nicht. Mir ist das noch zu früh. Noch alles so frisch. Ich kann mich jetzt noch nicht auf jemand neuen einlassen.«

»Bei den beiden müssen Sie keine Sorge haben. Das sind super Trainerinnen mit viel Erfahrung. Aber, in Ordnung. Nehmen Sie sich die Zeit, die Sie brauchen.«

Ich bin unserer Tierärztin unendlich dankbar für ihr Verständnis und ihre Unterstützung. Sie erklärt sich sogar dazu bereit, alles, was mit Lotta passiert ist, dem Veterinäramt zu berichten. Wir waren oft genug bei ihr in dieser schweren Zeit. Alle Symptome von Lotta sind bei ihr mit Datum erfasst, was meine Schilderungen untermauert und glaubwürdig macht. Der Verein hat mir nahegelegt, dass das Ganze dem Veterinäramt gemeldet werden sollte und es dazu wichtig ist, dass alles aus ärztlicher Sicht dokumentiert ist. Ich will nicht, dass Sabrina Probleme bekommt und auch kein Schmerzensgeld oder sowas einklagen, darum geht es mir nicht. Die Tatsache, dass sie sich ›gewaltfreies Training nach der Tierschutzverordnung §11‹ auf die Fahnen schreibt und mich dazu gebracht hat, Lotta, die mir eigentlich helfen soll, mit meinen Gewalterfahrungen zurechtzukommen, eben solche Gewalt anzutun, macht mich unsagbar wütend. So jemand sollte nicht mit traumatisierten Menschen arbeiten und schon gar keine Hunde für diese spezielle Aufgabe trainieren.

Ich muss ein ausführliches Gedächtnisprotokoll über das Training mit Sabrina verfassen, wozu ich Wochen brauchen werde – und mehr als eine psychotherapeutische Krisensitzung.

Eine nette und einfühlsame Dame vom Veterinäramt führt in dieser Zeit ebenfalls ein langes Telefonat mit mir.

Sie hält fest, dass in unserem Fall zahlreiche Verstöße gegen das Tierschutzgesetz vorliegen und alles entsprechend geprüft wird. Ich müsste mir aber keine Sorgen machen.

Genau das tue ich aber. Meine Angst, dass ich Lotta jetzt doch verlieren könnte, erwischt mich mit voller Breitseite.

Es wird höchste Zeit, dass für mich endlich ein wenig Ruhe einkehrt. Dem ersten Lockdown sei Dank, bekomme ich die Ende März dann auch. Yippie! Die neue Trainer-Suche ist erst einmal auf unbestimmte Zeit vertagt.

Ein Mitarbeiter des Vereins für Assistenzhunde-Teams nimmt mir dazu das schwierige Gespräch mit Sabrina ab und regelt alles mit dem Fonds, damit ich dadurch keine Probleme bekomme.

Mir fällt ein Felsbrocken vom Herzen, als ich erfahre, dass alles gut ausgeht und ich die Leistungen für Lotta weiterhin erhalten werde, solange bis das mir bewilligte Budget ausgeschöpft ist. Wir können beruhigt und um einiges leichter auf einem neuen Weg in die Zukunft starten. Was für ein Lichtblick am Horizont.

Lotta

Die Luft daheim ist wieder besser. Es ist endlich ruhiger bei uns. Chris und Nicole streiten nicht mehr wegen mir.

Und Chris ist beim Training jetzt immer dabei. Das ist wichtig für Nicole. Sie fühlt sich damit sicherer. So etwas wie mit Sabrina darf nie wieder passieren. Da muss sie sich aber keine Gedanken machen. Die neue Trainerin ist klasse. Ich mag sie total gerne. Sie lobt mich oft. Überhaupt findet sie mich super.

»Lotta ist ein Schatz. Ein tolles Team seid ihr«, hat sie letzte Stunde gesagt. Und da gibt's nichts. Nicole und ich sind einfach unschlagbar.

Im Gruppentraining lerne ich jedes Mal neue Hunde kennen. Das finde ich mega. Wenn wir unsere Übungen gemacht haben, darf ich mit denen jedes Mal spielen und flitzen. Das mag ich am meisten. So kann das bleiben!

31

Es könnt' ein Anfang sein

Lotta – April 2020

Draußen wird es endlich wieder heller und wir gehen öfter zum Üben auf die große Wiese in unserer Wohnanlage.

Ich darf da richtig Dampf ablassen und Nicole immer den Futterbeutel bringen. Da sind jedes Mal leckere Sachen drin, sag ich euch.

Es macht einfach nur Spaß und Nicole versteht mich endlich besser. Kein Wunder, jetzt wo diese blöde Sabrina ihr nicht mehr ständig reinredet.

Ich merke, dass sich Nicole langsam immer sicherer fühlt.

Ist das nicht ein klasse Erfolg? Das ist genau das, was ich machen soll – ihr Sicherheit geben.

Ich werde doch noch Assistenzhund, juhu!

Mein Traum wird wahr. Heute bekomme ich meine Arbeitsweste.

Sie leuchtet in Neon-Gelb und Rot. Und in der Mitte steht in großer Schrift, dass es jeder sehen kann: **ASSISTENZHUND**. Ein Symbol ist auch aufgestickt. So eine durchgestrichene Hand, damit jeder weiß, dass man mich nicht stören darf.

Wenn ich diese bunte Decke trage, heißt das, dass ich bei der Arbeit bin. Niemand darf mich dann ablenken. Wenn ein Hund sowas anhat, sprecht ihn nicht an und streichelt ihn nicht.

Wir müssen uns dann voll und ganz auf unseren Job konzentrieren.

Ich kann es gar nicht erwarten.

»Nur zum Anprobieren. Die ist für später«, sagt Nicole und zieht sie mir über. »Passt wie angegossen!«

Das fühlt sich klasse an. Ich glaube, ich bin um einen ganzen Kopf gewachsen. Ich liebe meine Kenndecke. Am liebsten würde ich sie die ganze Zeit anbehalten, aber Nicole zieht sie mir wieder aus und hängt sie in den Schrank. »Bis wir damit üben, dauert es noch ein bisschen. Aber wir schaffen das. Die steht dir echt gut. Ich bin stolz auf dich, mein Schatz.«

Nicole – Mai 2020

Lotta und ich spielen uns ein. In kleinen Schritten bauen wir das verlorene Vertrauen wieder auf.

Lotta schläft inzwischen morgens sogar länger als ich. In den Nächten, in denen ich kämpfe und mich verloren fühle, ist sie zu meinem Fels in der Brandung geworden. Dann darf sie am nächsten Tag ausschlafen.

Inzwischen ist sie bei jedem meiner dissoziativen Anfälle sofort zur Stelle und lässt nicht locker, bis ich wieder in meinem Körper bin und auf sie reagiere. Lotta holt mich zuverlässig jedes Mal ins Hier und Jetzt zurück und sorgt dafür, dass ich mich dort wohlfühle, so ganz im Augenblick.

Manchmal merkt sie sogar vor mir, wenn eine Panikattacke in mir anflutet und lenkt mich mit ihrer lustig penetranten Art so ab, dass die Welle gar nicht erst über mich hereinbricht.

Wenn ich traurig bin oder mich Schmerzen quälen, legt sie sich zu mir und tröstet mich. Sie drückt ihre kalte Schnauze an meinen Arm oder meinen Hals und leckt mir so lange durchs Gesicht, bis ich wieder lachen kann.

Wenn sich schlimme Tage bei mir häufen, muss ich darauf achten, dass Lotta einen guten Ausgleich und ausreichend Ruhe bekommt, weil sie dann schnell überfordert ist und wieder zu Durchfall und Zuckungen neigt. Ich muss lernen, das rechtzeitig zu merken, bevor sie überdreht. Dadurch lerne ich gleichzeitig, mich selbst besser kennen und regulieren. Durch Lotta achte ich automatisch mehr auf mich und mein Befinden.

Lotta ist jetzt schon – ganz ohne Prüfungstamtam – die perfekte Assistenzhündin für mich und ich bin heilfroh, dass ich sie an meiner Seite habe.

Die Dankbarkeit kann ich kaum in Worte fassen.

Ich freue mich schon auf unsere ersten gemeinsamen Spaziergänge im Wald, die wir bald ohne menschliche Begleitung angehen.

Lotta ist langsam alt genug, dass sie die Strecke bis zum Wald, der an unsere Wohnsiedlung angrenzt, schaffen kann.

Sie darf dann eine halbe Stunde am Stück spazieren gehen, ohne dass sie das überfordert. Ich bin so aufgeregt und voller Vorfreude. Mein großer Traum wird wahr. Es ist Jahre her, dass ich allein im Wald war und die Natur genießen konnte, ohne dass da irgendeiner neben mir steht, zum Weitergehen drängt und mich auslacht, weil er mit Waldbaden nichts anfangen kann.

Meine Sinne sind schon ganz verkümmert und lechzen nach harzigem Tannenduft und erdiger Frische.

Überhaupt bin ich in diesen Tagen voller Tatendrang und kämpfe mich fast schon mit Leichtigkeit durch leidigen Papierkram.

Was Behörden und Ämter angeht, ist es leider in Assistenzhund-Angelegenheiten noch schwieriger als mit anderen Dingen.

Vieles wird abgeschmettert, egal ob man einen langen Atem und gute Argumente hat oder nicht.

Kein Antrag geht ohne Widerspruch über die Bühne, und selbst der bringt mich in vielen Belangen nicht weiter.

Ich laufe wieder gegen Windmühlen und bin froh, dass mir Lotta die nötige Kraft gibt, am Ball zu bleiben.

Mein Bauch krampft und ich habe das Gefühl, dass mein Kopf jeden Moment zerspringt, als ich den Brief von der Stadtverwaltung lese, der heute in der Post war. Ich darf mich nicht so ärgern, sonst bekomme ich ein Magengeschwür.

Dass sie den Antrag auf die Befreiung von der Hundesteuer ablehnen, weil Lotta nicht fertig ausgebildet ist, darauf war ich vorbereitet. Nicht aber, dass selbst ein ausgebildeter Assistenzhund in Koblenz nicht anerkannt wird, was wegen dem fehlenden Gesetz ohnehin vollkommen irrelevant ist.

Ich muss nachweisen können, dass ich Lotta als Ausgleich für meine Einschränkungen brauche und sie nicht zum Vergnügen angeschafft habe. Mehr nicht. Das habe ich alles eingereicht, aber es reicht nicht aus. »Antrag abgelehnt!«

Die spinnen doch. Wann hört das mit diesen Diskriminierungen endlich auf?

Ich rufe bei der Stadt an. Das will ich jetzt klären.

Mein Schwerbehindertenausweis und mein Attest, das besagt, dass ich Lotta nicht zum Vergnügen, sondern als Hilfsmittel für eine selbstbestimmte Lebensführung und zum Ausgleich meiner Einschränkungen angeschafft habe, interessiert den Herren am anderen Ende der Leitung gar nicht. »Das regelt jede Kommune für sich. Hier in Koblenz ist das nun mal so«, sagt der Beamte.

Im Nachbarort hätte alles, was ich eingereicht habe, komischerweise ausgereicht, um eine Befreiung zu erwirken. Aber Koblenz will das Merkzeichen B im Ausweis sehen. Ich erkläre ihm, dass ich dafür seit Jahren vergeblich beim Versorgungsamt kämpfe, sie aber meine psychischen Einschränkungen bis heute nicht anerkennen. Ich drehe noch durch.

»Das Merkzeichen B ist doch sowieso für Hunde vollkommen irrelevant. Es steht doch für eine Begleit-PERSON und nicht für einen Hund«, sage ich.

»Ich kann da nichts machen. Haben Sie ein Grundstück oder eine Gewerbefläche, die der Hund bewacht? Dann könnte ich Sie von der Hundesteuer befreien«, sagt der Sachbearbeiter.

Mir bleibt die Spucke weg. Unglaublich.

»Das gibt's doch nicht«, sage ich. »Für den eigenen Schutz und als Hilfe einer schwerbehinderten Person muss der Hund besteuert werden, aber für Geschäftsleute nicht? Willkommen im behindertenfreundlichen Koblenz!« Das kann ich mir nicht verkneifen. Vielleicht sollte ich besser die Klappe halten, aber mein Gerechtigkeitssinn schreit zu laut. Nach ein paar Minuten Diskussion über diesen Unsinn gibt der Mann, mit genervtem Unterton, zu: »Ich halte mich nur an die gesetzlichen Vorgaben. Ich verstehe Sie, aber mir sind da die Hände gebunden. Da müssten Sie sich schon an den Bürgermeister wenden. Die Bestimmungen sind nun mal so.«

Lotta springt an mir hoch, als ich das Telefon auf die Ladestation knalle. Ich streichle sie und schimpfe über diesen Behördenschwachsinn. Sie guckt mich an und legt den Kopf schief.

»Du kannst da nichts für, Schatz. Wir lassen uns nicht unterkriegen. Nie wieder. Aber jetzt geht's erstmal an die frische Luft. Ich muss auf andere Gedanken kommen.«

Ich hole Lottas Geschirr und Leine und sie stürmt zur Tür, als ob sie nur darauf gewartet hat.

32

Flieg Vöglein, flieg

Lotta – Sommer 2020

Das Leben ist toll. Freiheit ist ein schönes Gefühl.

Ich liebe es, wenn ich ohne das enge Geschirr mit Nicole draußen herumlaufen darf.

Wir flitzen und hüpfen zusammen wieder ganz oft. Das macht solchen Spaß.

Ich heimse jede Menge Lob ein, wenn wir zusammen unterwegs sind. Sogar von Fremden. Nicole lobt mich ja sowieso schon wie bekloppt. Wenn ein anderer das macht, ist das viel besser. Das geht runter wie Öl.

»Na du bist aber eine Hübsche und so brav«, hat gestern eine Frau mit Dackel zu mir gesagt. Gut, der Dackel war dann etwas nervig und wollte mir die ganze Zeit auf die Pelle rücken, deshalb war ich froh, dass Nicole sich nicht so lange mit ihr unterhalten hat, und schnell mit mir weitergegangen ist.

Hach, es gibt immer noch jede Menge zu entdecken. Vögel zum Beispiel. Ich dachte zuerst, dass da Futter sitzt. Die kleine Kugel von Spatz, die da am Wegrand gehockt hat, sah im ersten Moment aus wie ein leckerer Ball. Das war vielleicht komisch, als das vermeintliche Leckerli sich dann in meinem Mund bewegt hat. Nicole hat einen riesigen Schreck bekommen und laut »AUS« gerufen. Natürlich habe ich direkt gehört.

Nicole hat Tränen gelacht, als der kleine Piepmatz aus meinem Maul in seine Freiheit zurückgeflogen ist. Die hat sich vor Lachen gar nicht mehr eingekriegt.

Ist ja nichts passiert. Ich bin nämlich eine ganz Liebe und tue keiner Fliege was zu Leide. Jedenfalls nicht mit Absicht. Das mit dem Maikäfer, den ich letztens aus der Luft gefangen habe, war ein Unfall. Ich schwör. Ich dachte, da fliegt ein Leckerchen, das Nicole mir zugeworfen hat. Die wird im Übrigen immer mutiger.

Wir gehen jetzt sogar schon allein in den Wald. Da entspannt Nicole sich gut und ist glücklich. Es gibt nichts Schöneres.

33

Ein tolles Team

Nicole und Lotta – gemeinsam stark für die Zukunft – 2021

Unser dritter gemeinsamer Herbst hält Einzug und verzaubert uns mit seinen bunten Farben und erdigen Gerüchen.

Wir hüpfen in Laubhaufen und springen den roten, braunen und gelben Wirbeln hinterher. Unsere Herzen hüpfen, wenn ein Eichhörnchen vor uns emsig herumwuselt.

Unbeschwerte Momente zusammen, frei wie der Wind. Die Freude des Augenblicks und die Fähigkeit, diese wie ein kleines Kind mit großen, offenen Augen betrachten und erkunden zu können, das bedeutet für uns Glück.

Sollen die Leute doch denken, was sie wollen. Wir lassen uns nicht mehr verunsichern – zumindest nicht mehr so oft.

Gut, dass wir inzwischen eine erfahrene Trainerin an der Seite haben, eine normale Hundetrainerin, by the way, die uns mit Herz und Verstand begleitet.

Manchmal ist es wichtig, sich selbst zu hinterfragen, aber vom Weg abbringen kann uns dabei niemand mehr so leicht.

Wer will, darf gerne mit uns gehen. Lotta und ich, wir freuen uns.

Es war ein harter Weg bis jetzt. Wir haben uns diesen schönen und ruhigen Pfad mehr als verdient.

Das heißt nicht, dass auf dem hier keine Steine mehr herumliegen, über die wir stolpern können und wir nicht doch einmal die eine oder andere kleine Abzweigung nehmen.

Bei uns läuft noch lange nicht alles perfekt. Leben bedeutet Veränderung, auch Rückschritte und Lernen, Tag für Tag, das hört nicht auf.

Aber wir halten zusammen, können uns aufeinander verlassen und gemeinsam schaffen wir es über jede Hürde, da sind wir uns sicher. Wir haben uns das Vertrauen zueinander mit viel Liebe, Geduld, Wagnis und vor allem Üben, neu aufgebaut.

Nach all dem, was wir mitgemacht haben, haben wir das gar nicht mehr für möglich gehalten. Vielleicht ist es aber genau das, was uns derart fest zusammengeschweißt hat.

Wir halten zusammen, egal was kommt – Hand in Pfote.

Wir können dem Anderen das Leben, mit all seinen Problemen und dunklen Passagen nicht abnehmen, aber wir können uns gegenseitig Halt geben und den Weg leuchten.

Wir sind gar nicht mehr so scharf darauf, die Assistenzhunde-Prüfung abzulegen.

Überhaupt sind wir zurecht skeptisch eingestellt, was die ganze Sache angeht.

In diesem Sommer ist das neue Teilhabestärkungsgesetz in Deutschland verabschiedet worden. Es ist schön, dass wir endlich als Team in der Öffentlichkeit anerkannt werden sollen und wichtige Rechte, wie den Zugang in Supermärkte und in medizinische Einrichtungen erhalten. Das Ganze macht uns aber auch jede Menge Angst. Denn das neue Gesetz ist gar nicht fertig ausgearbeitet. So gut wie alles, was den Assistenzhunde-Team-Alltag regeln soll, ist noch offen.

Es heißt, dass sich bei der Ausarbeitung an bestehende Gesetze im Ausland orientiert werden wird.

Das österreichische Assistenzhunde-Gesetz, das wir uns einmal zur Brust genommen haben, um zu schauen, was und wie bald auch in Deutschland so geregelt werden könnte, hat uns mehr als verschreckt. Vor allem der Passus über die Zwangskastration von Junghunden. Das ist tatsächlich Voraussetzung, um überhaupt dort zur Prüfung antreten zu können. Völlig egal, ob es medizinisch überhaupt notwendig ist.

Die Auswirkungen, die so etwas auf einen Hundekörper, sein Verhalten und die Psyche haben kann, und was das für den Alltag des Hund-Mensch-Teams bedeutet, steht dabei völlig außen vor.

Sollte nicht jeder, der zusammen mit einem Hund ein selbstbestimmtes Leben anstrebt, auch selbst darüber entscheiden können, ob und wann so ein schwerer Eingriff erfolgt?

Ist der Assistenzhund nach wie vor nur ein Arbeitstier, ein Mittel zum Zweck, ohne eine Berechtigung das Leben mit all seinen Facetten auszuleben?

Ist es nicht möglich, in diesem Gesetz den Schutz und das Wohlergehen der Hunde zu regeln, die für ihren Menschen so viel leisten? Das sind doch keine Maschinen.

Überhaupt fragen wir uns, wie das Ganze funktionieren soll.

Ein Assistenzhund kann keine vollen 24 Stunden an jedem Tag der Woche für seinen Besitzer ›arbeiten‹. Ein Hund benötigt 15 - 17 Stunden Ruhe am Tag, um alles zu verarbeiten und sich zu regenerieren. Erst recht, wenn er Höchstleistungen vollbringt. Ausgleich durch Spielen, Toben und einfach nur ›Hund sein dürfen‹ kommt noch dazu und ist enorm wichtig. Das ändert sich nicht, wenn man ihnen ein paar Organe entfernt. Gruselig das Ganze, einfach nur gruselig.

Vor allem die Methoden der Ausbildung müssten genauestens überwacht werden. Es kann und darf nicht sein, dass die Hunde, diese wertvollen Seelen, traumatisiert werden, um den Menschen besser zu helfen. Ein Mensch mit einem Trauma bekommt einen ebenfalls traumatisierten Helfer an die Seite gestellt. Das schreit doch zum Himmel und ist ein Widerspruch in sich. Das kann nicht funktionieren. Es steht gegen das Wohl der Tiere und ist für Menschen mit Trauma ein Unding.

Jetzt also doch kein Assistenzhunde-Team?

Team ja, aber was die Assistenzhunde-Angelegenheit angeht, sollte sich da nichts gravierend ändern, definitiv: **NEIN!**

Lotta und ich haben die Schnauze gestrichen voll.

Uns ist egal, wie die Schublade heißt, in die wir sowieso nicht reinpassen. Wir brauchen keine Titel oder amtliche Bezeichnungen, schon gar nicht um diesen Preis. Wir wollen respektiert und anerkannt werden, als das, was wir sind:

Ein tolles Team, das sich gemeinsam in die Welt wagt, Abenteuer besteht und einfach nur ein einigermaßen normales Leben führen will, so wie jeder andere, gesunde Mensch auch. Und, mal ehrlich, wer ist schon normal? Wie sagt man so schön hier am Rhein?

Jeder Jeck ist anders. Und das ist auch gut so. Wäre doch schlimm, wenn alle gleich wären, oder?

Gleichberechtigt sollte aber jeder sein. Dass das in der heutigen Zeit immer noch so schwierig für manche zu verstehen ist, will uns nicht in den Kopf.

Jeder will sich doch frei bewegen können und jeder will gesund sein. Und wenn das nicht geht, dann will man wenigstens nicht das Gefühl haben zu krank, zu instabil oder zu unfähig für diese Gesellschaft zu sein. Wer will schon beim Kampf für seine Grundrechte und soziale Zugehörigkeit noch kränker und instabiler werden?

Niemand. Unsere Gesundheit, ist alles, was zählt. Es ist das Allerwichtigste, denn wir haben nur einen Körper und eine äußerst fragile Seele. Niemand will in eine Schublade gepresst werden. Vor allem nicht, wenn die vorne und hinten nicht passt, viel zu klein und stickig ist. Weder Mensch noch Tier hält das auf Dauer durch.

Die Assistenzhunde-Branche ist ein verworrenes und leider auch skrupelloses Geschäft, in der es oft nur um eines geht – Geld. Die Menschen mit Einschränkungen und ihre unbezahlbaren Helfer auf vier Pfoten, bleiben dabei meistens auf der Strecke.

Der Staat will da zwar mit seinem neuen Gesetz reingrätschen, alles durchsichtiger machen und diesen verbrecherischen Machenschaften der Assistenzhunde-Firmen den Garaus machen, aber wir können uns zurzeit nur fragen, wie der Gesetzgeber das schaffen will? Wie soll das gehen? Ist das möglich?

Eine einheitliche Regelung für so viele unterschiedliche Charaktere, Anforderungen und Einschränkungen? Für alle bestehenden Teams, die bereits geprüft worden sind, ganz zu schweigen von all jenen, die mitten in der Ausbildung stehen? Alle so individuell und unterschiedlich, dass sie gar nicht in eine einheitliche Schublade passen können.

Für uns gibt es nur eine gemeinsame Richtlinie, die passt: Hund und Halter muss es gut gehen. Mit so viel Verständnis und Hilfe von außen wie möglich und nicht mehr Stolpersteinen wie unbedingt notwendig. Am besten gar keine, denn wir müssen auf unserem Weg durchs Leben schon genug Berge überwinden.

ENDE

Lotta und Nicole Kunkel, Koblenz, im September 2021

Nachwort und Danksagung

„Wenn wir uns von unserer eigenen Angst befreit haben, wird unsere Gegenwart ohne unser Zutun auch andere befreien.“

(Zitat aus der Antrittsrede Nelson Mandelas 1994)

Diese Zeilen habe ich 2017 als Abschiedsgeschenk am Ende einer Reha-Maßnahme von der lieben Angelika von Aufseß erhalten, die mich während meiner fünfwöchigen Kur psychologisch betreut hat.

Sie hat mich nach meiner Total-OP aus dem schlimmsten Tief meines Lebens herausgeholt, mir den Glauben an mich selbst zurückgegeben und zur Verwirklichung meines Kindheitstraums beigetragen, Schriftstellerin zu werden.

Bis dato hatte ich nicht daran geglaubt, dass es irgendwen interessieren könnte, was ich zu erzählen habe. Angelika von Aufseß, der ich einige meiner Schreibergüsse, die ich zur Selbsttherapie verfasst hatte, zum Lesen gab, war beeindruckt. So sehr, dass es auf mich abgefärbt hat.

»Ihr gefällt wirklich, was ich da geschrieben habe. Das sagt sie jetzt nicht nur, um mich aufzubauen. Vielleicht kann ich das mit dem Schreiben wirklich«, sagte mein innerer Kritiker auf einmal. Er hatte bisher immer nur lachend abgewunken, sobald ich auch nur in diese Richtung gedacht hatte.

Obwohl mir über die Jahre hinweg immer wieder Freunde, Lehrer und Mitschüler bestätigt hatten, dass ich mit meinen Zeilen andere berühren kann, habe ich dies wegen meiner riesigen Selbstzweifel niemals zugelassen.

In den Therapiesitzungen bei Frau von Aufseß ist mir bewusst geworden, dass ich mein Leben mit all seinen Problemen anders angehen muss. Es erschien mir auf einmal möglich, den Fokus umzulenken und auf das zu richten, was ich noch kann und nicht in Resignation darüber zu versinken, wozu ich nicht mehr in der Lage bin.

Die Reha hatte ich begonnen, nachdem mein Leben samt Träumen und Hoffnungen in Scherben vor mir lagen. Dank Frau von Aufseß fuhr ich mit einem neuen Ziel nach Hause, mit der festen Absicht, meinen frisch wiederbelebten Traum in die Realität umzusetzen: Geschichten und Gedichte nicht mehr nur für mich selbst zu schreiben, sondern auch für andere.

Es war ein langer Weg mit vielen Rückschritten, Zweifeln und Absagen. Mehrfach war ich drauf und dran aufzugeben.

Ein fester Glaube kann Berge versetzen, heißt es. Ich allein habe nie an mich geglaubt, mich ständig kleingemacht und seit frühester Kindheit immer nur unterbuttern lassen.

Die Menschen, die an mich geglaubt, mich bestärkt haben, diejenigen, die den einen winzigen Funken gesehen haben, sind unbezahlbare Schätze.

Dafür danke ich euch von ganzem Herzen:

Angelika von Aufseß, Christof Laufer, Sonja Altmaier, Bernd Hollmann, Katrin Tent, Bernd Patczowksy, Peter Schmidt, Dr. med. Josef Hejda, Bernadette König, Fred Appelt, Cindy Roubal, Sonja Müller, Manuela Fröhling, Sandra Saewe, Rewa Kasor, Rhya Wulf, Stefan Gemmel, Oliver Petersen, Annett und Michael Timinger, Ann-Christine Hauswirth, Caroline Kemps de Escalante, Dustin Patten, Silke Mahrt, Milena Tebiri, Brigitte Lorz, Anna Herrera, Isabelle Blameuser, Tanja Karlsson und allen ehemaligen KollegInnen der Schule des Schreibens in Hamburg, vor allem meiner Studienleiterin Corinna Luerweg.

Ein dickes Dankeschön geht an den Baltrum Verlag.

Lieber Matthias, lieber Carsten, DANKE, dass ihr mir die Möglichkeit gegeben habt, mein Herzensprojekt und meinen Traum vom eigenen Buch zu verwirklichen!

Vielen Dank für die schöne und unkomplizierte Zusammenarbeit. Danke für eure aufbauenden Worte, eure Unterstützung sowie für eure Geduld, dass ihr jedes Mal zur Stelle wart, wenn ich mal wieder an mir gezweifelt habe und dabei war, mein Buchprojekt aufzugeben.

Ohne eure Unterstützung würde diese Geschichte in der Schublade verstauben und wäre nicht das Buch, das es nun ist.

Liebe Brigitte, Silke, Anni, lieber Josef, euch danke ich zudem für eure wertvolle Unterstützung als Testleser-Innen von 'Lotta und ich'. Mit euren hilfreichen Anmerkungen und Korrekturen habt ihr mir sehr geholfen und viel zum Entstehen dieses Buches beigetragen.

Lieber Christof, dir danke ich vor allem für deine Geduld mit mir, fürs Rücken freihalten, Händchenhalten und dein Da-sein für mich und Lotta. Ohne deine Hilfe hätte ich mich an das 'Abenteuer Hund' erst gar nicht herangetraut und auch dieses Buch wäre nie entstanden.

Danke, lieber Josef, für deine jahrelange Unterstützung und Freundschaft und dass du mich niemals aufgegeben hast, egal wie verrückt ich mich dir gegenüber verhalten habe.

Ein großer Dank geht an das 'Bundesministerium für Familie und Soziales' und den 'Fonds für sexuellen Missbrauch', an die SachbearbeiterInnen, die meinen Antrag genehmigt haben und die es mir dadurch finanziell ermöglicht haben, Lotta zu mir zu holen. Vielen, vielen Dank! Ohne Ihre Arbeit und Unterstützung würde es Lotta in meinem Leben nicht geben.

Ich danke den Mitarbeiterinnen des 'Weißen Rings' und dem 'Frauennotruf e.V. Westerburg'. Danke für Ihre offenen, vertrauensvollen Ohren und Ihren unermüdlichen Einsatz!

Danke, liebe Christina, für diesen zauberhaften, besonderen Engel von Hund. Lotta ist unbezahlbar!

Danke für deine Unterstützung und deine guten Tipps und Ratschläge.

Ein herzliches Dankeschön geht auch an Silvia und Frank Gombert. DANKE, dass ihr für mich da wart, als Chris im Krankenhaus lag. Ohne euch wäre ich total aufgeschmissen gewesen.

Liebe Frau Nüßlein, vielen Dank für Ihre kompetente tierärztliche Betreuung. Danke für Ihre offenen Ohren, Ihre Zeit und Ihre wertvollen Ratschläge.

Vielen Dank, liebe Steffanie Engels! Durch dich konnte ich wieder Vertrauen in eine gute Hundetrainerin, wie du eine bist, fassen. Danke für deine Geduld, und dass du Lotta und mich auf unserem Weg begleitest!

Ein dickes Dankeschön geht auch an den Verein 'Lichtblicke e.V.' im Besonderen an den ehemaligen ersten Vorsitzenden Bert Bohla. Danke für deine Hilfe und deine unbeirrbare Stärke. Danke, dass du Lotta und mich damals aufgefangen und uns aus diesem Albtraum herausgeführt hast.

Mein Dank gilt auch all meinen Social-Media-Freunden und der Community. Vielen Dank für euer Interesse, eure Unterstützung und die vielen Fragen, die mich während des Schreibprozesses erreicht haben! Ihr habt einen wesentlichen Beitrag zum Inhalt dieses Buchs geleistet und mir sehr oft die Richtung gezeigt, wenn ich mich mal wieder verfahren hatte. Danke, dass ihr mich bestärkt habt, am Ball zu bleiben und 'Lotta und ich' zu veröffentlichen!

Last but not least danke ich euch, liebe Leser, dass ihr mein Buch gekauft und bis hier gelesen habt.

Ich hoffe, dass ihr genauso viel Freude an der Geschichte hattet wie ich beim Schreiben, vor allem aber, dass ihr Mut und Hoffnung in meinen Zeilen finden konntet.

Nicole Kunkel, Koblenz, im November 2021

Inhaltsverzeichnis

Texte von **Nicole Kunkel** finden Sie auch in

Besondere Zeiten

ISBN: 978-3-754931-30-1
Preis: 14,95 €
Softcover
260 Seiten
BV 2134

Auch als eBook verfügbar.

Mit **Besondere Zeiten** liegt nach **Facetten von Dunkel** der abschließende Band unserer Ausschreibung Dunkel vor. Er überrascht erneut mit einer Vielzahl von Sichten, um dieses spannende Thema mit den Abgründen und Schatten der menschlichen Seele umzugehen.

Geschichten aus dem Kopf gepurzelt

ISBN: 978-3-752998-04-7
Preis: 13,95 €
Softcover
232 Seiten
BV 2014

Auch als eBook verfügbar.

Es gibt nur wenige Autorinnen mit einem solchen Blick auf das Leben. **Martina Raguse** ist eine solche Autorin. Sie erlebt das Leben, sie lebt, sie genießt und all diese Erfahrungen fließen in ihre Texte. Kurz, voller Esprit, nachdenklich, traurig, frisch verliebt und eben all die Dinge, die das Leben parat hält. Sie werden beim Lesen dieses Buches mehr als einmal Schmunzeln, immer wieder auch laut Lachen und so manche Träne könnte ihre Wange hinabkullern. Das Leben in Buchform aus der Sicht einer Beobachterin, die es zu Papier bringt.

Loop – das Leben feiern

ISBN: 978-3-753155-03-6
Preis: 13,95 €
Softcover
228 Seiten
BV 2111

Auch als eBook verfügbar.

Katja Decher erzählt eine Coming-of-Age- Geschichte aus den 1990er-Jahren.
Die 16-jährige Tari und ihre Clique jonglieren mit dem Drang nach Leben und dem zur Selbstzerstörung, erleben Freundschaft und Verrat, Liebe und Verlust, Sex und Macht. Und unter der Oberfläche verbergen sich viel tiefere Abgründe, als es zunächst scheint. Eine Geschichte, wie sie noch heute genauso auch geschehen könnte.

In der zweiten Reihe

ISBN: 978-3-754137-37-6
Preis: 17,95 €
Softcover
488 Seiten
BV 2112

Auch als eBook verfügbar.

In der zweiten Reihe ist die Geschichte einer Frau.
Doch es ist auch die Geschichte einer Familie.
Und auch die Geschichte einer Nation.

Kathrin Thiemanns Debütroman erzählt die Geschichte einer Frau, die ihre Familie, ihren Mann und sich selbst durch eine schwere Zeit bringen musste. Die dabei zeigt, wie wichtig es ist, nicht gleich aufzugeben.

Im *Baltrum* VERLAG erschienen

EDITION SCHARF

BV 2011 **Susanne Späth** – Wo ist hier der Notausgang?

ISBN: 978-3-752942-87-3

BV 2012 **Carsten Böhn** – Mary McGirl und andere Erzählungen

ISBN: 978-3-752955-38-5

BV 2013 **Jess Melyrik** – Schattenseiten

ISBN: 978-3-752987-58-4

BV 2014 **Martina Raguse** – Geschichten aus dem Kopf gepurzelt

ISBN: 978-3-752998-04-7

BV 2111 **Katja Decher** – Loop - das Leben feiern

ISBN: 978-3-753155-03-6

BV 2112 **Kathrin Thiemann** – In der zweiten Reihe

ISBN: 978-3-754137-37-6

EDITION UNSCHARF

BV 2031 Facetten von Dunkel

ISBN: 978-3-752942-68-2

BV 2032 Urlaub mit Freunden

ISBN: 978-3-752948-02-8

BV 2131 Touché und andere Generationengeschichten

ISBN: 978-3-753167-43-5

BV 2132 Mine-Dine-Use und andere Generationengeschichten

ISBN: 978-3-754107-68-3

BV 2133 Genuss mit Freunden

ISBN: 978-3-754166-30-7

BV 2134 Besondere Zeiten

ISBN: 978-3-754931-30-1

BV 2135 Single Malt Weihnacht

ISBN: 978-3-754925-95-9

Edition Pegasus

BV 2021 **Christiane Schwarze** – Das Schweigen der Schatten
ISBN: 978-3-752952-66-7

BV 2121 **Evelin Schuster** – Lichtmut
ISBN: 978-3-754935-19-4

Edition Volt

BV 2151 **Finn Lorenzen** – Der einfache Weg
ISBN: 978-3-754164-05-1

Edition Mupfel

BV 2141 **Rosemai M. Schmidt** – Karlik und der Zauberstein
ISBN: 978-3-754932-70-4

Audio CD

Duo TonSatz
Das Schweigen der Schatten – Mosaik einer Suche | Poesie & Musik
CD zum Buch im DigiPack mit 32-seitigem Booklet.
Gesamtspieldauer: 59:44 Minuten.
ISBN: 978-3-00-065828-0